KB100960

정도전 2

일러두기

1. 이 책의 편집은 정현민 작가의 집필 방식을 따랐습니다.

2. 드라마 대사는 글말이 아닌 입말임을 고려하여, 한글맞춤법과 다른 부분이라 해도 그 표현을 살렸습니다. 의성어, 의태어, 방언 또한 발음대로 표기했습니다. 지문의 경우 한글맞춤법을 최대한 따랐으나 작가의 집필 의도에 따라 고치지 않고 그대로 둔 경우도 있습니다.

3. 대사와 지문에 등장하는 말줄임표나 쉼표, 느낌표와 마침표 등의 문장부호 역시 작가의 집필 의도를 살리기 위해 최대한 그대로 실었습니다.

4. 이 책은 작가의 최종 대본으로 방송된 부분과 다를 수 있습니다.

KBS 대하드라마

정도전 鄭道傳

정현민 대본집

제2권

포레스트북스

차례

기획의도

난세를 종식하고 새 시대를 열어젖힌 '대(大)정치가' 삼봉 정도전!

14세기 후반, 고려.
권력은 수탈의 도구로 전락한 지 오래,
뜻있는 자들이 떠난 묘당廟堂에는 간신들의 권주가만 드높았다.
외적들은 기진맥진한 고려의 산천을 집요하게 파헤쳤고,
삶의 터전을 떠나 유망하는 백성의 행렬이 팔도를 이었다.

난세亂世, 신이 버린 시공간.
희망이 발붙일 단 한 뼘의 공간도 없을 것 같던 그때.
선비로 산다는 것의 의미를 태산처럼 무겁게 아는 젊은이들이 있었다.
수신제가修身齊家하였으니 난세를 다스려
평천하平天下의 도를 세우는 것이 소임이라 믿었던 고려의 젊은 피.
바로, 후세에 신진사대부라 불리는 성균관의 학사들이었다.
그들은 고려의 마지막 희망이었다.

삼봉 정도전도 그들 중 한 사람이었다.
성리학을 바탕으로 땅에 떨어진 대의를 바로 세우고자 노력했지만
공민왕이 죽은 이후 실권을 장악한 이인임에 의해
머나먼 남도의 끝으로 귀양을 가게 된다.

무려 십 년에 걸친 유배와 유랑생활.
그는 절망의 끝에서 자신의 역사적 소명을 찾아낸다. 바로 역성易姓혁명.
그는 백성의 존경을 한 몸에 받던 무장 이성계를 찾아간다.
이 역사적인 만남이 조선의 건국으로 이어졌다.

정도전은 단순한 혁명가가 아니라 치밀한 기획과 비전을 갖고
새로운 문명을 건설한 설계자이자 창조자였다.
조선 건국 이후 『조선경국전』과 『경제문감』 등 숱한 노작을 통해
재상 정치를 근간으로 하는 중앙집권적 관료 체계의 기반을 확립하는 한편,
한양 천도, 사병 혁파와 같은 개혁을 추진하여 새 왕조의 기틀을 다져나갔다.
그러나 왕권 강화를 주장하던 정적, 이방원의 칼에 비운의 죽음을 맞는다.

조선의 건국자이면서도 역적이라는 오명을 쓰고 죽어가야 했던 정도전…….
그러나 그의 철학과 사상은 면면히 살아남아
조선왕조 오백 년을 지탱하는 힘이 되어주었다.

이 나라의 주인은 백성이다!
국민의 눈물을 닦아줄 진짜 정치가가 온다

갈수록 정치에 대한 불신이 깊어지고 있다.
국민의 눈물을 닦아줘야 할 정치가 오히려 한숨과 냉소의 대상이 되어가는 지금.
그럼에도 정치는 계속될 것이고, 우리는 정치에서 희망을 찾아야 한다.
그리하여 우리는 육백여 년 전 백성의 눈물을 닦아주고자 했던
한 위대한 정치가의 삶을 영상으로 복원하고자 한다.

이 드라마는 한낱 야인에서 조선 건국의 주역이 된 정치가,
정도전의 화려한 상에만 초점을 맞추지 않는다.

전장보다 살벌한 정치의 현장에서 언제 닥칠지 모를 죽음의 공포를 벗 삼아
혁명의 길을 뚜벅뚜벅 걸어간 한 인간의 고뇌와 갈등,
그리고 눈물과 고통을 놓치지 않을 것이다.
시청자들은 자신에게 주어진 운명을 거부하고 한계를 뛰어넘고자 노력한
거인巨人의 생애를 통해 큰 감동과 카타르시스를 느끼게 될 것이다.

여말선초라는 미증유의 난세를 살면서도
가슴 속에 대동大同의 이상사회를 품고 역성혁명을 기획하여
역사의 핏빛 칼날 위를 거침없이 질주해 갔던 삼봉 정도전.
그의 파란만장한 생애가 이제 드라마로 펼쳐진다.

드라마 구성

드라마 〈정도전〉은 공민왕이 시해되기 직전인 1374년 가을부터 정도전이 죽음을 맞는 1398년까지 24년간의 이야기를 그린다. 드라마의 내용은 크게 3부로 나뉘며, 제1부의 내용이 1권과 2권에 수록되며, 제2부의 내용이 3권과 4권에, 제3부의 내용이 5권에 수록되어 있다.

·제1부· **천명(天命)** 1374~1385년	공민왕 사후, 이인임의 블랙리스트에 올라 유배와 유랑살이를 전전하던 정도전이 혁명을 결심, 이성계와 의기투합하는 시점까지.
·제2부· **역류(逆流)** 1387~1392년	정도전이 이성계와 급진파를 규합하여 숱한 역경을 헤치고 조선을 건국하는 시점까지.
·제3부· **순교(殉敎)** 1393~1398년	조선왕조 개창 이후 권력의 정점에서 건국 사업을 주도하던 정도전이 요동 정벌을 목전에 두고 이방원에 의해 죽음을 맞는 시점까지.

인물관계도 : 주요 갈등구도와 변천

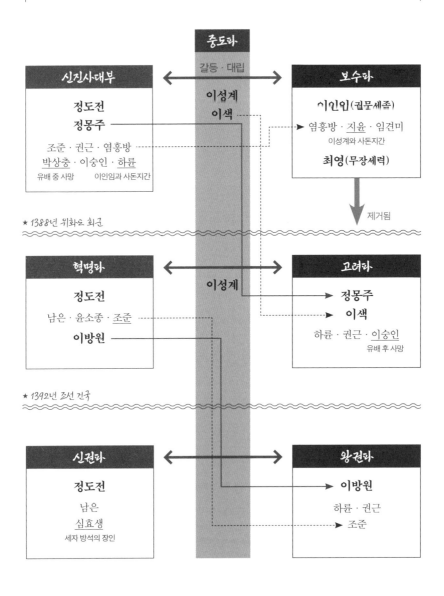

정도전

본관: 봉화(奉化) | 자: 종지(宗之) | 호: 삼봉(三峰)° | 시호: 문헌(文憲)

"이성계와 함께 난세를 끝장내고, 새로운 나라를 만들 것이다."
세상 가장 낮은 곳에서 혁명가로 다시 태어난 사나이

별 볼 일도 없는 가문 출신이다. 그래도 마냥 꼿꼿하다. 고집, 엄청 세다. 표정이며 행동거지며 여유보단 경직과 강박이 느껴지는 사내다. 각고의 노력 끝에 당당히 조정의 일원이 되었으나, 이 빌어먹을 오백 년 귀족사회는 자신에게 주류의 자리 한 뼘도 내어주지 않았다.

공민왕의 시해 후 역사의 시계를 거꾸로 돌리려는 이인임의 권문세족 세력과 맞섰으나 참담한 패배를 당하며 정도전은 머나먼 남쪽 나주의 거평 부곡으로 유배를 떠난다. 무려 십 년에 걸친 유배와 유랑의 생활로 정치적 생명이 끊긴 채 잊혀진다. 하지만 그는 서생의 무력함을 자조하는 대신 자신의 역사적 소명을 찾아내어 그에 투신하기 시작한다. 천명이 역성혁명에 있음을 깨달은 그는 백성의 존경을 한 몸에 받던 무장 이성계를 찾아가 고려를 무너뜨릴 제안을 하는데……

° 삼봉이라는 호는 단양의 도담삼봉에서 차용한 것이라는 설과 그의 옛집인 개경 부근의 삼각산에서 차명한 것이라는 설이 있는데 본 드라마에서는 그가 꿈꾸는 이상향의 모습을 형상화한 단어로 본다.

본관: 영일(迎日) | 자: 달가(達可) | 호: 포은(圃隱) | 시호: 문충(文忠)

"이보게 삼봉, 고려를 바로 세울 그날이 반드시 올 것이네."
신진사대부의 좌장, 비주류 정도전의 든든한 후원자

이색의 수제자이자 신진사대부의 좌장. 한마디로 잘난 사람이다. 고려의 우수한 유전인자를 모두 물려받은 것 같은 사내. 약관의 나이에 스승 이색의 학문을 훌쩍 뛰어넘은 국내파 천재이다. 밝고 담대한 기질에 귀공자의 풍모를 가졌다. 언행은 광명정대하고 얼굴엔 늘 여유로운 미소가 떠나지 않는다. 언제나 자신감에 찬 부드러운 카리스마로 좌중을 압도하면서도 맑고 진솔한 모습으로 사람의 마음을 이끈다. 역지사지가 몸에 배어 상대방을 이해하고 진심으로 대하여 주변에 적도 없다. 자타공인 차차기 고려의 문하시중°감이다.

유림의 전폭적인 지지와 백성들의 존경이 그를 향한다. 콧대 높은 권문세족조차 정몽주만큼은 함부로 대하지 못한다. 이 같은 입지는 정도전의 관직 생활에도 큰 버팀목이 되어주었다. 정도전의 일이라면 발 벗고 나서는 그를 주변 사람들은 좀체 이해하지 못했다. 그러나 정몽주는 정도전이야말로 쇠락해 가는 고려를 위해 큰일을 할 재목이라고 믿었다. 그가 역성혁명이라는 엄청난 구상을 다듬어 가는 줄은 꿈에도 모르고……

°　고려시대 종1품 수상직.

이성계

본관: 전주(全州) | 자: 중결(仲潔) | 호: 송헌(松軒)

—

"정치가 두레운 거이 아이우다. 정치를 하눈 내가 두레운 거우다."
한평생 고려인으로서의 정체성을 고민했던 서글픈 경계인

최정예 사병집단인 가별초를 거느린 고려의 맹장이자, 변방 동북면의 군벌. 온화한 성품으로 사람의 마음을 움직일 줄 아는 장수. 북방 민족 특유의 거칠면서도 정감 어린 투박함이 그의 이미지다. 장수의 풍모에 어울리지 않는 수줍음을 가진 내성적인 사람이다. 좀체 내심을 드러내지 않는다. 음흉해서가 아니라 신중해서다. 여간해선 표정의 변화가 없다. 특히, 소리 내어 웃지 않는다.

그는 전장보다 조정이 무서웠다. 눈에 보이지 않는 적을 향해 눈에 보이지 않는 칼을 휘둘러대는 조정의 전투가, 그들의 현란한 세 치 혀가, 그들의 논리와 이념이 이성계로서는 무섭고 난해했다. 언젠간 자신도 조정의 세 치 혀끝에서 죽어나갈 운명임을 직감한다. 그렇게 죽을 자리를 찾아가던 그의 앞에 홀연히 나타난 사내, 정도전이었다. 자신의 마음을 꿰뚫어 보기라도 하듯 형형한 눈빛으로 고려의 현실을 개탄하고 맹자의 역성을 논하는 정도전. 이성계는 자리를 물리치지만, 정도전은 여유롭게 웃으며 한 권의 책을 놓고 떠난다. 한 장 한 장 책장을 넘기는 이성계는 자신의 피가 뜨거워짐을 느낀다. 이때부터 그의 방황이 시작된다.

정도전의 요구대로 혁명의 얼굴이 될 것인가?
정몽주가 바라는 고려의 수호신이 될 것인가?

이방원

본관: 전주(全州) | 자: 유덕(遺德)

—

"공론을 통한 평화적 왕조교체? 삼봉, 그건 공상입니다."
공맹의 도(道)보다 칼의 힘을 더 숭상했던 유학자

이성계와 향처 한 씨 슬하의 5남. 훗날 조선의 태종. 한 씨 소생의 막내로 이성계의 남다른 사랑을 받으며 자랐다. 당대 최고 무장의 아들답게 무예는 물론 격구와 말타기 실력이 출중하다. 여우의 간교함과 사자의 포악함을 동시에 가진 인물이다. 과감한 실천력과 카리스마는 부친의 자질을 능가한다. 하지만 부친에게서 딱 한 가지, 덕만은 물려받지 못했다.

아버지의 정치적 동반자가 되고 싶었다. 그래서 조정에 출사도 미룬 채 이성계를 따라 전장을 누볐다. 그즈음 그는 함주 막사로 이성계를 찾아온 정도전을 만나게 된다. 정도전은 문무겸비의 호방한 성품에 무엇보다 야망이 있었다. 그리고 그 야망의 종착지가 왕좌가 아니라는 사실이 무엇보다 마음에 들었다. 정도전이야말로 아버지에게 왕좌를 선사하러 나타난 구세주 같은 인물이 아닌가. 그는 정도전의 의도를 간파하고 이성계와 정도전의 가교 역할을 한다.

이인임

본관: 성주(星州) | 시호: 황무(荒繆)

—

"난세가 반드시 나쁜 것이오? 난세야말로 진정 기회의 시대이지 않소?"
권문세족을 대표하는 정치 9단의 원조

성산군 이조년의 손자로 고려의 권문세족을 대표하는 인물이다. 가슴 깊이 경도
된 사상이 없어서일까? 역발상의 자유로운 사고를 할 줄 아는 인물이다. 음서로
관직에 진출한 그는 사상의 깊이보다는 탁월한 정치 감각과 테크닉으로 재상의
반열에 올랐다. 현실과 사람을 꿰뚫어 보는 심안을 가졌다. 진정한 처세의 달인
이자 용인술의 천재다. 통도 크고 손도 크고 배팅도 할 줄 아는 매력적인 인물
이다.

욕망을 가진 성리학자만큼 불온한 싹도 없지 싶었다. 함께할 수 없다면 버려야
했다. 그는 정도전을 멀리 나주로 내친 뒤 정치적 생명을 끊어버린다. 그런 그도
처치 곤란한 인물이 있었으니, 바로 이성계였다. 이인임은 고민 끝에 정몽주를
이성계에게 붙인다. 정몽주가 그의 곁에 있는 한, 고려는 안전할 거라고 믿었다.
그런 그의 판단은 정확했다. 그러나 천하의 이인임조차 생각지 못했던 변수가
있었다. 세월이 흐르면서 그의 뇌리에서 점차 잊혀 갔던 사내, 정도전 말이다.
이인임의 우려는 고려의 변경 함주의 막사에서 현실이 되어가고 있었다.

이성계와 정도전의 결합, 고려 최악의 시나리오 말이다.

우왕

자: 모니노(牟尼奴)

———

왕씨의 아들로 태어나 신씨의 아들로 죽은 사나이
고려 최고의 출생 미스터리, '폐가입진'이 삼켜버린 비운의 왕

고려의 32대 왕. 신돈의 시비인 반야의 소생이다. 신돈의 집에 미행을 갔던 공민왕이 신돈의 첩 반야와 관계하여 낳은 아들. 신돈의 집에서 태어나 여덟 살 때 신돈이 죽자, 유모와 함께 궁으로 들어와 명덕태후의 슬하에서 자랐다. 생모 반야와는 궁에 들어온 이후 다시는 보지 못했고, 왕이 되어서도 행방을 알지 못했다. 대외적으로는 공민왕 말기에 죽은 궁녀 한 씨의 소생으로 되어 있다. 하지만 그가 신돈의 비첩이 낳은 아들이라는 것은 고려 사람이라면 모두 다 아는 사실이다.

고려사 최고의 출생의 비밀을 안고 태어난 그이지만, 임금이 되어서는 성군이 되고자 노력했다. 사람들은 그가 지닌 예상 밖의 영민함에 놀라곤 했다. 수차례에 걸쳐 이인임 일파를 제거하려 했으나 번번이 좌절되었고 그때마다 사람들이 죽어 나갔다. 유모 장 씨의 죽음은 결정타였다. 그는 결국 현실에 무릎을 꿇는다. 이인임과 싸우는 대신 그의 품에서 안락하게 사는 쪽을 택했다. 그렇게 명군의 자질을 타고난 그는 고려 최악의 임금이 되어갔다.

최영

본관: 동주(東州) | 시호: 무민(武愍)

—

"군사들의 목숨보다 사직의 안위가 우선이오!"
흰 수염을 휘날리며 전장을 누비는 역발산기개세°의 무인

고려 최고의 용장이자 훈구파의 충신. 뼛속까지 군인이다. 평생 왕명에 복종하는 것 이외의 다른 가치를 허용하지 않았다. 시절이 하 수상하여°° 정치라는 것에 몸을 담기는 했으나, 그와는 맞지 않은 옷임을 안다. 정치는 서생이나 이인임 같은 시정잡배가 하는 것이라 여긴다. 조정에 있을 때나 전장에 있을 때나 그의 관심은 오직 고려 사직의 보위뿐이다.

노블레스 오블리주의 전형적 인물이다. 극단적으로 청렴하고 극단적으로 검소하다. 이런 결벽에 가까운 극단성은 때로 난폭함으로 변질되어 전장과 정치에서 과도한 피를 흘리게 만들곤 했다. 시대에 대한 통찰력과 비전만 갖추었다면 이성계를 능가하는 역사의 대안이 될 수도 있었던 인물이다. 그러나 지나치게 우직한 데다 정치적 감각 또한 부족하여 결정적인 순간마다 이인임의 손을 들어줌으로써 역사의 수레바퀴를 뒤로 돌리는 실책을 범하기도 한다.

°　힘은 산을 뽑을 만큼 매우 세고 기개는 세상을 덮을 만큼 웅대함을 이르는 말.
°°　평소보다 몹시 달라 어수선함을 이르는 말.

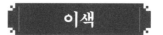

이색

본관: 한산(韓山) | 자: 영숙(潁叔) | 호: 목은(牧隱)

―

"똑똑히 들어두거라! 정치는 부수는 것이 아니라 지키는 것이다!"
고려 최고의 유학자이자 신진사대부의 정신적인 지주

한산군. 신진사대부의 정신적 지주이다. 원나라에서도 손꼽히는 유학자였다. 귀국 후 고려에서 최고의 권위를 누렸고, 정파를 초월한 존경을 받았다. 그래서인지 조금은 권위적이고 보수적인 면이 있다. 타고난 천성이 온건하여 정치적으로도 중도 노선을 표방한다.

진보적 학문을 공부하였지만 출신과 성장환경은 고려의 주류 중에 주류. 그래서 자신이 키워낸 제자들과도 이따금 세대 차이, 정서 차이를 드러낸다. 학문으로는 최고가 분명하지만 정치적 단수가 높은 인물은 아니다. 이 점은 스스로도 잘 알고 있다. 자신은 정치보단 학문을 해야 할 사람이라 여긴다. 해서 공민왕 중반 이후로는 정치 현장에서 벗어나 집에서 은거하며 학문과 시작에 정진한다. 우왕대에 여러 번 출사를 종용받지만 번번이 사양하면서 조정과 거리를 둔다.

사람이 태어날 때부터 갖게 되는 착한 마음, 양지

거평 부곡 촌로 황연의 수양딸. 떠돌이 무녀에게서 태어나 부곡에 버려진 그녀를 황연이 거두어 키웠다. 황연 가족들은 그냥 애기라고 불렀고, 마을 사람들은 업둥이라고 불렀다. 이따금 아무 이유 없이 몸져눕곤 했다. 사람들은 무녀의 딸인 그녀가 신병을 앓는 거라고 믿었다. 그녀 역시 그것이 운명이라면 받아들여야 한다고 생각했다. 운명에 저항한다는 것은 꿈에도 생각해본 적 없었다.

그러다 귀양 온 정도전을 만난다. 정도전은 그녀에게 신병이니 신기니 하는 것은 다 미신이라며 당당히 운명에 맞서라 했다. 그 말에 처음으로 무녀가 아닌 다른 삶이 가능하겠다는 생각을 하게 된다. 하지만 황연의 빚을 갚기 위해 박수무당의 신딸로 팔려 간다. 부곡을 떠나기 전, 정도전에게 이름을 지어 달라 청하고 양지라는 이름을 얻는다.

고려왕실 사람들

—

정비 안 씨

공민왕의 제4비이다. 명덕태후의 사후에 왕실의 최고 어른으로 부상하지만, 아무런 실권도 없어 이름뿐인 자리에 불과하다.

근비 이 씨

우왕의 제1비이다. 시중 이림의 딸이자 창왕의 어머니. 이림과 인척 관계인 이인임의 적극적인 후원을 받으며 우왕의 제1비인 근비로 책봉된다.

보수파 사람들

—

임견미

이인임의 말이라면 죽는시늉까지 하는 심복 중의 심복이자 극악무도한 간신배. 공민왕 때 우다치° 소속의 모질고 잔인한 군인이었다. 이인임의 비호하에 높은 관직에 올라 제멋대로 권력을 행사한다.

염흥방

공민왕 때 장원급제한 명문 신진 관료로 이색과는 친구 사이다. 우왕 초기에는 당대 실세인 이인임을 비판하다 유배까지 가는 나름 골수 개혁 세력이지만, 혹독한 유배 생활 이후 신념보다는 이익과 권력을 좇는 정치 철새가 된다.

° 고려 후기에 몽골의 영향을 받아 설치된 군사조직. 국왕의 주위에서 근시, 숙위하는 업무를 담당.

신진사대부 사람들

하륜
권문세족이 되고 싶었던 사대부. 이인임의 정치적 수제자. 이인복의 조카인 이인미의 딸과 결혼 후, 이인복 아우인 이인임의 심복이 된다. 강한 출세욕만큼이나 처세술과 임기응변에도 뛰어나다.

권근
이색의 문하에서 당대 석학들과 교유하면서 불과 열여섯의 나이에 성균시에 합격했다. 신진사대부 중에선 막내뻘. 우왕 대에는 성균관 대사성 · 예의판서를 역임하면서 비교적 순탄한 관직 생활을 한다.

이숭인
호는 도은陶隱으로 이색, 정몽주와 함께 고려삼은으로 분류된다. 이색의 문하에서 정몽주, 정도전 등과 함께 수학하였다. 권문세가 출신이지만 권세를 부리지 않았으며, 조정에 사대부의 목소리를 내는 몇 안 되는 인재.

이첨
공민왕이 성균관에 직접 행차하여 시험을 치르게 한 후 예문 검열°에 임명한 인물이다. 우왕 초 헌납°°으로 승진하자, 전백영과 함께 상소하여 이인임과 지윤의 처형을 건의했다가 하동으로 유배된다.

남은
스무 살의 나이에 문과에 급제하여 문신의 길을 가지만, 선비보다는 장수의 풍

° 　예문관과 춘추관에 두었던 정9품 관직.
°° 　간관으로서 국왕에 대한 간쟁(諫諍)과 봉박(封駁)을 담당.

모를 지닌 사람이다. 불의를 보면 참지 못하는 혈기 방자한 성격 탓에 백성들을 괴롭히는 세족의 가노들을 두들겨 패서 옥사를 드나들곤 한다.

이성계의 사람들
—

경처 강 씨
이성계의 둘째 부인. 고려의 권문세족인 황해도 곡산부 상산부원군 강윤성의 딸로 결단력과 명석함을 겸비한 여인이다. 집안 배경을 등에 업고 이성계의 정치적 보호막이 되어준다. 혁명이란 대업 앞에서 망설이는 남편을 뒤에서 독려한다.

이지란
이성계의 의형제. 호위대장을 자처하는 여진족 귀화인이다. 어눌한 함경도 사투리와 여진족 말이 모국어다. 1371년, 천호로서 부하들을 이끌고 고려에 귀화해 이씨 성과 청해를 본관으로 하사받았다. 이성계와는 숱한 전장에서 동고동락한다.

배극렴
황산대첩 때 왜구를 토벌하기 위해 파견된 9원수 중 하나. 황산대첩 이후 변안열과 함께 도당에 들어간 후 최영, 이성계를 주축으로 하는 무장 출신 계파를 형성한다.

변안열
이성계 휘하에 종군해 황산대첩에 참전한다. 도당에 들어간 후 최영을 주축으로 하는 무장 세력의 일파로 활동한다.

그 외
—

최씨
정도전의 처. 재물과는 담을 쌓은 남편을 대신해 가계를 책임지는 생활력 강하고 당찬 여인이다.

득보
정도전의 가내 노비. 정도전을 업어 키운 장본인. 현명하고 꾀가 많다.

황천복
거평 부곡 소재동 촌장 황연의 아들. 양지를 짝사랑한다. 양반에 대한 분노가 아주 깊다.

용어 정리

DIS(Dissolve)   앞의 장면이 사라지고 있는 동안 새 장면이 페이드 인 되는 것.

E(Effect)   주로 화면 밖에서의 음향이나 대사에 의한 효과를 말함.

F.B(Flashback)   과거의 회상을 나타내는 장면 또는 그 기법.

F.I(Fade In)   화면이 점차 밝아지는 것.

F.O(Fade out)   화면이 점차 어두워지는 것.

INS(Insert)   화면의 특정 동작이나 상황을 강조하기 위해서 삽입한 화면.

Na(Narration)   장면에 나타나지 않으면서 장면의 진행에 따라 그 내용이나 줄거리를 장외에서 해설하는 일. 또는 그런 해설.

O.L(Overlap)   한 화면이 없어지기 전에 다음 화면이 천천히 나타나는 이중화면 접속법.

11회

1 _____ 산성 안 (낮)

변안열　맹...자? (마주 선 사람을 향해) 니놈 것이냐?

카메라 팬°하면, 초췌하고 어딘가 음울해진 듯한 느낌의 정도전이다.

정도전　그렇소.
변안열　도둑놈 주제에 서책이라니... (툭 건네주고)
정도전　(받아 품에 넣는)
변안열　혹시... 유학하는 분이시오?
정도전　...거짓말만 배우고 가르친... 밥버러지일 뿐이오.

변안열, 조금 미심쩍은 듯 보는데 성문이 열리고 이성계, 이지란, 배극렴 등 들어온다. 변안열, 그리로 향하고 이성계가 말에서 내리자마자 전각을 향해 급히 걸어간다. 정도전, 이성계를 바라보면 병사1이 '어서 가자!' 밀친다. 정도전, 걸어가는...

2 _____ 지휘소 전각 안 (낮)

비장1과 병사들, 산성과 인월역의 지형을 재현한 모형을 탁자 위에 올리고, 지필묵 따위 올려놓고 분주하다. 그 모습을 지켜보는 정몽주.

F.B》10회 43씬의
최 씨　서방님이... 영주에 없답니다!

° 　일정한 높이에서 카메라 헤드를 좌우 수평으로 움직이는 기법.

현재》

정몽주, 수심이 어리는데 이성계, 들어온다. 병사들, 부동자세!

이성계	포은 선생!
정몽주	(반가운, 이내 부복하며) 조전원수° 정몽주, 도순찰사 장군을 뵙습니다!
이성계	(다가서서 일으키는) 어째 이러십네까? 날래 일어나시우다.
정몽주	미력이나마 성심을 다해 보필하겠습니다, 장군.
이성계	오신 것만으로도 벌써 천군만마십메다... 잘 오셨습메다.
정몽주	(환한 미소)

3 _____ 일본군 진영 전경 (낮)

〈자막〉 인월역(지금의 전북 남원시 인월) 왜구의 진영

4 _____ 동 아지발도의 막사 안 (낮)

대장석의 아지발도 앞에 왜장들, 왜식으로 부복해 있다.

아지발도	(일본어) 고려 원병의 우두머리가 그 유명한 이성계였다니... 모두 경계를 늦추지 마라, 알겠느냐!
왜장들	(일본어) 예!!
아지발도	(일본어) 이성계... 여기가 네 놈의 무덤이 될 것이다. (싸한 미소)

° 도원수·상원수·원수·부원수 등 주장(主將)을 돕는 장수.

5 _____ 지휘소 전각 안 (낮)

탁자 위 모형 주변에 둘러선 이성계, 정몽주, 배극렴, 변안열, 이지란 등 장수들. '왜倭'라고 적힌 표식을 쥔 이성계.

이성계　아지발도의 작전운... (모형 속 산으로 둘러싸인 지점에 표식 놓고) 조운지진鳥雲之陳입메다.

일동　!

배극렴　조운지진?

이지란　구거이 무시깁메까?

정몽주　새들이 흩어지고 구름이 모이는 것처럼 변화무쌍한 진법이란 뜻입니다. 중국의 병서 육도에 나오는 말인데 (모형으로 설명하는) 왜나라에선 이처럼 산을 등지고 좌우가 하천이나 산으로 막힌 곳에 진을 치고 싸우는 것을 그리 부릅니다.

이성계　(모형 속 평탄 지형에 고려군의 표식을 놓으며) 우리가 이리루 적의 본진을 치면 아지발도는 (본진 뒷산 짚으며) 이짝에서 (황산으로 이어지는) 여기 황산으루 돌아 나와 우리의 배후를 칠 것입메다. (고려군 표식 뒤에 왜구의 표식 놓는)

일동　!

정몽주　자칫하다간 전면을 당할 수도 있겠군요.

이지란　그라무 황산부터 점령해 버리문 되지 않겠슴메?

배극렴　이미 왜구들이 교두보로 삼고 있소이다. 산세가 험하고 길이 좁아 난공불락이에요.

이성계　이 싸움은... 엉뎅이가 무거운 짝이 이깁메다.

변안열　(불만스러운) 먼저 공격해오길 기다리자는 것입니까?

이성계　...

6 _____ 도당 안 (밤)

최영, 임견미, 염흥방 등 재상들이 앉아 있다. 이인임, 장계를 불만 스럽게 내려놓는다.

이인임 소문난 잔치에 먹을 것 없다더니 지금 남원이 그 꼴이로군요.

최영 (조금 난처한)

염흥방 도통사° 대감! 이성계에게 파발을 보내 속히 공격을 개시하라 독촉 하십시오.

최영 어허! 적들이 유리한 지형에 진을 치고 있다지 않소이까?

임견미 불리한 곳에 진을 치는 군대도 있답니까? 전쟁을 하러 갔으면 그 정도는 응당 감수해야지요!

염흥방 이래서 의인불용擬人不用이란 말이 나온 것입니다. 의심스러운 사람 은 쓰는 것이 아니었어요.

최영 용인불의用人不擬라는 말도 있소이다! 한번 쓴 사람은 의심해선 아 니 되는 것이외다!

염흥방 자꾸 의심을 하게 만드니 이러잖습니까! 대병을 맡겨서 보냈더니 어찌하여 적들에게 숨 돌릴 틈을 주냔 말입니다!

최영 어쨌건 도당에서 이래라저래라 흔들어댈 일이 아니외다. 이 사람 은 이성계에게 맡겨둘 것이오!

임견미 (도와달라는 듯) 수시중 대감.

이인임 (불만스러운) ...다들 산회하세요.

임견미와 염흥방을 제외한 재상들 일어나 나간다.

° 출정군의 최고 사령관.

임견미	(최영이 나가는 것을 확인하고 이인임에게 긴하게) 이성계 이자가 무슨 꿍꿍이를 품은 게 아니겠습니까?
이인임	...이성계 부인의 동태를 잘 살피세요.
염흥방	개경에 사는 처 말입니까?
이인임	이성계의 책사°를 자처하는 여잡니다. 이성계가 딴마음을 품는다면 뭔가 징후가 발견될 것입니다.

7 _____ 삼각산 무덕의 사찰 외경 (밤)

'미륵사彌勒寺' 현판이 보인다.

8 _____ 동 용화전(龍華殿) 안 (밤)

미륵불상 앞. 황색 가사를 입고 백팔염주를 팔에 휘감은 무덕 법사를 필두로 비구니들이 염불을 외고 있다. 간절히 절하는 강 씨.

9 _____ 동 심검당(尋劍堂) 안 (밤)

사방에 탱화가 붙은... 무덕, 강 씨와 앉아 있다.

강 씨	매일같이 법회를 열어도 두렵고 불안한 마음이 가시지를 않으니... 아직도 소첩의 정성이 부족한 모양입니다, 무덕 법사님.

° 남을 도와 꾀를 내는 사람.

무덕	보살님의 간절함이 미륵님께 가 닿은 지 오래이옵니다. 부군께서 왜구를 평정하고 무사히 돌아오실 것이니 아무 걱정 마시옵소서.

강 씨, 한숨 내쉬는데 문이 열리고 한 여인이 찻상을 들고 들어와 앉는다. 찻상 위 넓적한 다기 안에 연꽃이 피어 있다.

강 씨	(조금 놀라는) 이건 백련차가 아닌가?
양지	(E, 따르며) 불안한 마음을 다스리는 데 효험이 있다 들었사옵니다. 드셔보시어요.
강 씨	고맙네, 공양주. (합장하면)

카메라 팬하면 합장하는 여인의 얼굴. 한층 성숙한 느낌의 양지다.

10 _____ F.B(회상) - (10회 5씬에서 이어지는) 갈림길 (낮)

정도전	꼼짝 말고 숨어 있거라. 알겠느냐!
양지	(애써 겁을 참으며) 예.

정도전, 차마 발이 떨어지지 않는데 왜구들의 욕지기와 발소리가 들린다. 이를 악무는 정도전, 일부러 소리를 지르며 양지와 반대편 길로 달린다. 정도전을 얼핏 본 왜구들, '아찌라!(저쪽이다!)' 외치며 쫓아간다.
양지, '나리...' 울먹이는데 왜구1, 확 수풀을 열어젖힌다. 양지, 헉!!

11 _____ 회상 – 산길 (밤)

왜구들에게 끌려가는 주민들. 절뚝이다가 주저앉고 마는 양지.
왜구2, '고래가!(이게!)' 하며 칼집으로 내려치려는데 왜장이 제지
한다. 왜장, 벌벌 떠는 양지를 바라본다.

12 _____ 회상 – 야산 일각 (밤)

양지를 패대기치는 왜장.

양지   워, 워째 이래쌌소!!

왜장, 투구를 벗어 던지고 씨익 웃더니 양지에게 덤벼든다. 비명을
지르며 저항하던 양지, 왜장을 발길질로 밀어낸다. 사시나무 떨듯
뒤로 물러서는 양지의 등에 나무가 닿는다.

양지   (헉! 떨며) 가까이 오지 마씨오!

피식 웃고 다가서는 왜장을 향해 날아오는 돌멩이! 윽! 머리에 맞
고 비틀하는 왜장. 승복을 입은 사노1, 2가 칼을 뽑아 들고 덤빈다.
왜장, '으아~' 하며 덤비고, 몇 합 겨루다 피를 뿜으며 죽는 왜장.
멍한 양지의 시야에 나타나는 신비한 느낌의 중년 여인, 무덕이다.

무덕   괜찮은 것이냐?
양지   (멍한) 예... 괜찮고만이라... 괜찮어라... (하다가 맥이 풀린 듯 기절
하는)

13 _____ 남원산성 헛간 안 (밤)

잠자던 정도전, '양지야' 하며 상체를 일으킨다. 멍한 표정으로 돌아보면 피난민들 겹겹이 쪼그려 누워 자고 있다. 괴로워지는데... 빗장이 풀려 있던 문이 삐걱대며 스르르 열린다. 정도전, ??

14 _____ 헛간 앞 (밤)

정도전, 나오다 보면 문 앞에 쓰러진 병사 한 명. 무슨 일이지 싶은데 어디선가 '(E) 저놈들 잡아라! 탈영이다!' 하는 소리 들려오고, 비장1이 병사들과 나타난다. 정도전, 흠칫 보면.

비장1 이놈도 한패다. 당장 포박하라!
정도전 !

15 _____ 지휘소 전각 안 (밤)

이성계, 정몽주, 이지란, 배극렴, 변안열과 장수들이 앉아 있다.

배극렴 내일 날이 밝는 대로 공격을 개시합시다!
이성계 답답하긴 적들도 매한가집메다. 있어보시우다.
변안열 (벌떡 일어나며) 있어보라니! 대체 언제까지 말입니까!!
이지란 (쓰읍) 간나...
정몽주 (얼른 말리듯) 순찰사 장군께 이 무슨 무례란 말입니까!
변안열 철천지원수들이 눈앞에 있는데 성에 틀어박혀 신선놀음만 하다니... 우린 싸우러 온 것입니다, 장군!!

이성계　참고 기다리는 것두... 싸움입메다.

변안열, 배극렴을 비롯한 장수들, 불만스러운 듯 외면하는데 비장1
이 들어와 읍한다.

비장1　장군! 헛간에 갇혀있던 피난민 중 일부가 병졸을 해치고 탈영을 하
였사옵구 한 놈을 사로잡았습니다!

이성계　!

변안열　사로잡았으면 군율에 따라 참하면 될 것이거늘 장수들이 전략을
숙의하는 자리까지 와서 고할 일이더냐!

비장1　(난처한) 놈이 자신은 병사가 아니니 군율로 다스리면 아니 된다면
서 도리어 순찰사 장군에게 전술을 알려주겠다기에...

배극렴　저런 발칙한 놈이 있나!

이성계　전술이라이?

비장1　그자가 노역을 하는 동안 왜구의 진영을 살펴봤다 하는데 적의 진
법이 조운지진의 형상과 같으니 섣불리 공격하다간 큰 화를 당할
것이라 하였습니다.

이성계　!

정몽주　조운지진을 알고 있다니... 대체 그자가 누구라 하던가?

이지란　누긴 누기겠소? 아지발도 그 간나새끼래 보낸 간자갔지비. 들키니
까는 아이 뒈질라구 개수작을 부리는 거 아이겠슴두?

배극렴　(벌떡 일어나는) 내 이놈을 당장 참하고 올 것이오.

정몽주　아직은 간자라 단정할 수 없습니다. 양민을 함부로 참해선 안 됩니
다!

배극렴　우리 병졸들을 해쳤단 말을 들으셨잖소이까! 지금은 전시요!

이성계　...배 장군의 말이 맞수다.

배극렴	(칼을 쥐고 나가는)
정몽주	(수심이 어리는데)
변안열	(티꺼운) 피난민 중에 유자가 한 명 있더니만 그자인 게로군.
정몽주	유자라니요?
변안열	맹자를 품고 있는 자가 있습니다. (피식) 유자란 자가 군량을 도적 질하다가 잡힌 것도 모자라 탈영까지 하다니... 말셉니다.
정몽주	맹자? (뭔가 이상한)

16 _____ 산성 안 일각 (밤)

병사들 둘러선 가운데 정도전 앞에 쑥 다가서서 노려보는 배극렴.

배극렴	아지발도가 보낸 간자가 틀림없으렷다?
정도전	(피식) 굶어 죽기 싫어 군량을 털어먹은 밥버러지일 뿐이오.
배극렴	뭐라?
정도전	탈영과는 아무런 관련도 없으니 어서 풀어주시오.
배극렴	(유심히 보는) 대체 니놈의 정체가 뭐냐?
정도전	...밥버러지라 하지 않았소이까.
배극렴	(멱살 잡으며) 네 이놈! 사실대로 고하지 못하겠느냐!
정도전	...
정몽주	(E) 삼봉...

정도전, 보면 정몽주가 믿기지 않는 표정으로 서 있다.

정도전	포은...
정몽주	(눈물이 그렁해지는) 역시 자네였구만... 살아 있었어!

배극렴	아시는 자요?
정몽주	(울컥) 이 사람... (다가서는, 남루해진 행색에 참담해지는)
정도전	(미소) 그간 강령하셨는가...
정몽주	(부여잡으며 오열하는) 삼봉~~!!
정도전	...

17 ＿＿＿＿ 산성 일실 안 (밤)

정도전, 허겁지겁 죽을 먹고 있다. 정몽주, 낡아빠진 맹자를 넘기고
있다.

정몽주	(감회어린) 자네가 귀양 갈 때 내가 이 맹자를 주었었는데...
정도전	(다 먹고 트림하는)
정몽주	답답한 사람 같으니... (맹자 건네며) 진작에 사대부라 신분을 밝혔으면 군량미를 훔쳤다고 누명을 쓸 일도 없었을 것을...
정도전	(받아 넣으며) 누명이 아니라 사실일세.
정몽주	!
정도전	허나 도적놈의 것을 훔친 것이니 무슨 허물이 되겠는가?
정몽주	(어이없는 듯 웃으며) 도적놈의 곡식이라니 나라의 군량미였잖은가...
정도전	그러니 도적놈의 것이라 하지 않는가?
정몽주	농이 지나치네, 삼봉!
정도전	(피식)
정몽주	(이내 미소) 미안하네... 그간의 고초가 얼마나 심했으면 자네가 마음에도 없는 소릴 하겠는가? 허나... 이젠 다 끝났네, 삼봉.
정도전	(보는)

정몽주	자네에게 경외종편°이 허락되었어.
정도전	!
정몽주	개경만 아니면 어디서든 자유롭게 살 수 있게 됐단 말일세.
정도전	(믿기지 않는, 독백처럼) 유배가... 끝났다구?
정몽주	여기 있다가 전쟁이 끝나면 함께 올라가세.
정도전	(보는)
정몽주	이번 전쟁에 고려의 명운이 걸려 있네. 함께 지켜봐야지 않겠는가? 이성계 장군과도 인사를 하게 해주겠네.
정도전	...

18 _____ 빈청 외경 (낮)

19 _____ 동 이인임의 집무실 안 (낮)

이인임, 임견미, 염흥방이 앉아 있다.

임견미	이성계의 처가 삼각산에 있는 절에서 살다시피 하고 있습니다.
이인임	삼각산?
염흥방	말로는 무사 귀환을 비는 법회를 여는 것이라는데 개경의 절을 놔 두고 굳이 거기까지 가는 것이 수상하지 않습니까?
임견미	어제는 첫째 부인 한 씨 소생의 아들들까지 데리고 갔다 하는데... 그들이 한꺼번에 잠적하는 날엔 인질이 없어지게 됩니다.
이인임	(흠...) 유사시에 언제든 억류할 수 있도록 사람을 붙이세요. (일어나는)

° 유배된 죄인을 풀어 주되 서울 밖이면 뜻대로 살 수 있도록 함을 이르는 말.

20 _____ 동 최영의 집무실 안 (낮)

최영과 이인임, 대좌하고 있다.

이인임 이성계에게 속히 공격하라 영을 내리세요.

최영 이성계가 판단할 문제요. 내 아무리 도통사라 해두 그런 명은 내릴 수 없소이다.

이인임 이대로 가다간... 고려의 재정이 결딴납니다.

최영 (보는)

이인임 조세가 걷히지 않아 관리들의 녹봉조차 지급지 못한 것이 여러 달인데... 지금 남원의 군사들이 먹고 쓰는 군량과 재물이 얼만지 모르시오?

최영 아무리 사정이 어렵다 해도 전투를 서두를 수는 없소이다!

이인임 외적보다 무서운 것이... 나라의 곳간이 비는 것입니다.

최영 (보는)

이인임 이성계가 전투를 회피하거나 딴마음을 품은 것이 아니라면... 이제는 공격을 해야 합니다. 어서 명을 내리세요.

최영 ...그리는 못 합니다!

이인임 허면 오늘 이후로... 남원으로 내려가는 군수물자는 없을 것입니다.

최영 수시중 대감!!

이인임 (나가는)

최영 이런! (탁자 쾅 치는)

21 _____ 산성 지휘소 안 (낮)

이성계, 정몽주와 앉아 있다.

이성계	삼봉... 정도전?
정몽주	육 년 전 귀양을 갔다 이번에 경외종편 된 소인의 절친한 벗이온데 병법에도 조예가 깊은 사람입니다. 장군께 인사를 시켜드리고 싶습니다.
이성계	...날래 모시고 오시우다.
정몽주	(화색) 알겠습니다. (나가는)
이성계	...

22 _____ 동 일실 안 (낮)

'삼봉!' 하며 문을 여는 정몽주. 그러나 안에는 아무도 없다.

정몽주	삼봉... (들어와 보면 없는)

23 _____ 산성 앞 (낮)

주먹밥을 씹으며 봇짐을 메고 걸어오는 정도전. 달려와 산성을 향해 지나쳐가는 파발. 정도전, 바라보는...

24 _____ 지휘소 안 (낮)

이성계와 장수들이 앉아 있다. 이성계와 정몽주, 심각하다.

이지란	아이, 군대를 보내놓구 보급을 끊갔다니 고거이 뭔 걸배이 발쑤개

걷은 소림메!

배극렴	시간 끌지 말구 속히 전투를 개시하란 뜻이 아니겠소이까!
정몽주	(이성계에게) 장군. 소인이 개경으로 가서 이곳의 상황을 설명하겠습니다.
변안열	무슨 상황요? 장수들은 싸우자고 하는데 순찰사께서 꽁무니를 빼고 계신 상황 말이오?
이지란	이런 쌍! 뭐이가 어쩌고 어째?
변안열	(발끈) 천한 여진족 놈의 자식이 감히 어따 대구 눈을 부라리는 것이야!
이지란	(울컥 먹살 잡는) 이런 쌍 종간나새끼!
변안열	(맞잡는) 이놈이! (하는데)

쾅! 하는 소리에 일동 보면 이성계, 노기 어린...

이성계	모두 나가시우다!
일동	(쭈뼛)
이성계	나가라 하지 않습메까!!

불만스럽게 빠져나가는 장수들. 이지란과 정몽주도 마지못해 나간다. 이성계, 숙고한다.

25 _____ 산성 망루 앞 + 산성 앞 (낮)

산성 앞 왜구 몇 명이 심리전을 펴고 있다. 산성을 향해 엉덩이를 까뒤집고 조롱하는 왜구들. 저들끼리 낄낄대고 웃는다. 산성 위에서 군사들과 함께 그 모습을 보고 있는 배극렴, 이지란, 변안열, 하나같이 분한 표정이다. 정몽주, 묵묵히 지켜보는.

배극렴 (칼자루를 부여잡으며) 고이연 놈들...
정몽주 고정하십쇼. 적들도 내심 다급해서 저러는 것입니다.
이지란 (가리키며) 선생, 저기!

정몽주, 보면 왜구들 뒤에서 끌려 나와 횡대로 앉히는 백성들.
뒤편에 왜장이 칼을 뽑아 들고 다가선다. 일동, 헉!

정몽주 궁수에게 화살을 쏘라 명하십쇼!
변안열 거리가 너무 멉니다!

정몽주가 탄식하며 보면, 왜장이 칼을 치켜든다. 순간 어디선가 날
아간 화살이 왜장의 가슴에 박힌다. 일동, 깜짝 놀라 보면 성벽 끝
에 서 있는 이성계가 대궁을 연달아 발사한다. 쓰러지는 왜구들...
나머지 왜구는 백성들을 놔둔 채 줄행랑을 친다. 일동, 벙해서 이성
계를 보면...

이성계 출정... 하십시다.
일동 !

26 _____ 전장 (낮)

뒤편 산자락에 왜구의 본진이 보인다. 아지발도의 왜구들과 이성
계의 고려군이 개활지를 사이에 두고 대치해 있다.

아지발도	(일본어, 미소) 이성계가 결국은 무덤을 찾아 나왔구나.

고려군 전위. 활과 칼로 무장한 이성계, 정몽주와 함께 횡대로 도열한 장수들 앞으로 말을 몰아간다. 중앙에 말을 멈추고 제장들을 일별한다.

이성계	지금부터... 본대의 지휘는 체찰사 변안열 장군이 맡을 것이우다!
일동	!
변안열	아니... 장군...
배극렴	(불만스러운) 허면 순찰사께선 후방에 계시겠다는 것입니까?
이성계	내사... 황산으로 가갔수다!
일동	!
정몽주	(놀라) 장군!
이지란	거기메 왜구들 소굴입메다!! 가문 죽는다고요!
이성계	변 장군.
변안열	예... 장군.
이성계	적과 싸우는 도중에 뒤에서 왜구가 한 놈이라도 나타나문 내사 죽은 거이니... 산성으로 퇴각하시우다.

제장들, 조금 병한 듯 보고. 이성계, 결연하다.

시간 경과》
왜구의 전위에서 무수히 많은 화살이 발사된다. 진을 짜고 웅크린 고려군의 각형 방패에 소나기처럼 박혀 드는 화살. 방패 사이로 날아든 화살에 병사들 몇이 쓰러진다. 이성계를 비롯한 장수들, 미동도 하지 않고 서 있다. 이번엔 고려군의 화살이 날아간다. 왜구들 몇이 픽픽 쓰러진다.

그렇게 두어 번의 화살전이 오가고, 잔뜩 독이 올라 서로를 노려보는 군사들. 양편의 기병들, 금세라도 달려 나갈 듯 말들이 더운 김을 토해낸다. 팽팽한 대치. 이성계와 아지발도의 눈빛이 뜨겁게 교차한다.

아지발도　　(일본어, 창을 치켜드는) 전군~ 돌격하라!

'와~' 하는 함성과 함께 달려오는 왜구들.

이성계　　(낮게) 본대, 돌격하시오.
변안열　　(칼을 뽑아 크게) 군사들은 나를 따르라! ...돌격!!

'우와~' 하는 함성과 함께 진격 깃발이 허공에서 춤춘다. 후미의 보급 부대와 함께 있는 정몽주 옆에서 병사가 북을 둥둥 친다. 변안열, 배극렴을 필두로 돌격하는 고려군들... 달려오는 왜구들... 평원에서 정면으로 충돌하는 양측 군사들... 치열한 격전이 벌어진다. 지켜보던 이성계.

이성계　　죽디 말라우! ...가자.

이성계의 군사들, 달려간다. 걱정스레 바라보는 정몽주.
황산을 향해 달려가는 이성계의 군대 너머로 석양이 뉘엿뉘엿 진다.

27 ＿＿＿ 평원 + 왜구 전위 (밤)

한바탕 격전이 휩쓸고 간 곳곳에 즐비한 시체들.

투구를 벗은 아지발도, 말 위에서 맞은편 고려군의 전위를 바라본다.

아지발도   (일본어, 피식) 고려 최고의 장수도 별수 없구나... 내일 끝장을 내
    주마.

왜장, 달려와 부복한다.

아지발도   (일본어, 노기 어린) 황산의 병사들은 어찌하여 적의 후미를 치지
    않은 것이냐!
왜장   (일본어) 이성계가 황산에 있습니다!
아지발도   !

28 _____ 고려군 후미 (밤)

화덕 불 주변에 지친 기색으로 앉거나 서 있는 변안열과 장수들.

정몽주   (애타는) 황산에선 어찌 아무 기별도 없는 것인가? 어찌...
변안열   전령을 보냈으니 곧 연락이 올 것이외다. (하는데)

배극렴, '변 장군!' 하며 달려온다. 일동 보면.

배극렴   본대를 지휘하던 아지발도가 병사를 나누어 어디론가 사라졌습니
    다!
정몽주   분명 황산으로 간 것입니다! (배극렴에게) 당장 원군을 보내야 합
    니다.
변안열   (일어나) 자, 황산으로 갈 장수는 자원하시오!

장수들	(자신 없는 듯 외면하는)
변안열	아니... 이 사람들이...
정몽주	(기막히는, 탄식)

29 _____ 황산 일각 (밤)

사방에서 쏟아져 내려오는 왜구들. 왜구와 포위된 가별초의 전투가 한창이다. 이성계와 이지란, 화살을 쏘고 칼로 베며 분전하고 있다.

이지란	쌍간나새끼들! 쥑예두 쥑예두 끝이 없구만기래!
이성계	(병사들을 향해 호령하는) 물러서디 말라! (한 놈 베고) 좌군~ 앞으로!

이지란의 가별초들, 힘을 내어 '와~' 하며 전방의 왜구를 향해 돌진한다. 이지란이 전면 저지선을 뚫는 동안 이성계는 본진에 난입하는 적들을 베어 넘긴다. 일각에서 왜구가 이성계를 향해 화살을 쏜다. 화살이 이성계의 말에 박히고, 히이잉! 곤두박질치는 이성계!

이지란	성니메!
이성계	(덤벼드는 왜구들을 베어버린 뒤 외치는) 우군... 돌격!!

필사적인 전투... 이성계와 이지란, 끝없이 적들을 베어 넘긴다.

이지란	(베면서) 쌍간나쌔기들!... 기래!... 얼마든지 오라우!... 다 죽여버리가서!

어느 순간, 왜구들이 모두 쓰러지고 정적이 감도는 전장.

이지란   (감격스러운) 성니메!

이성계   …

그때 어디선가 날아오는 화살. 이성계, 손으로 잡아 막는다. 이지란과 병사들, 헉! 보면 저만치 아지발도가 활을 들고 서 있다. 그 뒤로 왜구들이 가득한! 주춤하는 가별초들…

이성계   (버럭) 겁먹디 말라우!

군사들   !

이성계   정신줄 놓디 말구…. 나만 따라오라. 모두 알갔니!!

군사들   예, 장군!

아지발도   (일본어) 공격하라!

이성계   돌격~!!

가별초와 왜구들 부딪친다. 멀찍이서 내려다보는 아지발도. 사력을 다하는 가별초들. 그러나 하나둘씩 쓰러진다. 이성계와 이지란, 포위된다. 이지란, '쌍!' 뛰어나가 퇴로를 뚫다가 팔에 자상을 입고 칼을 떨어뜨린다. 이성계, 왜구를 베고 이지란을 잡는…

이성계   지란아!

이지란   쌍… (씨익 웃는) 오늘이 아무래두 우리 제삿날 같소!

이성계   일 없다! 그런 설레발치디 말라!

이성계, 이지란을 일으키며 칼을 빼 든다. 포위한 왜구들과의 대치. 그때 '와~' 하는 함성과 함께 배극렴과 변안열, 군사를 몰고 달려온다.

변안열   순찰사 장군을 보위하라!

배극렴   한 놈도 살려두지 마라!

감격스러운 이성계, 이지란. 당혹스러운 아지발도. 그렇게 엉키는 군사들. 치열한 접근전이 펼쳐진다. 왜장을 베는 이성계의 모습에서 화면이 차츰 느려지면서 참혹한 전투의 면면이 보인다. 육박전에, 죽이고 죽는다. 두려움과 고통에 울부짖고 피를 뒤집어쓴다. 피아를 구별할 수 없는 칠흑 같은 어둠 속에서 백병전이 펼쳐지는 모습. 그 위로 서서히 떠오르는 태양. 어느 순간 창공에 화살이 무더기로 솟구친다.

30 _____ 아지발도의 본진 앞 + 산비탈 (낮)

〈자막〉 황산 서북쪽 정산봉

(현대 고지전을 연상시키듯) 비탈길을 전진하는 고려군에게 화살이 쏟아진다. 왜구들, 목책 뒤에서 화살을 갈겨댄다. 방패와 나무 따위에 의지하여 필사적으로 진격하는 고려군을 배극렴, 변안열 등이 '돌격하라!' '화살을 쏴라!' 정도 외치며 독전한다. 선두에선 이성계와 이지란이 화살을 쏘면서 전진한다. 이성계와 이지란의 화살에 픽픽 쓰러지는 왜구들. 말을 타고 내려다보던 아지발도, 활을 꺼내 이성계를 겨눈다. 화살을 맞고 쓰러진 병사를 나무로 끌고 가던 이성계의 허벅지에 아지발도의 화살이 꽂힌다. 윽! 비탈을 구르는 이성계.

이지란   성니메...! (화살 사이를 뚫고 이성계를 바위 뒤로 끌고 가) 성니메~!!

이성계	일 없다. 수선 떨지 말라. (화살을 부러뜨리는)

'와~' 하는 함성에 보면 말을 탄 아지발도가 왜구들과 함께 돌진해 온다. 배극렴과 변안열도 '돌격!' 외치며 달려간다. 양군의 격돌! 아지발도의 창에 추풍낙엽처럼 쓰러지는 고려군들. 곳곳에서 화살이 날아오지만 아지발도의 무쇠 갑옷에 튕겨 나가는.

이지란	(발끈) 저 쌍간나쌔끼... 쥑예뿌리가서. (일어나는데)
이성계	(잡는) 지란아.
이지란	(보는)
이성계	...화살 꺼내보라.
이지란	(두 개 꺼내 내미는) 이거이 다요.
이성계	(하나 집는) 준비하라.
이지란	(무슨 말인지 알겠다는 듯, 끄덕이는) 야!
이성계	(활에 화살을 장전하고는 이지란과 일별하고 일어나는) 아지발도 ~~!!

고려군 한 명을 벤 아지발도, 멈칫 이성계를 바라본다. 일순 거짓말처럼 전장의 모든 시선이 두 사람을 향한다. 아지발도, 창을 치켜든다. 이지란, 바위 뒤에서 화살을 장전한다. 아지발도, '으아~' 함성을 지르며 돌진해 온다. 차츰 좁혀지는 거리. 조준만 한 채 쏘지 않는 이성계.

이지란	(나직이) 날래 쏘라요!
이성계	...
이지란	성니메!

근접한 아지발도, '으아~' 외치며 창을 치켜든다. 순간 이성계의 화살이 시위를 떠난다. 아지발도의 투구 끈을 베는 화살. 달려오던 관성에 투구가 벗겨지고 아지발도의 준수한 얼굴이 드러난다. '으아~!!' 포효하며 창을 치켜드는데 순간, 이지란의 활에서 화살이 발사된다. 아지발도의 이마에 정면으로 꽂히는 화살. 헉! 아지발도, 말에서 떨어져 죽는다.

이지란   잡았수다!!

이성계   (훅! 숨 내쉬는)

당황하는 왜구들. 배극렴, '전군 공격하라!' 외치고, 도주하는 왜구들을 추격하는 고려군들. 아지발도의 시체를 바라보는 이성계.

31 _____ 왜구의 본진 앞 (낮)

시체가 즐비한 폐허. 정몽주, 부장들 몇과 함께 당도한다. 곳곳에 지쳐 널브러진 고려 병사들. 배극렴, 변안열, 이지란 등 장수들 넋을 놓고 있다. 부장이 변안열에게 물바가지를 바친다. 변안열, 마시려다 말고 이지란에게 건넨다. 이지란, 씩 웃고 받아 마신다. 일각에서 착잡한 표정의 이성계, 옅은 한숨을 내쉬는데 정몽주가 다가온다.

정몽주   (울컥) 장군...

이성계   여기가 지옥인가... 내사 죽은 거인가 얼쑹했댔는데... (옅은 미소로 보며) 포은 선생을 뵈이 살아 있는 거이 맞나 보우다.

정몽주   대승입니다... 노획한 말이 천육백 필에 살아서 도망간 왜구가 일흔 명도 채 되지 않습니다!

| 이성계 | ... (씁쓸한 듯 옅은 한숨 내쉬는데) |

변안열, 장수들과 다가선다. 이성계, 보면 숙연하게 바라보는 장
수들.

| 변안열 | 장군. |
| 이성계 | (옅은 미소) 애들... 썼소... |

변안열을 위시하여 배극렴 등 장수들이 무릎을 꿇는다. 이성계, 정
몽주, 이지란, !!

| 변안열 | 장군!! 승전을 감축드립니다!! |
| 배극렴 등 | 감축드립니다!! |

장수들, 이성계 앞에 머리를 조아린다. 이성계, 먹먹하다. 멀리서
이성계를 지켜보는 한 사내. 정도전이다. 이성계를 꽂힌 듯 바라보
다 이내 자리를 뜬다.

32 _____ 이성계의 집 대청 + 마당 안 (낮)

몸종, 몽수를 들고 서 있다. 출타 준비를 마친 강 씨, 급히 안방을
나와 댓돌에 내려선다. 몸종이 몽수를 펼쳐 강 씨의 어깨에 둘러주
려는데, 강 씨가 경황이 없는 듯 행하니 나간다. '(E) 와!~' 하는 백
성들의 함성!

33 _____ 해설 몽타주 (낮)

1) 저잣거리 – 길가를 가득 메운 군중들, 환호하며 '이성계 장군 천세'를 연호한다. 기치를 높이고 위풍당당하게 개선하는 군사들. 부월을 든 이성계 뒤로 정몽주, 이지란, 변안열, 배극렴 등 장수들이 따른다. 몸종과 함께 인파를 헤치고 나와 바라보는 강 씨, 이성계와 시선이 마주친다. 이성계의 미소를 먹먹히 바라보는 강 씨, 북받친다.

해설(Na)　서기 1380년의 황산대첩은 절정으로 치닫던 왜구의 기세를 꺾어버린 쾌거였다. 최무선의 진포대첩, 최영의 홍산대첩과 더불어 왜구 토벌사에 길이 남을 이 기념비적인 승리로 이성계는 고려의 국민적 영웅으로 떠올랐다.

2) 편전 안 – 부월을 든 우왕과 재상들 앞에 도열한 이성계 일행. 이숭인, 교지를 읽는다. '양광전라경상도 도순찰사 이성계에게 황금 오십 냥을 하사하고, 노비와 전답을 하사하여 그 공을 치하할 것이니 도당은 명을 받들도록 하라…' 흐뭇한 최영과 정몽주. 경계심 어린 눈초리의 임견미, 염흥방, 이인임.

해설(Na)　그동안 숱한 전공에도 불구하고 조정의 견제로 변방을 전전해야 했던 이성계는 비로소 중앙정계에 발을 내딛게 되는데…

34 _____ 빈청 이인임의 집무실 안 (밤)

이인임, 임견미, 염흥방이 앉아 있다.

임견미	(분한) 저자의 백성들이 개선하는 이성계 앞에 머리를 조아리고 천세를 외쳐대는데 마치 임금의 행차를 보는 듯했답니다!
염흥방	사대부들의 동태도 심상치 않습니다. 정몽주야 원래 친분이 두터웠다지만, 이색 대감과 권근이 황산의 전승을 칭송하는 시까지 지었다 합니다.
이인임	(피식)
임견미	놈이 더 커지기 전에 싹수를 잘라내야 합니다.
하륜	(E) 지금은 때가 아닙니다.

임견미, 염흥방, 보면 하륜, 들어온다.

하륜	(인사하고 앉으며) 지금은 민심이 이성계 장군을 향하고 있어요.
이인임	(하륜에게 떠보듯) 허면 어찌하면 좋겠는가?
하륜	민심은 피를 싫어합니다. 상생을 도모하는 것이 우선일 것입니다.
이인임	상생이 어렵다면?
하륜	한여름 날씨처럼 변덕스러운 것이 또한 민심이니... 여름이 오기를 기다려야 하겠지요.
이인임	(제법이라는 듯 미소로 보는)

35 _____ 빈청 앞 (밤)

최영, 이성계와 강 씨를 배웅하고 있다.

최영	자네가 도당에 들어오게 되었으니 내 이제 백만대군을 얻은 기분일세!
이성계	(안색이 밝지 않은) 과찬이십메다, 대감.

강 씨	저희 대감이 정치는 처음이라 많이 서툴 것입니다. 영삼사사 대감 께서 잘 이끌어 주십시오.
최영	(농담조로) 서툴긴 이 사람도 마찬가집니다만, 돌팔이라도 괜찮다 면 내 기꺼이 그리하지요! (껄껄 웃는)
강 씨	(품 웃는)
이성계	이만 가갔습메다. 들어가 보시우다.
최영	(믿음직스럽다는 듯 끄덕이며) 도당에서 보세. (들어가는)

이성계와 강 씨, 인사하고 걸어가다 멈칫한다. 퇴청하던 이인임이 서 있다.

이인임	감축드립니다.
이성계	(노려보는)
이인임	승전에 도당까지 겹경사를 맞으셨는데 어째 기뻐하시는 것 같지가 않습니다?
이성계	(다가서서) 남원에 보급을 끄닌 이유가 무엇입메까?
이인임	나라 전체가 아사 직전인데 거기만 먹여 살릴 순 없지 않습니까?
이성계	조금만 더 기다랬음 왜구들이 제풀에 티여나왔을 거입메다.
이인임	어쨌든 이겼지 않소이까?
이성계	아이 죽어도 될 뱅사들이 너무 마이 죽었습메다!!
강 씨	(불안한) 대감...
이인임	(정색하고 보다가 이내 미소) 이거 실망이군요. 이래가지고 정치를 할 수 있으시겠소?
이성계	...
이인임	전쟁터에서 하듯 기분대로 하시다간 언제 목이 달아날지 모르는 데가 조정입니다.
이성계	!

강 씨	수시중 대감, 말씀이 지나치십니다!
이인임	(무시하듯 이성계에게) 새겨들으시오... 전장에서 적을 만나면 칼을 뽑아야 하지만 조정에서 적을 만나거든... 웃으세요. (씨익 웃는)
이성계	(노려보는)
이인임	정치하는 사람의 칼은 칼집이 아니라 웃음 속에 숨기는 것입니다.
이성계	대감께서 말씀하시는 정치는... 협잡이우다.
이인임	(보고)
이성계	(보는)
이인임	(미소) 도당 입성을 환영합니다. (가는)

멀어지는 이인임. 강 씨, 불안한 듯 이성계를 보면, 전의가 불타는 모습이다.

36 ＿＿＿ 관청 앞 (밤)

햇쑥한 안색의 최 씨, 걸어 나와 멈춘다. 관청을 돌아보면.

사내	(E) 영주 관아에서 아직까지도 기별이 없는 것을 보면... 필시 죽은 겝니다.
최 씨	(울컥하지만 꾹 참는, 이를 악물고 가는)

37 ＿＿＿ 정도전의 집 마당 안 (밤)

득보, 안절부절못하며 보퉁이를 든 최 씨의 앞을 막고 서 있다.

득보	아이구, 마님... 이러시면 아니 됩니다요~
최 씨	부인이 서방 찾으러 간다는데 뭐가 안 된단 말입니까! (제법 독기 어린) 썩 비키세요!
득보	글쎄 영감마님이 어디 계신 줄 알고 가신다는 겁니까요?
최 씨	산 사람이든, 송장이든 고려 땅 안에 계실 테지요! 아, 비키라니까요! (득보 밀치고 가는)
득보	(휘청) 마님~!!

최 씨, 다부지게 걸어가는데 대문이 열린다. 최 씨, 멈칫 보면 정도전이 들어온다. 최 씨, 얼어붙는...

득보	영감마님!!
정도전	(만감이 교차하는) ...오랜만이오, 부인.
최 씨	(보퉁이를 툭 떨어뜨리는)
정도전	(어색하고 미안한 듯 보다가) 어디... 가던 길이었소?
최 씨	(기막힌, 이내 원망스러운 듯) 어디 가냐구요? ...(버럭) 소첩이 어디 가는 것 같습니까?!
정도전	!
최 씨	(허... 꺼지듯 주저앉는)
정도전	(다가앉는) 부인...
최 씨	(중얼대듯) 살아계셔놓구서... 어찌 이리 무심할 수가 있습니까...
정도전	미안하오... 기별을 할 만한 처지가 아니었, (하는데)

최 씨, 정도전의 허리를 감아 안는다. 정도전, !!
다시는 놓아주지 않을 것처럼 부둥켜안은 최 씨. 흑! 참았던 울음이 터져 나온다. 먹먹한 정도전과 한풀이 같은 오열을 쏟아내는 최 씨에서 F.O

38 _____ 이색의 집 앞 (낮)

도포 차림의 정몽주, 들어간다.

39 _____ 동 안방 안 (낮)

이숭인, 권근이 있고 정몽주, 이색에게 절하고 앉는다.

정몽주 이번에 진공사로 명나라에 다녀오게 되었습니다.

이색 이미 숭인이에게 들었다. 고려와 명나라의 관계가 아직도 살얼음
판이니 모쪼록 두 나라의 관계를 반석 위에 올려놓고 오너라.

정몽주 예, 스승님. 자네들은 내가 없는 동안 스승님을 잘 모시도록 하게.

이숭인 염려 마시고 조심해서 다녀오십시오.

정몽주 틈나는 대로 삼봉의 행방도 찾아보도록 하구.

권근 예, 사형.

이색 (옅은 한숨) 경외종편이 되었다 하여 한시름 놓았더니 어쩌자구 한
마디 말도 없이 사라졌을꼬...

정몽주 황산에서 만났을 때 마음의 상처가 깊어보였습니다. 초야에 은둔
한 것이 분명합니다.

이색 하긴... 성미는 불같아두 마음은 더없이 여린 사람이니...

정몽주 ...

40 _____ 삼봉재 외경 (낮)

단출한 초가집 마당 일각에 삼봉재 현판이 붙은 서당...

(E) (조금 경박스러운) 왕촉 가라사대 충신불사이군 열녀불경이부니라!

41 _____동 서당 안 (낮)

정도전, 귀동 등 몇 안 되는 학동들 앞에서 열강을 하고 있다.

정도전   왕촉이 말하기를 충신은 두 임금을 섬기지 않고 열녀는 두 남편을 섬기지 않는다 하였다. 충신은 다른 나라 임금을 모셔서도 안 되고, 왕조가 바뀐다 해두 그 옛날 백이와 숙제처럼 굶어 죽을지언정 옛 왕조에 대한 의리를 지켜야 한다는 것이니...무조건! 달달달...! 외워라.

학동들   예!

정도전   가점을 받고 싶으냐!

귀동   (눈 번득이고) 예!!!

정도전   (귀동 보며 짐짓 감정 넣어) 지조 있는 여인의 가슴 속에 정인이 하나이듯, 신하의 가슴에도 임금은 오직 한 분뿐이시니, 금상께서 승하하신다면 관직을 버리고 초야에 묻혀 먼저 가신 임을 그리워하며 살겠나이다.

귀동   (감동받은 시선)

정도전   이러면 만점이다... 외워라.

귀동   예!!!

정도전   허나 명심하거라! 내가 가르치는 것은 죄다 뭐라고 하였느냐!

학동들   (신나서 일제히) 허튼소리!!

정도전   (싱긋) ...맞다. 입만 살은 밥버러지의 허튼소리이니... 머리로 외울 뿐 가슴엔 새기지 마라.

학동들   (재밌다는 듯 웃고)

정도전　　　(이내 어두워지는)

42 ＿＿＿동 안방 안 (밤)

얼큰히 취한 정도전, 술을 들이켜고 있다. 최 씨, 승복을 들고 들어
와 보고는 걱정스레 곁에 앉는다.

최 씨　　　몸에도 안 좋은 술을 어찌 이리 많이 드십니까?

정도전　　　미안하게 됐소... 밥벌이도 변변치 못한 놈이 귀한 술만 축내고 있
　　　　　　으니...

최 씨　　　그런 말씀이 아니지 않습니까... 선비는 금욕해야 된다면서 누구보
　　　　　　다 술을 조심하시던 분께서 이러시니 걱정이 돼서 드리는 말씀입
　　　　　　니다.

정도전　　　(피식) 선비는 무슨... (문득 승복 보는) 헌데 그건 뭡니까? 중들이
　　　　　　입는 옷 같은데...

최 씨　　　(주저하듯) 저기 삼각산 미륵사에서 받아온 겁니다. 서방님께서 절
　　　　　　의 물건들 질색하시는 건 알지만... 삯을 후하게 쳐준다 해서...

정도전　　　(가슴 아픈)

최 씨　　　(화났다 싶은) 화... 나신 겁니까?

정도전　　　(피식, 자조적인 미소로) 다 먹고 살자고 하는 짓인데 절 물건이면
　　　　　　어떻고 권문세가 놈들 것이면 어떻겠습니까... (마시는)

최 씨　　　(걱정스러운)

정도전　　　(잔 놓고) 미안하오, 부인...

최 씨　　　(다가앉는) 다 잘될 것이니 자책하지 마십시오. 서방님께서 하겠다
　　　　　　고 마음만 먹으면 못할 일이 뭐겠습니까? 옛말에 불위야 비불능야
　　　　　　不爲也, 比不能也라 하지 않았답니까?

정도전	(적이 놀라 너털웃음으로) 부인께서 맹자를 다 아십니까?
최 씨	(픽 웃으며) 실은 미륵사에서 들은 얘깁니다.
정도전	중이 그런 말도 한답니까?
최 씨	스님이 아니라 거기 공양주 아가씨가 소첩한테 바느질거릴 맡기면
	서 힘내라고 해준 말입니다.
정도전	(피식 웃다가 문득 쓸쓸해지는, 후~ 일어나 나가는)

43 _____ 동 마당 안 (밤)

정도전, 걸어와 담 앞에 선다. 떠오르는...

정도전	(E) 맹자께서 말씀하시기를 불위야 비불능야라 하셨다.

F.B》7회 35씬의

업둥	?
정도전	하지 않는 것이지, 하지 못하는 것이 아니라는 뜻이니라.
업둥	하지 않는 것이지, 하지 못하는 것이 아니다...
정도전	세상 이치가 다 그런 것이다. 포기하고 체념하면 아무것도 이룰 수
	없고, 하겠다고 작정하고 덤비면 뜻을 이룰 수 있는 것이야.

현재》

정도전, 한숨을 내쉰다. 무력감이 밀려온다. 쓸쓸한 듯 피식.

44 _____ 미륵사 일실 안 (밤)

아이들 몇 앉아 있고 양지, 한지에 '효孝'라고 써서 들어 보인다.

양지   효도 효… 자식이 부모를 섬기는 일을 말하는 것이란다. 겉으로 잘
모시는 것도 중요하지만 더 중요한 건… (가슴 짚으며) 여기야. 마음
속으로 부모를 깊이 공경하는 사람이 진짜 효자란다. 다들 알겠니?

아이들   예~ (하는데)

사노1   (E) 공양주님…

양지   (문 쪽 보는)

45 _____ 동 경내 (밤)

양지, 사노1 앞에 서 있다.

양지   알아보셨습니까?

사노1   가솔들과 개경을 뜬 뒤로 행방이 묘연하다 합니다. 사대부들도 소
재를 아는 자가 없는 듯합니다.

양지   (걱정 어린)

46 _____ 동 심검당 안 (밤)

양지, 수심에 잠겨 있다. 무덕, 들어와 앉는다.

무덕   (조금 마뜩잖은) 정도전이란 거사의 행방을 알아보라 하였다구?

양지	예, 어머니.
무덕	그 거사와 너는 악연인 듯하다고 몇 번을 말했더냐? 행방을 알아 무엇을 어찌하려구?
양지	소녀가 무엇을 하겠습니까? 그지 무탈히 사시는 것만 알면 마음이나마 편할 듯하여,
무덕	다 부질없는 미련이니라. 출가한 비구니는 아니나 너는 엄연히 미륵님을 모시는 공양주... 속세의 기억 따윈 지워버리고 수행에만 정진하거라.
양지	...

47 _____ 미륵사 앞 (낮)

최 씨, 승복을 들고 걸어와 절 안으로 들어간다.

48 _____ 미륵사 심검당 앞 (낮)

최 씨에게 오승포를 건네는 양지.

양지	솜씨가 너무 훌륭하시네요. 여기 있습니다.
최 씨	(반색) 어머! 이렇게나 많이... 감사합니다, 다음에도 또 불러주세요.

양지, 합장하면 최 씨, 합장하고 간다. 귀동의 손을 잡은 여인1, 양지에게 다가와 인사한다.

| 양지 | (인사하고) 귀동이, 오랜만이구나? (하는데) |

귀동	(가는 최 씨 보며) 어? 사모님이다! (뛰어가는)

양지, 의아한 듯 보면 저만치 뛰어간 귀동, 최 씨에게 '사모님, 안녕하세요?' 인사한다. 최 씨, '어, 귀동이구나' 하며 머리 쓰다듬다가 양지와 눈 마주치면 겸연쩍은 듯 목례한다.

양지	(미소 지으며 여인1에게) 귀동이가 글방에 통 안 나온다 했더니 학당엘 나갔었군요.
여인1	(탐탁잖은 듯) 개경에서 글공부한 사람이 가르치는 데라길래 보내 봤는데... 그만 다니랄까 싶습니다.
양지	글 삯을 많이 달랍니까?
여인1	그게 아니라 선생이란 사람이 좀 이상한 것 같아요.
양지	이상하다니요?
여인1	글쎄 애들한테 자기는 허튼소리만 지껄이는 밥버러지라 그런답니다.
양지	밥버러지? (잠시 생각하다 이내 어이없는 듯 웃으며) 설마 그런 말을 했을라구요.
귀동	(다가서는, 어리광 부리며 양지의 팔에 매달리는) 공양주님~
양지	그게 사실이라면 아무래도 학당을 옮기시는 게 좋겠습니다, 보살님.
여인1	공양주님 생각에도 그래야겠지요?
귀동	싫어요! 나 삼봉재 계속 다닐 거예요!
양지	...? (귀동 보면)
귀동	우리 스승님이 얼마나 재밌게 가르치는데...
양지	학당 이름이... 삼봉재라구?
사내	(E) 이런 날강도 같은!

49 _____ 주막 앞 (밤)

만취한 정도전, 사내에게 패대기쳐져 쫓겨난다.

정도전　(과장되게) 아이고~ 나 죽네~

사내　　탁주를 석 되나 처먹어 놓고, 뭐? 외상?

정도전　아이고~ 저놈이 사람 잡네... 아이고~

사내　　(에이씨! 하고) 나 원 재수가 없을려니... (퉤! 뱉고 들어가는)

50 _____ 삼봉재 앞 (밤)

정도전, 비척비척 걸어온다. 대문을 열려다 멈추는 손. 이내 담벼락
에 쪼그려 앉는다. 술이 깬 듯 눈빛이 먹먹하다. 고개 떨구더니 이
내 키득대기 시작한다. 웃음 멈추고 후~ 한숨 내쉬는데, 그의 시야
에 여인의 두 발이 나타난다. 천천히 고개를 드는 정도전, 굳어진
다. 믿기지 않는 듯 아무 말도 못 하고 선 양지... 멍하게 바라보는
정도전.

양지　　(사투리 어조로) 나리?

정도전　...

양지　　쇤네... 양지고만요.

정도전　!

정도전와 양지의 얼굴에서 엔딩!

12회

1 _____ 삼봉재 앞 (밤)

양지	쉰네... 양지고만요.
정도전	!
양지	(울컥) 양지라고요! 알아보시겠소!
정도전	(보다가 옅은 미소) ...살아 있었구나.
양지	(눈물 그렁한 눈으로 미소 짓는) 나리...
정도전	(보는)

시간 경과》
양지와 정도전, 나란히 벽에 기대어 앉아 있다.

양지	아랫마을에 삼봉재란 학당이 있다 혀서 혹시나 허고 와봤는디... 참말로 시상이 좁기는 좁은 모양이여라.
정도전	천복이의 생사는 모르는 것이냐?
양지	(씁쓸한) 아직 죽었다는 소식은 없응께 워디 살아 있겠지라. 꼭... 살아 있을 것이고만요.
정도전	...
양지	나리는 그간 워찌 지내셨다요?
정도전	... (일어나는)
양지	...? (따라 일어나는)
정도전	잘 가거라. (들어가려는데)
양지	저기, 나리.
정도전	(보는)
양지	틈틈이 문후 여쭤도 되것지라?
정도전	잘사는 것 알았으니 됐다. 그러지 마라.
양지	(서운한, 허나 일부러 껄렁하게 헛기침하고) 아따... 오랜만에 만나

가꼬 워째 이리 섭헌 말씀만 골라서 허신다요? 지가 명색이 나리으
한나뺶이 없는 소재동 제잔디 안부도 여쭙지 말라고라?

정도전 (보는)

양지 (큼, 보면)

정도전 소재동이니 뭐니 잊은 지 오래다. 잘 가거라. (들어가는)

양지 나리, (한 발 내딛지만 문 닫히는, 수심이 어리는)

여인1 (E) 글쎄 애들한테 자기는 허튼소리만 지껄이는 밥버러지라 그런
답니다.

양지 (정도전의 상처가 느껴지는, 안타까운 시선으로 대문을 보는)

2 _____ 동 서당 안 (밤)

캄캄하다. 벽에 쭈그려 앉은 정도전. 막막하다.

엄둥 (E) 국법 겉은 말씀허덜 마시오.

F.B》 9회 19씬의

엄둥 죽어라 땅 파서 열 섬 거두믄 아홉 섬을 뺏어가는디... 고것은 나랏
법에서 허라고 혀서 하는 짓이다요?

F.B》 9회 45씬의

황연 이게 사람 사는 것입니까? 개, 돼지도 이렇게는 안 사는고만요... 나
리, 우리가 사람이긴 헌 것입니까?

F.B》 10회 9씬의

황연 등 시체가 즐비하다.

현재》

눈을 질끈 감는 정도전. 이내 눈을 떠 서안 위를 보면 낡은 맹자 책이 펼쳐져 있다. 집어 든 서책 위로...

〈자막〉 맹자 진심 장구 하편

정도전   (E) 임금이 무도하여 사직을 위태롭게 하면... 다른 사람으로 바꿀 수 있다.

〈자막〉 諸侯危社稷則變置<small>제후위사직즉변치</small>

정도전   (책을 내려놓은 정도전의 무거운 표정 위로) 임금은 바꿀 수 있다... 바꿀 수 있다...

3 _____ **개경 - 저잣거리 (낮)**

침통한 표정의 이성계, 걸어와 멈춘다. '나리, 적선 좀 해주십시오~', '배가 고파 죽겠습니다요~' 하며 행인들 앞에 줄지어 엎드려 구걸하는 거지들. 나졸들이 달려와 '이놈들, 썩 물러가거라!' 정도 엄포 놓으며 쫓아낸다. 거지들이 도망친 자리에 덩그러니 남아 있는 여자 걸인의 시체. 다가서는 이성계. 비통한.

최영   (E) 구휼미°를 푸십시오!

°   재난을 당한 사람이나 빈민을 돕는 데 쓰는 쌀.

4 _____ 도당 안 (낮)

이인임(상석), 최영, 임견미, 염흥방, 이성계, 변안열 등 앉아 있다.

변안열 구휼미라니요?

최영 삼남을 휩쓴 기근이 도성까지 번지는 바람에 굶어 죽는 백성들이
속출하고 있지 않소이까?

이인임 (부드럽게) 해서 비축해둔 구휼미를 이미 다 풀었습니다. 조세도
한 차례 감면해 주었구... 더 이상은 황정°을 할 여유가 없습니다.

최영 도당의 재상들이 각출을 하면 되지 않겠소?

임견미 각출이라니요! 정몽주가 명나라에 가져간 공물의 태반이 우리 호
주머니에서 나왔거늘... 도당의 재상이 무슨 호군줄 아십니까!

이성계 이 사람은... 영삼사사 대감의 말씀에 찬동합니다.

임견미 (흥!) 어련하시겠소이까!

염흥방 (가소롭다는 투로) 각출을 해서 구휼미를 나눠주면 굶어 죽는 사람
들이 없어진답니까?

이성계 아니란 말입니까?

염흥방 당연하지요. 오늘 치울 시체를 글피에 치울 뿐입니다.

이성계 (보는)

염흥방 이해가 빨리 안 되시나 본데 알아듣기 쉽게 설명을 해드리지요. 이
번 도성의 기근은 수년째 계속된 가뭄에다 왜구가 다시 기승을 부
리면서 도성으로 올라오는 조세가 급감하여 발생한 재앙입니다.
한두 달 내에 끝날 사태가 아니니 미봉책으로 해결될 일도 아니란
말씀입니다.

이성계 가만있는 것보다는 미봉책이 낫지 않습니까?

° 흉년에 백성을 구하는 정치.

염흥방	밑 빠진 독에 물 붓기! 나랏일은 그렇게 하는 것이 아닙니다. 이젠 좀 아실 때도 되지 않았습니까?
이성계	무시기... 뭐요?
임견미	(약 올리듯) 사투리 고치시느라 어디 국정을 살필 겨를이 있었겠소이까?
최영	임 대감!
이인임	(옅은 미소 짓고 최영에게) 영삼사사 대감, 이 문제는 경과를 좀 더 지켜본 연후에 재론하십시다. (하는데)
이성계	당장 저자에 나가보십시오.
이인임	(불쾌한 듯 보는)
이성계	골목마다 시체 썩는 냄새가 진동을 하고 있습니다.
이인임	하늘에서 곡식이 떨어지지 않는 한 향후 몇 년간은 도성에 기근이 계속될 것입니다. 나라 살림도 덩달아 어려워질 것이니 백성들도 살아남는 법을 스스로 터득해야 합니다.
이성계	허면 찬동하는 사람들끼리라도 추진하겠습니다.
이인임	(쏘아보는) 지금... 기근을 빙자하여 편당을 나누려는 것이오?
이성계	!
임견미	백성들의 환심을 독차지하고 싶은 것이겠지요.
이성계	편당도 환심도 아닙니다!
이인임	하려면 사적으로 하세요. 나라 차원의 공짜 쌀은 더 이상 안 됩니다.
이성계	어째서 그렇습니까?
이인임	산과 들로 나가 먹거릴 찾아야 할 백성들이 죽치고 앉아 대궐만 쳐다보게 되기 때문이지요.
이성계	!
이인임	공짜도 반복되면 권리가 되는 것입니다. 처음엔 감지덕지하던 백성들도 두 번째부턴 당연한 것으로 여기고 세 번째부터는 성이 차지 않아 불만을 터뜨리게 됩니다. 그리되면... 고려는 망합니다.

이성계   ...

5 _____ 빈청 이인임의 집무실 안 (낮)

이인임, 임견미, 염흥방, 들어와 앉는다.

임견미   (기분 좋은) 아주 따끔한 훈계셨습니다. 촌뜨기 놈이 꿀 먹은 벙어
         리가 되었어요.
염흥방   평생 변방에서 싸움질이나 하던 자가 나랏일을 어찌 알겠습니까?
         기껏해야 최영의 오른팔이나 하다 말 위인이니 대감께서도 더는
         경계하실 필요가 없을 것 같습니다.
이인임   ...

6 _____ 빈청 최영의 집무실 안 (낮)

최영과 이성계, 앉아 있다. 이성계, 착잡하다.

최영   이인임의 말도 일리가 없지는 않네.
이성계   궤변일 뿐입메다.
최영   (허, 웃고) 사람... 많이 분했던 게로구만...
이성계   (씁쓸한) 분한 게 아이라 답답해서 이캅메다. 도당에만 디가문... 눈
         뜬장님이 돼버리니...
최영   배워가는 과정이라 생각하게. 한 사람의 장수를 만드는 데도 몇 년
         의 세월이 걸리는 법, 하물며 이건 정치가 아닌가?
이성계   ...

최영	이인임과도 사사건건 척을 질 필요는 없네. 그자가 부패한 것은 사실이나 지금 고려에 그만한 경륜을 가진 자도 없지 않은가?
이성계	...

7 _____ 이색의 집 마당 + 대청 (밤)

이색, 급히 방문을 나와 대청에 선다. 마당에 종복과 서 있던 이성계가 인사를 한다.

이색	(조금 놀란) 이성계 대감...
이성계	소생... 작금의 시국에 관해 가르침을 청하러 왔습니다.
이색	(보는)

8 _____ 동 안방 안 (밤)

이색과 이성계, 주안상을 놓고 가볍게 웃는다.

이색	변변찮은 사람이 오늘 너무 쓸데없는 말을 많이 한 것 같습니다 그려.
이성계	천만의 말씀이십니다. 많이 배웠습니다. 앞으로 자주 찾아뵈도 되겠습니까?
이색	초야에서 시문이나 지으며 정치와는 담을 쌓고 지내는 사람입니다. 대감께 별 도움이 되지 않을 것입니다.
이성계	꼭 그리하고 싶습니다. 포은 선생이 없으니 소생, 까막눈이나 다름이 없어서리...

이색	(보다가) 이럴 때 도전이만 있었어도... 대감께 큰 도움이 됐을 터인데...
이성계	삼봉 선생을 말씀하시는 것입니까?
이색	아십니까?
이성계	포은 선생이 여러 번 얘기 했었습니다. 지략이 아주 뛰어나다 하던데...
이색	몽주가 단아한 제갈공명이라면 도전이는 천방지축 방통 같은 녀석이지요. (수심 어리는) 허나 초야에 은둔하여 소식을 끊어버렸으니...
이성계	...
염흥방	(E) 이성계가 이색 대감과 회동을 했다 합니다.

9 _____ 이인임의 사랑채 안 (밤)

하륜과 바둑을 두던 이인임, 멈칫 염흥방을 바라본다.

이인임	이색?
염흥방	(앉으며) 기별도 없이 찾아가 시국에 관한 자문을 청했다 하는데 밤늦도록 환담을 나누며 웃음소리가 끊이질 않았다는군요.
하륜	이성계는 오랜 세월 전장을 누볐습니다. 정치적 식견은 부족해도 판세를 읽는 눈만큼은 누구에게도 뒤지지 않을 터... 필시 사대부들과 손을 잡겠다는 의중입니다.
염흥방	이성계는 최영의 최측근일세. 그런 자가 어찌 사대부들과 손을 잡는단 말인가?
이인임	이성계는 야심갑니다. 최영의 그늘 밑에 안주할 사람이 아니에요.
하륜	대비를 하셔야 합니다. 최영의 총애를 받는 이성계가 사대부들까

	지 규합하게 된다면 그 세력이 만만치 않을 것입니다.
염흥방	허면 우리도 사대부들을 규합하면 되지 않는가? 대감, 이 사람만 믿으십시오.
하륜	초야에 묻혀 있는 인재들을 등용하시는 것이 어떻겠습니까?
이인임	쓸 만한 자가 있는가?
하륜	며칠 전 소생에게 진정서가 하나 들어왔었습니다. 삼각산 근처에 학당이 하나 있는데 거기 선생이란 자가 경력을 사칭하고 있으니 처벌을 해달라고 말입니다.
염흥방	경력을 사칭하다니?
하륜	전직 성균관 학관이라 했다는데... 조사해보니 거짓이 아니었습니다.
염흥방	?
이인임	...삼봉이구만.
하륜	그렇습니다.
이인임	(피식) 그쯤 해두게.
하륜	삼봉도 이제 생각이 많이 바뀌었을 것입니다. 어중이떠중이 백 명 보다야 삼봉 한 명이 낫지 않습니까?
이인임	...
하륜	처백부 어른...

10 _____ 삼봉재 앞 (낮)

양지, 다가와 선다. 대문을 열려다 멈춘다. 망설이는... 그때 사람들의 발소리가 들려온다. 돌아보면 관졸을 대동한 관원이 다가온다. 주춤 물러나는 양지. 곧장 삼봉재로 들어가는 관원과 관졸들. 양지, !

정도전	(E) 뉘시오?

11 _____ 동 마당 안 (낮)

불안한 표정의 최 씨와 득보 앞에 정도전, 관원 일행과 마주 서 있다.

관원	당신이 정도전이오?
정도전	그렇소만...

관원, 눈짓하면 관졸들 갑자기 학당으로 난입한다. 삼봉재 현판을 떼어 던지고, 서당 안에서 책들을 밖으로 내팽개친다.

최 씨	(관졸 부여잡으며) 뭐 하는 짓이냐! 당장 그만두지 못하겠느냐!
관졸	비키시오! (밀치고)
최 씨	(아! 하며 주저앉는)
득보	마님!
정도전	(최 씨에게 다가가) 부인?
최 씨	(고통을 참는) 괜찮습니다...
정도전	(분을 꾹 참으며 관원에게 다가가) 대체 왜 이러는 것이오?
관원	(흥! 외면하는)
정도전	영문이나 알고 당해야 하지 않겠소이까!
염흥방	(E) 내가 말해줌세.

일동, 보면 염흥방이 들어온다. 정도전과 최 씨, 깜짝 놀란다. 관원과 관졸들 일제히 인사한다.

염흥방	(거만하게 집안을 슥 둘러본 뒤 정도전에게) 멀리서 찾아왔는데 아랫목도 내주지 않을 참인가?
정도전	...

12 _____ 삼봉재 앞 + 마당 안 (낮)

걱정스러운 기색의 양지, 열린 문 사이로 보면 마당을 치우는 득보
와 최 씨. 양지, 옅은 한숨 내쉰다.

정도전   (E) 여긴 어떻게 알고 오셨습니까?

13 _____ 동 안방 안 (낮)

정도전과 염흥방, 앉아 있다.

염흥방   촌구석에 전직 성균관 학관이 떴는데 소문이 아니 나겠는가?
정도전   학당을 부순 연유를 말씀해 주시지요.
염흥방   연유가 뭐겠는가? 죄를 지었으니 벌을 받는 것이지.
정도전   (비꼬듯) 아, 그렇습니까? 소인이 또 무슨 죄를 지은 모양이지요?
염흥방   괘씸죄.
정도전   (보는)
염흥방   이인임 대감이 보내서 온 것일세. 자네가 귀양 갈 때 했던 약속을
         지키는 것이라 말하면 알아들을 거라 하시더군.
정도전   (떠올리는)

F.B》 5회 39씬의
이인임   내가 살아 있는 한... 당신은 아무것도 할 수 없을 것이오.

현재》
정도전   (쓸쓸한 듯 피식)

염흥방 (혀 차는) 이인임 대감은 배포가 아주 큰 분이거늘 어쩌다 그리 눈

밖에 나셨나그래...

정도전 (부드럽게) 사형...

염흥방 (보면)

정도전 어려운 걸음 하셨는데 탁주나 한 사발 하고 가십시오. (씩 웃는)

14 _____ 이인임의 사랑채 안 (밤)

하륜, 이인임에게 따진다.

하륜 삼봉재를 부수다니요! 아무리 삼봉을 적으로 여기시기루 이건 너

무 심한 처사가 아닙니까?

이인임 왜 이리 흥분을 하는 것인가?

하륜 박수를 칠 수는 없지 않습니까? 백주대낮에 관원을 동원하여 무단

으로 집을 부쉈습니다!

이인임 (보는) 자네 내게... 삼봉을 당여°로 끌어들이라 하지 않았던가?

하륜 ?!

이인임 일부러 백주대낮을 택한 것이고 일부러 관원을 동원한 것이네. 억

장이 제대로 무너져 보라고 말일세.

하륜 삼봉을... 떠보려는 것입니까?

이인임 예전의 삼봉 그대로라면 염흥방의 멱살이 남아나질 않을 것이고,

만약에 변했다면 달리 나오겠지... (피식) 혹시 아는가? 정말 박수

라도 칠지.

°   같은 편에 속하는 사람들.

하륜의 놀란 듯한 표정 위로 정도전의 낄낄대는 웃음소리.

15 _____ 다시 삼봉재 안방 안 (밤)

얼큰한 정도전과 염흥방, 술상 앞에 앉아 있다.

정도전 (박장대소하고) 소생, 살면서 별의별 놈을 다 겪어봤지만 그리 지독한 놈은 처음 봤습니다!

염흥방 정말 열 섬을 수확하면 아홉 섬을 뺏어가는 놈이 있더란 말인가?

정도전 곡식뿐인 줄 아십니까? 툭 하면 쥐어패고, 재물 뜯어가고... 말도 마십쇼. 권문세가들은 그놈 발뒤꿈치도 못 따라갑니다.

염흥방 뉜진 몰라도 그놈 참 날강도 같은 놈일세그려. 해서 그 도적놈을 어찌하였는가?

정도전 어쩌다니요?

염흥방 그 꼴을 보고 가만있을 자네가 아니지 않은가?

정도전 당연히 가만있을 순 없지요...! 도망을 쳤습니다.

염흥방 도망을 쳐? 자네가?

정도전 맘 같아서야 패 죽이고 싶지만 힘이 없는 걸 어떡하겠습니까? 삼십육계 줄행랑이 상책이지요. (헤헤) 이놈이 요샌 이리 삽니다, 사형.

염흥방 (미심쩍게 보는)

정도전 (시선 피하면서) 어이구 잔이 비었으면 말씀을 하시지... (술 따르며) 자! 드십시오!

염흥방 나는 그만 됐네.

정도전 섭하게 이거 왜 이러십니까? 딱 한 잔만 더 드십시오... (따라주며 흥얼대듯) 구수하기론 백하주, 시원하기론 이 탁주를 따라올 술이 없다지 않습니까! 드세요! (마시는)

염흥방   (보는)

16 _____ 이인임의 사랑채 안 (밤)

이인임, 염흥방과 앉아 있다.

이인임   쥐 죽은 듯이 살 테니 한 번만 눈 감아달라... 삼봉이 정말 그런 말을 하였다구요?

염흥방   그간 고생이 이만저만이 아니었나 봅니다. 사람이 아주 확 바뀌었어요. 이젠 우리 사람으로 들이셔도 될 것 같습니다.

이인임   ...

17 _____ 삼봉재 마당 안 (낮)

득보, 삼봉재 현판을 달고 내려온다. 최 씨, 수심 가득하다.

득보   (손 탁탁 털며) 다 됐습니다요, 마님.

최 씨   고생했수... (현판 보는데)

양지   (E) 계십니까?

일동 보면, 승복을 든 양지가 조금 긴장한 표정으로 들어온다.

득보   뉘십니까요? (하는데)

최 씨   (O.L, 쪼르르 달려가는) 어머! 공양주님께서 여긴 어찌...

양지   (머뭇) 아, 예... 이걸 전해드리려고... (득보에게 건네는)

최 씨	아유, 기별을 하시면 저희가 받으러 갈 텐데요... (하는데)

안방에서 정도전, 나오다 멈칫한다. 양지, 인사한다.

최 씨	(대청으로 내려서는 정도전에게) 인사하세요, 서방님. 이분이 전에 말씀드린 미륵사에 공양주, (하는데)
정도전	여긴 어찌 온 것이냐?
최 씨	(헉! 시비 건다 싶은, 말리듯) 서방님!
양지	(툭) 위째 왔었어라?
최 씨	(헉! 양지 보는)
양지	(공손히) 인사가 늦었습니다, 사모님. 나주 소재동에서 삼봉 나리께 글을 배운 황... 양지라고 헙니다.
최 씨	(멍한)
정도전	(득보가 든 보퉁이 낚아채고) 따라오너라.

정도전, 서당으로 가고 양지가 따른다. 최 씨와 득보, 멍하니 본다.

18 _____ 동 서당 안 (낮)

보퉁이를 곁에 놓은 정도전, 양지를 노려본다.

양지	위째 사람을 고로코롬 보신다요?
정도전	(보퉁이 툭 던지며) 도로 가져가거라.
양지	아따 참말로... 사모님 바느질 솜씨가 좋아가꼬 갖고 온 것잉께 기분 상해 하실 것 없고만이라... 겸사겸사 나리께 인사도 드리고 그람 좋잖여라? (싱긋)

정도전 (쏘아 보는)

양지 (조금 긴장)

19 _____ 동 서당 앞 (낮)

득보, 엿듣고 최 씨, 불편한 표정으로 서 있다.

득보 (쪼르르 다가와) 마님... 두 분 혹시 요상한 사이는 아니겠습지요?

최 씨 할아범은 서방님을 뭘로 보고 그딴 소릴 하시우!

득보, 움찔 말문을 닫고 최 씨가 찜찜한 듯 서당을 보는데 대문이 벌컥 열리며 관원과 관졸들이 들어온다.

최 씨 ...! 아니 어찌 또 오신 것입니까?

관원 부숴라!

관졸들, '예!' 하고 달려들어 부순다. 소리를 들은 정도전과 양지가 서당을 나오자마자 관졸들이 두 사람을 밀치고 서당 안으로 들어간다.

최 씨 서방님!

정도전, 이를 악무는데 염흥방, 들어온다.

최 씨 (다가서는) 정말 너무 하십니다, 대감! 모르는 사이도 아니고 동문 수학한 후배에게 어찌 이러실 수가 있는 것입니까!

염흥방	(외면하고 정도전을 바라보는)
이인임	(E) 한 번 봐서 어찌 알겠습니까?

20 _____ F.B - (16씬에서 이어지는) 이인임의 사랑채 안 (밤)

이인임	궁지로 더 몰아넣으세요. 사람의 진면목은 그때 드러납니다.

21 _____ 다시 마당 안 (낮)

염흥방, 굳은 표정의 정도전을 유심히 쳐다본다. 최 씨, 서럽게 울고, 양지가 걱정스레 본다. 정도전, 염흥방에게 다가선다.

정도전	사형.
염흥방	(관졸들에게) 멈춰라!
관졸들	(멈추면)
정도전	한 번만 더 말씀을 전해주십시오. 애들 소학이나 가르치면서 쥐 죽은 듯이 살겠다구요.
염흥방	(미심쩍은 듯 보는)
정도전	(비굴한) 밥버러지 같은 놈이 밥은 먹고 살아야 되지 않겠습니까?
염흥방	...

22 _____ 길 + 산길 입구 (낮)

염흥방, 관원 일행과 걸어온다.

염흥방	에잇! 빌어먹을... 재상 체면에 이게 뭔 짓거린지 원! (하다가 어딘 가 보고 멈칫)

저만치 무사들과 몸종이 서 있고, 강 씨가 무덕의 부축을 받으며 가마에서 내린다.

염흥방	아니, 저 여인은?

강 씨, 무덕의 부축을 받으며 산으로 들어간다. 염흥방, 본다.

23 _____ 미륵사 심검당 안 (낮)

무덕과 강 씨, 앉아 있다.

무덕	홀몸도 아니신데 이리 걸음을 하셔도 되는 것입니까?
강 씨	의원 말이 요맘때는 자꾸 움직이는 게 좋다 하더이다. (치마 위 배 부분을 봉긋한 느낌으로 만지며) 미륵님께서 굽어살피셔서 방번이 때처럼 순산할 것이니 걱정마십시오.

어두운 표정의 양지, 들어와 인사한다.

강 씨	(반갑게) 어서 오시게, 공양주.
양지	(앉으면)
무덕	글방에는 아니 보이던데 바람을 쐬고 온 것이냐?
양지	(강 씨에게) 저기... (선뜻 입이 떨어지지 않는)
강 씨	?

무덕   무슨 일이 있는 것이냐?

양지   쇤네, 마님께 청을 하나 드려도 되겠나이까?

강 씨   ?

24 _____ 이성계의 집 외경 (밤)

25 _____ 동 안방 안 (밤)

이성계의 부축을 받으며 자리에 앉는 강 씨.

강 씨   금명간 무덕 법사님의 사찰에서 법회를 열기로 했습니다.

이성계   갑자기 법회는 어찌...

강 씨   기근과 왜구들로 인해 민생이 도탄에 빠져 있지 않습니까? 도솔천
              에 계시는 미륵님께서 내려오시어 중생을 구제해 달라는 미륵하생°
              발원법회°°입니다. 대감도 같이 가주셔야 합니다.

이성계   이 사람도 같이요?

강 씨   인근에 굶주린 자들을 불러 모아 보시 죽을 나눠줄 것입니다... 대
              감에 대한 칭송이 더욱 높아지겠지요.

이성계   ...

강 씨   하옵구 사헌부°°°에 일러 혼쭐을 낼 관리가 있습니다.

이성계   무슨 말이오?

강 씨   미륵사의 공양주가 하는 말이 사사로운 감정에 얽매여 아무 죄 없

°   미륵보살이 말세적인 세상을 구제하기 위해 도솔천에서부터 하생하기를 바라는 신앙.

°°   중생을 구제하고자 하는 부처나 보살의 소원이 이루어지도록 기원하는 법회.

°°° 시정(時政)을 비판하고 풍속을 바로 잡으며 관리들을 규찰하고 탄핵하는 임무를 관장.

이성계	...그자가 누구요?
강 씨	공양주는 피해를 당한 유자의 신원만 알고 있더이다. 그자에게 사람을 보내 알아보시면 관리가 누군지도 알게 되겠지요. 삼각산 아랫마을에서 삼봉재라는 학당을 한다는데... 이름이 정도전이라 하더이다.
이성계	!
정도전	(E) 주모 여기 술~!!

26 _____ 주막 안 (밤)

얼큰히 취한 정도전, 술병을 흔들어댄다.

정도전	아, 술 더 가져오라니까~!

11회 49씬의 사내, 다가선다.

사내	더 드실 거면 계산부터 하슈.
정도전	이런 인정머리 없는 인사 같으니라고... 내일 꼭 갚을 테니 미리 좀 주시게.
사내	(흥!) 씨알도 안 먹힐 소리 말고 그만 가슈! (하는데)
양지	(E) 더 드리세요.

정도전, 보면 양지가 들어와 사내에게 동조각 하나를 건넨다.

사내	(큼, 정도전에게) 계슈. (들어가는)

정도전	(게슴츠레 양지를 보는)
양지	(마주 앉는)
정도전	(약간 혀 꼬부라진 소리로) 뭐 하는 짓이냐?
양지	혼자 드시믄 심심허실 것 아녀라. 쇤네가 말벗이나 해드릴라네요.
정도전	(피식 웃고 마시는)
양지	(짐짓 밝게) 나리답지 않게 워째 요로코롬 약언 모습을 보이신다요? 워찌케든 학당 지킬 궁리를 허셔야지라.
정도전	해서 한 번만 봐달라고 빌지 않았느냐. 그거 말고 내가 할 일이 또 있는 것이냐?
양지	아따... 나리답지 않게 워째 이리 풀이 죽어 기시다요... 기운 내시오.
정도전	이게 니가 스승이라 생각하는 놈의 진짜 모습이니라. 허니 더는 나타나서 귀찮게 하지 말거라. (휑하니 나가는)
양지	... (작심한 듯 일어나는)

27 _____ 주막 앞 (밤)

걸어가는 정도전을 따라잡아 버티듯 막아서는 양지. 조금은 화난...

정도전	니가 혼이 나야 정신을 차릴 모양이구나.
양지	(다부지게) 혼날 사람은 쇤네가 아니라 나리고만요. 정신 차릴 사람도 나리고 말여라.
정도전	(피식) 뭐라?
양지	소재동 기실 띠 이년헌티 뭐라 허셨소? 처지보다 의지가 중허다고 허셨었잖어라... 쇤넨 여즉 그 말씀만 붙들고 살았는디 나리께서 이러시믄 쓰것소?
정도전	입만 살은 밥버러지의 허튼소리였을 뿐이다. (비켜 가려는데)

양지	(정도전의 팔을 잡아채는) 기셔보시오!
정도전	(발끈) 이놈이!
양지	(노려보는 눈에서 어느새 눈물이 맺히는)
정도전	(보는)
양지	나리 일부러 이러시는 거 아니께 맘에도 읎는 말 허지 마시오... 쉰네... 나리 맘 다 안당께요...
정도전	니가 무엇을 안다는 것이냐?
양지	도망치실라는 거잖여라...
정도전	!
양지	시상은 썩어 문드러졌는디 뭣 하나 뜻대로 안 되니께... 서책서 보고 배운 디로 안 되니께... 지끔 숨을 디를 찾고 계신 거잖여라...
정도전	아무 힘도 없는 놈이다. 도망이라도 쳐야 되지 않겠느냐?
양지	소재동 기실 띠는 힘이 기셔 덤볐간디요? 옳응께 덤비고 맞응께 싸운 거 아녀라!
정도전	소재동 따위 잊었다 하지 않더냐!!
양지	가심에 한이 맺혔는디 용쓴다고 잊어진다요!!
정도전	!
양지	나리 자꾸 이라시믄 산송장 되분당께요... 지발... 도망치지 마시오.
정도전	(보는)
양지	아시것지라?
정도전	... (팔 떼어내고 걸어가는)
양지	(눈물 흘리며 바라보는) 나리...

28 _____ 삼봉재 앞 (밤)

술이 깬 듯 덤덤한 표정의 정도전이 걸어오다 문득 멈춰 뒤를 돌아본다. 서서히 옅은 미소가 떠오른다. 다시 걸음을 옮기면서 집 쪽을 보면 대문이 활짝 열려 있고 관졸들이 도열해 있다. 정도전, ! 뛰어 간다.

29 _____ 동 마당 안 (밤)

정도전, 뛰어 들어오다 뭔가를 밟는다. 보면, 삼봉재 현판. 또 난장 판이 되어버린 삼봉재. 득보와 최 씨, 망연자실 주저앉아 있다.

득보   (일어나) 영감마님... 한두 번도 아니고 이 일을 어쩌면 좋습니까?
정도전   (이제 감이 오는)
최 씨   (다가서는) 서방님...
정도전   (중얼대는) 이자가 설마...
최 씨   아무래도 우리가 이곳을 떠야 될 것 같습니다... (하는데)
정도전   (갑자기 킥 웃는, 이내 낄낄 웃어대는)
최 씨   서방님...
정도전   어째 유치하게 나온다 했더니만 이놈의 의중을 떠보려고 벌인 짓 이렸다! 부인! 이놈이 이제 출세를 할 모양이오!
최 씨   예?
정도전   (바깥을 향해) 사형!! 이제 그만 들어오시지요!!

최 씨와 득보가 벙해서 보면 염흥방, 씨익 웃으며 들어와 선다.

염흥방   명석함이 예전 그대롤세그려.
정도전   사람을 얻고자 삼고초려 한단 말은 들었지만 초가를 세 번 부수다 니... 이인임 대감께 아주 감동했다 전해주십시오.

염흥방	직접 전하게. (패를 내밀며) 도성에 들어갈 수 있는 통행 부패[○]일세.
정도전	... (받는)
염흥방	(소매에서 금괴 하나 꺼내주며) 이건 내 성의일세. 오랜만에 뵙는데 빈손으로 갈 순 없지 않은가?
정도전	(받는)
염흥방	그럼 개경에서 보세. (나가는)
정도전	(이내 웃음기 가시는)
최 씨	(다가서는) 서방님, 이제 어쩌실 것입니까? 이인임을 만날 것입니까?
정도전	...

30 _____ 이인임의 집 사랑채 안 (밤)

이인임, 창밖을 보고 서 있다. 염흥방, 뒤에 서 있다.

이인임	삼봉이 많이 노련해진 것 같습니다그려.
염흥방	세월만큼 좋은 스승이 없으니까요. 곧 대감을 찾아와 허리를 숙일 것입니다.
이인임	(흠)

31 _____ 삼봉재 안방 안 (밤)

곤히 잠든 최 씨 옆에 정도전이 잠을 못 이루고 앉아 있다.

○　통행, 출병 등을 증명하는 표신.

손에 쥔 통행 부패를 물끄러미 바라본다.

양지 (E) 지발... 도망치지 마시오.

정도전 ...

32 _____ **삼봉재 앞 (낮)**

이지란, 무사 두어 명을 대동하고 걸어와 선다. 집을 슥 훑어보고...

이지란 (흠...) 여기가 삼봉재란 말이디? (슥 들어가는)

33 _____ **동 마당 안 (낮)**

최 씨와 득보, 경계심 가득한 표정으로 이지란 일행을 바라본다.

최 씨 서방님은 개경에 가셨는데 누구...십니까?

이지란 (싱긋) 에이 기카지 말고 불러주시라요. 개경 땅은 못 디가는 처지라는 거 말찍이 알고 왔슴메.

최 씨 (불안한 듯 무사들을 일별하고) 뉘신데 그걸 알고 계십니까? 서방님은 어찌 만나시려는 것이구요?

이지란 선생을 대멘하고 싶어 하는 분이 계시우다.

최 씨 그분이 누구신데요?

이지란 에~ 구거이 구러니끼니... (큼) 일단 선생을 만나문 말씀드리갔으니 불러주시우다.

최 씨 아니 계신다 하지 않았습니까?

이지란	(쓰읍) 어허!
최 씨	!
득보	(겁먹은) 정말입니다요! 이인임 대감을 만나러 개경에 가셨다니까요.
이지란	무시기! ...이인이미?
득보	예! 벼슬을 내려주신다 해서 새벽걸이 가셨습니다요.
이지란	...

34 _____ 이성계의 집 사랑채 안 (낮)

김샌 표정의 이지란 앞에 앉은 이성계, 생각에 잠긴...

이지란	삼봉인지 삼돌인지 대갈통에 든 건 많은지 모르갔지만 밸은 없는 놈 같소.
이성계	...
이지란	나 생각엔 가채비 할 노문 아인 것 같소.
이성계	...욕봤다. 구만 나가보라.
이지란	야... (나가는)
이성계	... (아쉬운 빛이 감도는)

35 _____ 이인임의 집 앞 (낮)

단지가 든 보퉁이를 든 정도전, 걸어와 멈춘다. 감회가 새로운 듯 저택을 일별하고 들어간다.

36 _____ 동 마당 안 (낮)

(1회 16씬의 느낌으로) 일각에 비단, 궤짝, 쌀가마 등 수북이 쌓여 있고 노비들이 부지런히 물건을 나른다. 장부를 적던 집사, 정도전을 본다.

집사　　분경° 오신 거유?

정도전　그렇다네.

집사　　...? 어째 낯이 익은데 어디서 봤으려나?

정도전　(보따리를 턱 하니 올리는) 분경을 자주 오니 그런 것 아니겠는가?

집사　　(그런가 싶은, 세필 붓을 잡으며) 오늘은 뭘 가져오셨나?

정도전　(보따리를 푸는) 국정에 노고가 많으신 영문하부사 대감을 위해 내, 특별히 분 중에서도 제일 귀한 분을 가져왔네.

집사　　분? (멈칫) 당신, 옛날에 그 사분!!

정도전　(싱긋) 사분보다 훨씬 더 귀한 분일세... 민분!

집사　　민분? 그건 또 뭐요?

정도전　백성의... 똥!

순간, 항아리 속 분뇨가 물건 더미 위에 촤악~ 뿌려진다. 경악한 집사, '이런 미친놈이!' 하며 달려들고 낄낄대며 여기저기 분뇨를 뿌리는 정도전.

°　관원들이 대신들을 찾아다니며 승진 운동을 하던 일.

37 _____ 이인임의 사랑채 안 (낮)

박가, 얼굴에 피멍투성이가 된 정도전을 끌고 와 거칠게 무릎을 꿇린다. 정도전, 피식 웃는다.

이인임　(E) 이거 오랜만입니다. 삼봉.

정도전, 보면 이인임이 다가선다. 잠시 뜨거운 시선이 마주치고...

정도전　(피식) 그간 강령하셨습니까?
이인임　...덕분에요.

시간 경과》
이인임, 마주 앉은 정도전에게 차를 따라준다.

이인임　팔 년 전이나 지금이나 삼봉의 분경은 이 사람에게 참 깊은 감명을 주는군요.
정도전　워낙 독특하게 초대를 하시기에 그에 어울리는 답례가 있어야 할 듯싶어 무례를 범했습니다. 부디 미욱한 자의 객기라 여기시구 선처를 베풀어 주십시오.
이인임　(미소) 대쪽 같던 분이 이제 굽힐 줄도 아시고... 그간 고초를 겪으시면서 느낀 바가 많으셨나 봅니다.
정도전　힘도 없는 놈이 허리까지 뻣뻣해서야 어찌 살아남겠습니까? 도성 밖으로 나가 백성들을 만나 보니 비로소 알겠더군요.
이인임　재밌군요. 유학에 달통한 삼봉께서 백성들에게 배움을 얻으시다니...
정도전　군자가 서책이나 성균관에 있는 게 아니었습니다. 거리에 장삼이 사가 군자고, 땅 파먹는 농부들이 하나같이 군자이니... 매일매일이 배움의 연속이지요.

이인임 백성이 군자다... (빙긋 웃고) 삼봉을 모신 용건을 말씀드리지요.

정도전 (보는)

이인임 팔 년 전 바로 이 자리에서 삼봉에게 했던 말이 있습니다. 힘없는 자의 용기만큼 공허한 것은 없다구...

정도전 또렷이 기억합니다. 세상을 바꾸려거든 힘부터 기르라고도 하셨지요.

이인임 이제 삼봉에게 힘을 드릴 것입니다. 이 사람과 함께하시겠습니까?

정도전 (보는)

이인임 종이품 정당문학부터 시작하십시다. 그대의 막역지우인 포은이 종이품이니 체면을 구기진 않으실 겝니다.

정도전 (짐짓 능글맞게) 이거 기대를 잔뜩 하고 왔는데 조금 실망스럽습니다, 대감.

이인임 (보는)

정도전 세상을 바꿀 힘 정도는 능히 주실 줄 알았었는데... 고작 재상입니까?

이인임 (빙긋 웃고) 그대가 원하는 힘은 어떤 것입니까?

정도전 ...난세를 종식시킬 수 있는 힘입니다.

이인임 (의아한 듯 보다) 해서 이리 제안을 하는 것이잖소. 이 사람과 함께 난세를 끝장내고 강한 나라를 만들어 고려의 국시인 고구려의 영광을 재현하자고 말입니다.

정도전 백성들이 원하는 것은 고구려의 영광 이전에 오늘 저녁에 먹을 따뜻한 밥 한 그릇입니다.

이인임 (보는)

정도전 여염집 굴뚝마다 연기가 나는 것... 이것이 난세의 종식입니다. 헌데... 고려가 이것을 할 수 있겠습니까?

이인임	(미간이 꿈틀) 지금... 고려를 폄훼하는 것이오?
정도전	(보다가 싱긋) 그저 과문한 고생이 대감께 고견을 여쭤본 것뿐입니다. 이놈 명색이 유학잔데 사문난적°이 아니고서야 어찌 그런 마음을 품을 수 있겠습니까? 오해십니다. 대감...
이인임	(미심쩍은 듯 보는)
정도전	(보는)
이인임	잘 가시오.
정도전	(나가는)
이인임	(찜찜한 듯 바라보는)

38 _____ 저잣거리 (낮)

길가 양편에 즐비한 거지들, 머리를 조아리고 행인들에게 구걸을 한다. 다가서는 정도전, 비통한 심정을 가누지 못한다. 아사한 시체들을 수레에 구겨 싣고 지나가는 관원들. 이를 악무는 정도전, 주먹을 불끈 쥐는데... 말발굽 소리에 돌아보고 흠칫! 귀환하는 정몽주의 사신 행렬이다. 얼른 모퉁이로 몸을 숨기는 정도전. 말을 탄 채 공물 수레들을 이끌고 가는 정몽주, 수심이 가득하다. 정도전, 지나가는 정몽주를 바라본다.

우왕	(E) 명나라가 입국을 불허하다니요!

°   고리에 어긋나는 언행으로 유교의 질서와 학문을 어지럽히는 사람.

39 _____ 대궐 편전 안 (낮)

우왕, 앞에 정몽주, 부복해 있다. 이인임, 최영, 임견미, 염흥방, 변 안열 등 재상들, 앉아 있고, 밀직 자리에 배극렴, 앉아 있다.

우왕 그동안은 공물이 적다, 품질이 나쁘다 생떼를 쓰며 퇴짜를 놓았다 지만 이번엔 달라는 수량대로 최상품을 가져갔지 않습니까!

최영 대체 입국을 막은 연유가 뭐라 합디까!

정몽주 아뢰옵기 황공하오나 전하, 사신의 입국을 거부할 때에는 그 사유 를 통보하는 것이 관례이온데 이번엔 아무런 설명도 없었사옵니 다. 하오나...

우왕 하오나 뭐요?

정몽주 명나라는 올 초 운남°을 평정하였습니다. 여세를 몰아 북방에 남아 있는 북원의 세력을 척결하려 하고 있사온데 그 첫 표적이 우리와 인접한 북원의 군벌, 나가추이옵니다. 필시 나가추 정벌에 앞서 우 리의 의중을 떠보려는 것이옵니다.

우왕 사대하는 나라의 의중을 떠보다니! 어찌하여 명나라가 우릴 이리 도 불신한단 말입니까! 어찌!

재상들, 침묵... 정몽주, 고개 옆으로 돌려 보면 이인임, 심각하다.

40 _____ 빈청 이인임의 집무실 안 (낮)

이인임, 임견미, 염흥방, 하륜이 앉아 있다.

° 중국 서남쪽 귀퉁이에 있는 지역으로서 얀마와 라오스, 베트남의 국경과 맞닿아 있다.

염흥방 이건 사실상의 단교 선언입니다. 공물을 두 배로 하여 사신을 다시

보내 명나라 황제를 달래야 합니다.

임견미 지금 고려에서 그만한 양의 공물이 나올 리가 없지 않소이까?

하륜 허나 그 방도밖에 없습니다. 자칫 꾸물대다간 명나라에서 치명적

인 요구를 해올 수도 있습니다.

임견미 치명적인 요구라니?

하륜 (대꾸 대신 이인임을 보는)

이인임 …

정몽주 (E) 명나라가 원하는 것은 이인임 대감의 입조°입니다.

41 _____ 도당 안 (낮)

회의를 준비하는 관원들, 족자 따위를 날라 재상들 자리마다 놓는

다. 일각에 정몽주와 이성계가 긴한 대화를 나누고 있다.

이성계 입조라문… 이인임 대감이 직접 사신으로 가는 거 말입메까?

정몽주 그렇습니다. 명나라는 과거 북원과 화친을 하려 했던 이인임 대감

을 눈엣가시로 여기고 있습니다. 삼 년 전 기미년에도 이인임 대감

의 입조를 요구하면서 사신을 돌려보낸 전례가 있지 않습니까?

이성계 이인임 대감이 명나라에 가문 어케 되갔습메까?

정몽주 무슨 핑계를 대서든 옥에 가두겠지요. 평생 고려 땅을 밟지 못할

것입니다.

이성계 …

정몽주 허나 이인임 대감이 가려 할 리도 없거니와 설사 명나라가 요구를

° 조정에 들어감.

	해온다 해도 수용해서는 아니 될 것입니다.
이성계	어째서요?
정몽주	대국에 대한 사대의 전제조건은 내정을 간섭받지 않는 것입니다. 해서 명나라가 집정대신°의 입조를 요구한다면 이는 사대의 원칙을 부정하는 처사입니다.
이성계	...

42 _____ 도성 밖 마을 거리 (밤)

터벅터벅 걸어오는 정도전. 어디선가 들리는 고함에 고개 들어보면 왜구의 포로를 호송하는 행렬이다. 백성들, '이런 쳐 죽일 놈들!', '죽어라, 이놈들!' 따위 욕지거리를 뱉으며 돌을 집어 던진다. 정도전, 다가가 보는데 뒤에서 남루한 행색의 여인1이 뛰쳐나간다. 등 돌린 포로의 멱살을 잡아 흔든다.

아낙1	내 서방 살려내라, 이놈아! 내 서방 살려내라구!!
낭장	어허! 물러나시오.
아낙1	(잡아 흔드는) 배를 갈라 죽여도 시원찮을 놈들! 죽어라, 죽어!!

쓸쓸한 정도전, 아낙의 절규를 뒤로하고 발걸음 떼려는데...

천복	(E) 옘병! 아짐 서방을 내가 죽였소!

정도전, 멈칫 돌아본다. 좌중, '저놈 고려 사람이었구만!!' 놀라고.

° 정권을 잡고 있는 대신.

천복　　어차피 오늘내일 뒤질 목숨잉께 와서 배를 가르든 사지를 찢어불
　　　　든 맘대로 허쇼!

낭장　　(발로 차는) 닥쳐라!

천복　　(넘어졌다 일어나 끌려가는, 눈에 독기를 품는)

정도전　　! ...천복아.

43 _____ 도당 외경 (밤)

44 _____ 도당 안 (밤)

침묵과 긴장이 흐르는 실내. 최영, 임견미, 염흥방, 이성계, 정몽주,
변안열 등이 앉아 있다. 이성계, 심각한 표정의 이인임을 주시한
다.

염흥방　　공물을 더 징발하여 다시 한번 사신을 보내는 것이 좋겠습니다.

최영　　불가하오이다!

이인임　　(보는)

최영　　공물은 기아에 허덕이는 백성들을 위해 사용하고 명나라에 대한
　　　　일체의 통교 행위를 중단해야 합니다!

임견미　　그리되면 명나라와 전쟁입니다!

최영　　명나라와 우리 사이엔 나가추가 버티고 있지 않소이까! 차제에 나
　　　　가추와 연합을 해서라도 명나라에 본때를 보여줘야 합니다!

정몽주　　영삼사사 대감... 너무 위험한 발상이십니다.

최영　　허면 언제까지 이리 굴욕을 당하면서 살아야 한단 말이오! 사대부
　　　　들이 주장하는 사대 외교의 실체가 명명백백히 드러났는데도 저자

세로만 일관하잔 말이오이까!

정몽주 어찌 강함에 강함으로만 맞서려 하십니까? 나라와 나라 사이엔 무력 말고도 다른 해법이 얼마든지 있습니다.

최영 무슨 해법! 공물이나 갖다 바치면서 무릎 꿇고 비는 그런 해법 말이오!

정몽주 대감!

이성계 이 사람이 한마디 하겠습니다.

일동 (보는)

이성계 공물을 더 갖다 바칠 형편도 안 되고, 전쟁을 하면 또 사람들이 많이 죽을 것입니다. 정몽주 대감 말씀대로 다른 방도를 찾아야 합니다.

변안열 (의아한) 다른 방도가 있겠습니까?

이성계 명나라가 저리 나오는 것은 다 우리를 못 믿어서 그러는 것이 아임메까?

임견미 여기 누가 그걸 모르는 사람이 있습니까?

이인임 임 대감... 들어보십시다. (이성계에게) 말씀해 보세요.

이성계 명나라가 고려를 믿지 못해 이런 일이 벌어지는 것이니 명나라의 의심을 확실하게 풀어줄 수 있는 분이 사신으로 가야 합니다.

정몽주 ...! (이성계 보는)

이인임 !

최영 누구를 보내자는 말이오?

이성계 영문하부사 이인임 대감입니다.

재상들, 헉! 하는. 하나 같이 벙하거나 당혹스럽다. 이성계, 담담하게 이인임을 본다. 이인임의 표정이 점점 싸늘해진다. 두 사람의 얼굴에서 엔딩.

13회

1 _____ 도당 안 (밤)

이성계 명나라가 고려를 믿지 못해 이런 일이 벌어지는 것이니 명나라의 의심을 확실하게 풀어줄 수 있는 분이 사신으로 가야 합니다.

정몽주 ...! (이성계 보는)

이인임 !

최영 누구를 보내자는 말이오?

이성계 영문하부사 이인임 대감입니다.

재상들, 헉! 하나 같이 벙하거나 당혹스럽다. 이성계, 담담하게 이인임을 본다. 이인임의 표정이 점점 싸늘해진다.

임견미 (발끈, 벌떡 일어나며) 이자가 정신이 나간 것이 아닌가! 감히 누굴 명나라에 보내자는 게야!

염흥방 당장 망발을 철회하고 사죄하시오!

이성계 이 사람이 못 할 말이라도 했습니까?

임견미 뭐라!

이인임 고정하세요. 여긴 도당입니다.

임견미 (끙, 앉는)

이인임 (이성계에게) 이 사람은 고려 조정을 대표하는 집정대신입니다. 명나라의 요구도 없는 터에 이 사람이 움직이는 것은 고려의 국격을 우리 스스로 떨어뜨리는 짓 같습니다만.

이성계 어차피 명나라에 사대를 하는 나라이지 않습니까?

이인임 ...곰곰이 전후 사정을 살펴보시고 다시 얘기하시는 게 어떻겠습니까? 충고 겸해 드리는 말씀입니다.

이성계 충분히 생각했습니다. 충고 안 하셔도 됩니다.

일동 !

이인임	(싸하게 노려보는데)
최영	영문하부사 대감.
일동	(보는)
최영	이 문제는 섣불리 결정할 일이 아닌 것 같소이다. 그만 산회하고 내일 재론하십시다.
이성계	(최영에게) 대감...
이인임	그러지요. (일어나며) 오늘은 이만하겠습니다.

염흥방, 임견미 등 당여들, 이성계를 노려보고 나간다.

정몽주	(이성계에게 다가와) 대체 어쩌려고 영문하부사를 거명하신 것입니까?
이성계	...
변안열	(한숨) 조정이 어째 잠잠하다 싶더니... 찬성사께서 이번엔 너무 많이 가신 것 같습니다. (나가는)
최영	이 장군.
이성계	(보는)
최영	나 좀 보세. (나가는)
이성계	...

2 _____ 빈청 최영의 집무실 안 (밤)

노기 어린 최영, 변안열, 이성계, 배극렴이 앉아 있다.

최영	사대부도 아니고 고려 최고의 장수라는 자네가 어찌 그런 굴욕적인 주장을 할 수 있단 말인가!

이성계	저라고 명나라가 고와서 그랬겠습메까? 이인임 대감이 가기 전엔 명나라가 계속 고려를 흔들어댈 거이 뻔하지 않습메까?
배극렴	이인임 대감은 갑인년에 북원과 화친하기 위해 명나라 사신을 죽였다는 의혹을 받고 있는 사람입니다. 명나라 황제 주원장이 곱게 돌려보낼 리가 없어요.
이성계	이인임이 아이 돌아온다 캐서... 고려에 해가 될 거이 있습메까?
일동	!
이성계	이인임이 말만 번드르르하지 제대로 한 거이 있습메까? 고려가 살라문 이인임을 내쳐야 합메다. (최영에게) 대감, 지금이 기회이우다. 소생에게 힘을 실어주시우다.
최영	어허! 여러 말 말고 내일 도당회의가 열리면 발언을 철회토록 하게!
이성계	대감!
최영	우리 무장들은 명나라의 횡포에 강력 대응하는 것으로 입장을 모을 것이니 자네도 따라주게. 내 말 알아들었으리라 믿겠네. (박차고 나가는)
이성계	(조금 어이없는)
변안열	(중얼대듯) 노인네께서 역정이 많이 나셨구만그래...
배극렴	(이성계에게) 그러게 왜 사전에 최영 대감과 상의를 하지 않으셨습니까?
이성계	반대하실 거이 뻔한데 어째 기카겠습메까??
변안열	(답답하다는 듯) 반대하실 것 같으면 하지를 말았어야지요.
이성계	(보는)
변안열	최영 대감은 고려를 대표하는 무장이구, 우린 그분의 당여들이 아닙니까?
배극렴	변 대감 말씀이 옳습니다... 대감께서 경솔하셨어요.
이성계	(쓸쓸한 듯 피식)

3 _____ 동 이인임의 집무실 안 (밤)

이인임, 임견미, 염흥방, 하륜이 앉아 있다.

임견미 최영이 이성계에게 호통을 치며 발언을 철회하라 했답니다!

염흥방 해서 이성계는 뭐라 하였답니까?

임견미 그자가 잘하는 짓 있지 않소이까? 입 꾹 닫고 능청이나 떨어댄 모양입니다만 지깟 놈이 최영의 말을 듣지 않고 배기겠습니까?

하륜 이성계가 최영의 당여라면 그렇겠지요.

임견미 그게 무슨 소린가? 이성계는 최영이 애지중지하는 측근 중의 측근일세.

하륜 최영 혼자만의 외사랑일 수도 있습니다. 이성계는 단 한 번도 자신이 최영의 당여임을 내세운 적이 없습니다.

염흥방 하긴 이성계는 최영이 못마땅해하는 것을 뻔히 알면서도 사대부들과도 교분을 맺고 있으니...

임견미 허면 이성계가 내일 어디로 튈지 모른다는 얘기가 아닙니까?

이인임 (피식) 이거 어째... 내일 도당회의가 제법 재밌을 것 같습니다그려...

4 _____ 산길 일각 (밤)

정도전, 수풀 사이에서 나타나 어딘가를 본다. 저 아래 산길에 병사들의 감시를 받으며 줄줄이 끌려가는 왜구들. 천복의 모습도 보인다. 정도전, 품을 뒤져 무언가를 꺼낸다. 금괴다.

F.B》12회 29씬의

염흥방 (소매에서 금괴 하나 꺼내주며) 이건 내 성의일세. 오랜만에 뵙는데 빈손으로 갈 순 없지 않은가?

현재》
정도전, 생각하는데 저만치 행렬에선 낭장이 '꾸물대지 마라!' 재촉한다. 정도전, 낭장을 주시한다.

5 _____ 야산 일각 (밤)

낭장, 꽁꽁 묶인 천복을 끌고 걸어온다.

천복 (겁에 질려 주저리주저리) 글씨 이늠은 길잡이만 했당께요. 이늠은 고려 사람 털끝도 안 건드렸고만이라…. 참말이랑께요…
낭장 (멈춰 무릎을 꿇리는)
천복 (헉!) 나리…! 살려주시오… 나리! (하는데)
낭장 (어딘가를 향해 낮게) 나오시오.

부스럭 소리 나는 곳을 급히 돌아보는 천복. 정도전, 걸어 나와 낭장에게 걸어간다. 천복, 누군지 얼른 알아보지 못하고.

정도전 (금괴 건네며) 고맙소.
낭장 (받더니 휙 사라지는)
천복 누… 누구신게라?
정도전 (보는)
천복 (헉!) 나리…
정도전 …

6 _____ 산 일각 (밤)

천복, 수풀을 헤치고 나타난다. 정도전, 뒤따라 나온다. 천복, 숨을 몰아쉬며 먼 곳을 살피더니 격한 안도의 한숨.

천복	내가 명줄 하나는 징허게 질긴갑소이... 나리, 참말로 고맙, (하는데)
정도전	(다가와 다짜고짜 천복의 안면을 가격하는)
천복	(윽! 쓰러지고)
정도전	(차갑게) 밥버러지 같은 것...
천복	(씁쓸한 듯 피식) 기껏 구해주고 뺨 때리는 것은 무슨 심보다요?
정도전	니가 이뻐서 살려준 것이 아니다... 평생 속죄하면서 살거라.
천복	속죄는 옘병... (일어나 티껍게) 왜놈들이 길잡이 안 허믄 죽여분다는디 나리 겉으믄 안 혔것소?
정도전	이 꼴을 하고 사느니 혀를 깨물고 뒈지는 편이 나았다.
천복	아따 거 말씀 한번 섭허게 하시네요이... (다가서는) 내 꼴이 워디가 워떤디요?
정도전	니 아버지 황연을 죽인 놈... 딱 그 꼬락서니다.
천복	(발끈, 멱살 잡으며) 닥치지 못혀?!
정도전	발끈하는 것을 보니 일말의 죄책감은 남아 있는 모양이구나?
천복	죄책감 겉은 소리 허덜 말드라고! 내가 뭣을 잘못 했간디?
정도전	니가 가르쳐준 마을이 폐허가 되었을 것이고, 지금쯤 까마귀들이 시체들을 파먹고 있을 것임을 정녕 모른단 말이더냐! (하는데)
천복	닥쳐!! (때리는)
정도전	(나가떨어지는)
천복	(식식대는) 지발 고 입 짬... 닥치란 말여...
정도전	(끙, 입술을 닦고 일어서는)
천복	고것이 위째서 내 죄여... 나 끌고 댕긴 왜놈들 죄고, 빌빌거림서 막

도 못 헌 고려 놈들 죄지, 고것이 위째 내 죄냔 말여... 나 죄 없어... (악쓰듯) 나는 아무 죄도 없단 말이여!!!

정도전 (먹먹한)

천복 (털썩 무릎 꿇는, 우는) 위찌케든 살라고 아등바등혔을 뿐인디... 살아꼬 우리 악아 찾고 잡아 그런 것 뿐인디... 위째 나를 죽일 놈을 만드신다요...

정도전 ...그래... 니 말이 맞다.

천복 (보는)

정도전 니 죄가 아니다... 백성의 목숨조차 지켜주지 못하는 이 빌어먹을 나라의 죄다. 내 생각이 짧았다, 미안하다.

천복 (으흐흐~, 우는)

정도전 (다가가) 그만 일어나거라. 만날 사람이 있다.

천복 ...누구럴 말여라?

정도전 니 동생.

천복 !! ...시방 뭐라고 하셨다요? 악아가 살아 있단 말여라!

정도전 (옅은 미소)

7 _____ **삼봉재 앞 (밤)**

양지, 보퉁이를 들고 걸어온다.

8 _____ **동 마당 안 (밤)**

최 씨와 득보, 나와서 서성댄다.

최 씨	(걱정스러운) 서방님께서 오실 때가 지났는데... 나무 관세음보살...
득보	포은 나리 만나서 회포를 푸시는 모양이지요, 마님. (하는데)

문이 삐거덕 열린다. 최 씨, '서방님' 하며 다가서는데 양지, 들어온다.
최 씨, 멈칫하고 양지, 인사한다. 최 씨, 바라보는...

9 _____ 동 안방 안 (밤)

양지, 최 씨에게 보퉁이를 건넨다.

양지	스님들만 사는 절에 낡은 옷이 왜 이리 많은지...
최 씨	(조금 찜찜한 듯 받는)
양지	(조심스레) 나리께서는... 어디 출타하신 것입니까?
최 씨	개경에 사람을 좀 만나러 가셨습니다.
양지	(불안한) 나리께선 경외종편을 당한 몸이신데 개경에는 어찌...
최 씨	공양주님께서 그런 것까지 알고 계셨습니까?
양지	...예?
최 씨	(흠) 벼슬을 준다는 분이 계셔서 간 것이니 심려치 않으셔도 됩니다.
양지	...! 벼슬을요? (어찌 된 영문인가 싶은)
최 씨	해서 일이 잘 풀릴 것 같으니 더는 저희한테 이리 애쓰지 않으셔도 됩니다.
양지	아닙니다. 쇤네가 애쓴 게 뭐가 있다구요...
최 씨	삯바느질도... 이것까지만 했으면 하네요.
양지	...? (조금 당황) 사모님...
최 씨	공양주님도 같은 여인이니... 제 입장 이해해주실 거라 믿겠습니다.
양지	...

10 _____ 미륵사 심검당 앞 (밤)

양지, 터벅터벅 걸어와 멈춘다. 전각 댓돌에 털썩 주저앉아 '후~' 깊은 한숨 내쉰다. 일각에서 나타나 그 모습 바라보는 무덕.

11 _____ 이성계의 집 안방 안 (밤)

귀가한 이성계의 의관을 받아주는 강 씨.

강 씨　미륵사 무덕 법사님에게서 기별이 왔는데 일전에 말씀드린 미륵하생 발원법회를 모레 열자고 합니다.

이성계　미안하오만... 이 사람은 참석이 어려울 것 같소.

강 씨　...? 도당에 무슨 일이 있는 것입니까?

시간 경과》

안색이 하얗게 질린 강 씨, 마주 앉은 이성계를 본다.

강 씨　대체... 뒷일을 어찌 감당하시려고 그 같은 주장을 하신 것입니까?

이성계　틀린 말을 한 것도 아이잖슴...

강 씨　(기막히는, 꾹 참고) 해서 최영 대감은 뭐라 하시더이까?

이성계　펄펄 뛰시지요... 내, 그분한테 그리 혼나보긴 처음이구만.

강 씨　최영 대감의 뜻에 따르세요. 그리하셔야 합니다.

이성계　...싫수다.

강 씨　최영 대감의 고집을 모르십니까? 이러다 척을 지기라도 하면 어찌시려구요.

이성계　내는... 최영 대감이 하라는 대로만 해야 되는 사람이오?

강 씨	!
이성계	부인... 도당에 디가보문 말이우다. 재상들이 제법 많이 앉아 있수다. 생긴 것도 따르고, 고향도 따르고, 하는 일도 말쩍이 따른데... 신기하게두 입에서 나오는 얘기는 딱 두 가집메다...(씁쓸한) 우리 권문세가들은... 우리 무장들은... 우리 권문세가들은... 우리 무장들은!
강 씨	도당의 핵심이 이인임의 권문세가와 최영의 무장세력이니 당연한 것 아닙니까?
이성계	그럴거문 이인임과 최영 대감 둘이서 결정하믄 되지, 도당이 왜 필요하고 그 많은 재상들이 왜 필요합메까? 내사... 할 말은 할 것이우다.
강 씨	(불안한)

12 _____ 이성계의 집 앞 (낮)

당하관 관복을 입은 이방우(29세)와 무관 차림의 이방과(26세), 급히 걸어온다.

13 _____ 동 마당 안 (낮)

강 씨, 수심 깊은 얼굴로 걸어온다. 방우와 방과, 급히 들어오다가 강 씨를 보고 멈칫 서먹하게 인사한다.

강 씨	(이내 부드러운 미소로) 오랜만이구나. 소식을 들은 것이냐?
이방우	(어색한) 예, 아버님은 어디 계십니까?
강 씨	사랑채에서 숙부와 담소 중이시다. 참, 식전이면 말하거라. 애미가 오랜만에 아침상을 봐주고 싶구나.

이방과	(아니꼬운 듯 피식)
강 씨	(보고도 태연한 미소)
이방우	먹고 왔습니다. (이방과에게) 들어가자. (인사하고 들어가는)
이방과	(본 척도 않고 지나쳐가는)
강 씨	(미소가 서서히 가시는, 차갑게 보는)

14 _____ 동 사랑채 안 (낮)

이성계, 이지란, 이방우, 이방과가 앉아 있다.

이방우	아버님, 지금이라도 한발 물러나시는 것이 상책일 듯싶습니다.
이성계	(태연한) 객쩍은 걱정 하디 말고 니들은 니들 일이나 열심히 잘 하라우. 괜히 꼬타리 잡힐 짓은 하디 말고... 알갔니?
방우·방과	(마지못해) 예.
이성계	...기왕에 올거이문 방워이도 데레 오지 그랬니?
이방과	어제 조 서방하고 노루 사냥을 갔습니다.
이성계	...! 과거가 얼매나 남았다고 사냥을 다닌단 말이네!
이지란	거 성님두 묘지리 류난하우다. 아적 핏댕인데 무시기 그래 다구치심메?
이방우	방원이는 소자들과 달라 문재를 타고 난 녀석입니다. 반드시 과거에 급제하여 아버님의 숙원을 풀어드릴 것이니 너무 심려치 마십시오.
이성계	...

15 _____ 야산 일각 (낮)

노루가 한가로이 거닌다. 귀를 쫑긋 어딘가를 보면 휙! 화살이 날아온다. 그러나 간발의 차로 빗나가 나무에 꽂히는 화살. 노루, 놀라 도망치고. 조영규, 달려와 살펴본다.

조영규   (쳇! 투덜) 그러게 쇤네가 쏘겠다 하지 않았습니까?
이방원   (E) 노루 등짝 위로 세 치 반... 제대로 맞춘 것이다.

여리고 곱상한 귀공자 느낌의 이방원, 활을 들고 나타난다.

이방원   흔해 빠진 노루 따위 잡아본들 어디 가서 생색이나 낼 수 있겠느냐? 돌아갈 때 짐만 될 뿐이니라.
조영규   (픽 웃는) 나리두 참... 핑계가 좋습니다요.
이방원   (피식 웃더니 문득 옅은 한숨) 이제 이 짓도 재미가 없어 못 해 먹겠구나... 지겨워.
조영규   (어딘가 보고 긴하게) 나리.

이방원, 보면 조영규, 어딘가를 가리킨다. 저만치 한적한 공터에 왜구 옷을 입은 천복이가 나무에 기대앉아 있다. 이방원, !

16 _____ 산길 (낮)

옷가지를 챙겨 든 정도전, 급히 걸어간다.

17 _____ 근처 공터 (낮)

이방원과 조영규, 조심스레 다가와 수풀 사이로 몸을 숨긴다.
천복, 아무것도 모른 채 앉아 있다.

천복	(중얼대는) 옷을 워디서 맹글어 오시나베... 악아 보고 잡아 죽겄는디...
조영규	패잔병입니다. 저놈 혼잔 것 같은뎁쇼?
이방원	생포하자.
조영규	조심하셔야 됩니다. 필시 무기를 품고 있을 겁니다. (하는데)

뭔가를 본 이방원, 갑자기 활을 잡는다. 조영규, 보면 저만치 천복
의 건너편에 정도전이 나타난다. 자리에서 벌떡 일어나는 천복. 이
방원, 급히 화살을 장전하여 겨눈다.

천복	(환하게 웃으며 뛰어오는) 인자 오시는게라?
정도전	(웃다가 천복 뒤편에 시위를 한껏 당긴 방원을 보는) !!
천복	눈 빠져 뒤져부는 줄 알았당께요. (하는데)
정도전	... (토하듯) 안 돼...
천복	?
정도전	안 돼!

천복, 멈칫 돌아보는데 이방원, 시위를 놓는다. 허공을 가르며 날아
가는 화살. 천복의 복부에 사정없이 박힌다. 정도전, 헉...! 천복, 쓰
러진다.

정도전	천복아~!!! (다가가 부여잡는)

이방원	?
정도전	정신 차리거라! 천복아!
천복	(멍한) 나...리?
정도전	그래, 나다! 정신이 드는 것이냐!
천복	지가... 죽는 것이다요?
정도전	아니다, 너는 절대 죽지 않는다. 내가 살릴 것이야!
이방원	(다가와) 처사께서 이놈을 어찌 아시는 것입니까?
정도전	(버럭) 왜구에게 끌려온 길잡이일 뿐이오! 고려 사람이란 말이외다!
이방원	!
조영규	감히 뉘한테 언성을 높이는 것이냐! 길잡이는 왜구가 아니라 하더냐!
이방원	(급히 다가앉는) 이보게... 내가 보이시는가?
천복	(간신히 끄덕이는) 사, 살려주시오... 이늠 우리 악아 만나야 된당께요... 살려주시, (울컥 피를 토하는)
정도전	(헉!) 어서 의원에게 데려가야 하오. 어서!
이방원	(천복의 옷을 풀어 상처를 보는, 심각해지는) ...살겠느냐?
조영규	...틀렸습니다.
정도전	(상처를 지혈하며) 의원에게 보이면 살 수 있을 것이오! 내가 업을 터이니 도와주시오, 어서!
이방원	(갈등하는)
천복	나 살아야 되는디... 악아 보기 전엔 원통혀서 못 죽는디... 악아... 악아!
정도전	시간이 없소이다! 뭣들 하고 있소이까!
이방원	(천복에게) 미안하네. (단검을 꺼내 가슴을 찌르는)
정도전	(헉!)
천복	(끄으윽, 동공이 돌아가고)
이방원	부디... 극락왕생하시게.

천복, 축 늘어진다. 정도전, '네 이놈!!' 방원에게 덤벼든다. 이방원, 나뒹굴고 정도전, 재차 덤비려는데 조영규의 칼이 목에 와 닿는다. 정도전, 멈칫하면...

이방원   (옷 털고 일어나는) 편히 보내드린 것뿐이오. 죽음의 공포와 내장이 썩는 고통을 겪다 죽느니 이편이 낫지 않소?

정도전   어디서 요설을 늘어놓는 것이냐! 너는 지금 살인을 한 것이야!

이방원   (불쾌한 듯 홱 노려보는)

조영규   이놈이 왜구를 빼돌리려 한 주제에 못 하는 말이 없구나! 나리, 이놈을 당장 요절내겠습니다!

이방원   (다가서는) 어째서 살인입니까?

정도전   인명은 재천이라 하였거늘... 니놈이 함부로 생사를 예단하여 죽음을 앞당겼으니 이것이 살인이 아니고 무엇이냐?!

이방원   사람의 목숨이 하늘에 달려 있다... (피식, 한쪽 무릎 꿇고 앉아 빤히 들여다보듯) 허면 하나 물어봅시다. 처사님은 이제 어찌 될 것 같으시오? 죽겠습니까, 살겠습니까?

정도전   !

이방원   인명재천이니 뭐니 하는 말들... 모두 위선입니다. 사람의 목숨은 결국 사람에게 달려 있는 것... 아니 그렇소?

정도전   나도 하나 물어보마.

이방원   (보는)

정도전   내가 지금 죽는다면 그것은 사람에게 죽은 것이냐? 금수에게 죽은 것이냐?

이방원   (보는)

정도전   인류을 저버린 자는 사람의 탈을 쓴 금수일 뿐, 사람이 아니다. 내 오늘 죽는다면 무심한 하늘을 원망해야지 어찌 무도한 금수를 탓하겠느냐?

이방원	(피식) 자꾸 이리 나오시면 정말 금수가 될 수도 있습니다. 처사께
	선 죽음이 두렵지 않으시오?
정도전	너 같은 애송이의 허세에 겁먹을 사람으로 보였더냐?
조영규	이놈이!
이방원	(쏘아보는)
정도전	(쏘아보는)
이방원	(후~ 일어나 소매에서 은병 하나 꺼내 천복의 시체 옆에 던지며)
	수의 한 벌 장만해서 입혀주시오... 그만 가자. (가는)
조영규	(칼을 거두고 따라가는)
정도전	(천복에게 다가가는) 천복아... (억장이 무너지는) 천복아 이놈아...

조영규와 걸어가다 멈춰 돌아보는 이방원. 천복의 시체를 안고 오열하는 정도전을 물끄러미 보다가 사라진다. 정도전, '천복아~!!' 부르짖는다.

18 _____ 이성계의 집 앞 (낮)

이성계, 칼을 찬 이지란과 나온다. 강 씨, '대감!' 하며 따라 나온다.

강 씨	한 번만 더 생각해 주시어요. 오늘이 대감의 마지막 등청이 되실
	수도 있습니다...
이성계	(미소) 최영 대감을 설득하면 됩니다. 다녀오겠소. (하는데)
하륜	(E) 찬성사 대감!

일동, 보면 하륜이 급히 걸어와 인사한다.

이성계	무슨 일이십니까?
하륜	최영 대감께서 도당회의 전에 대감을 긴히 뵙자 하십니다.
이지란	아이... 최영 장군의 명을 어찌 그 짝이 전한단 말임메?
하륜	지금 영문하부사 대감의 사저에 들어계십니다. 두 분이 함께 계십니다.
이성계	!!
강 씨	최영 대감께서 중재를 서시려는 것입니다. 어서 가보시어요.
이성계	...
하륜	가시지요.
이성계	(결심한 듯) 선약이 있어 어렵겠습니다. 송구하지만 도당에서 뵙자더라고 전해주시오. (획 지나쳐 가버리는)

이지란, 따라간다. 하륜, 난감하다. 강 씨, 눈앞이 캄캄한...

19 _____ 이인임의 사랑채 안 (낮)

이인임과 최영 앞에 앉아 있는 하륜.

최영	(탁자 치며) 이런...! (끙... 노기를 참는데)
이인임	아직 혈기가 왕성해서 그런 것이니 너무 노여워하지 마십시오. 아이들이야 원래 어른들 상투를 잡으면서 크는 것 아닙니까?
최영	이성계는 어디로 간 것인가?
하륜	양온동 방면으로 들어가는 것을 확인했습니다.
최영	양온동?
하륜	목은 이색 대감의 사저가 있는 곳입니다.
최영·이인임	!

20 _____ 이색의 집 안 (낮)

이색, 정몽주, 이숭인, 권근, 이성계가 앉아 있다. 정몽주, 표정이 어둡다.

이성계	소생, 거두절미하고 부탁드리겠습니다. 이인임을 명나라에 보내야 겠으니 도와주십시오.
이색	(옅은 한숨)
이성계	(의아한 듯 보는)
이숭인	(이색에게) 스승님... 지금은 뜻있는 사대부들이 이성계 대감의 주장에 힘을 실어줄 때라고 사료됩니다.
권근	소생의 생각도 그렇습니다. 이인임의 입조가 명나라와의 경색된 관계를 푸는 근본적인 처방이라는 데는 모두가 공감하는 바가 아닙니까? 친명사대 노선을 견지해온 우리들이 수수방관할 순 없습니다.
이색	...몽주 니 생각은 어떠하냐?
정몽주	(작심한 듯 이성계에게) 대감.
이성계	(기대감 어린) 말씀해 보시우다.
정몽주	이번엔 한발 물러서십시오.
이성계	!
권근	사형...
이성계	(이내 미소 지으며) 사대부들이 배깥에서 공불만 때주시문 내사 자신 있습메다. 최영 대감을 어캐든 설득해서 관철해 내갔습메다.
정몽주	그래도 물러서야 하십니다.
이성계	...내가 다칠까 봐 이카시는 겁메까?
정몽주	그렇기도 하거니와 무엇보다두 대의에 어긋나기 때문입니다.
이성계	대의라니요?
정몽주	명나라가 입조를 요구하지도 않은 터에 우리 스스로 영문하부사를

	보내자 주장하는 것은 대의에 맞지 않습니다. 사대가 아무리 대국을 섬기는 것이라 해두 이는 고려의 존엄을 스스로 무너뜨리는 짓입니다.
이성계	(답답한) 포은 선생께서 어찌 이인임과 똑같은 말씀을 하실 수가 있습메까! 명나라를 이용하여 이인임을 치려는 소생의 의중을 잘 아시지 않습메까!
정몽주	소생... 이인임이 명나라에 의해 제거되는 것은 원치 않습니다.
이성계	!
정몽주	이것이 선례로 남는다면 장차 고려의 정치가 어찌 되겠습니까? 대신들은 너도나도 명나라에 줄을 대려 할 것이고, 명나라를 이용하여 정적을 제거하는 행태가 반복될 것이고 그리되면... 우린 우리 스스로 갈등을 해결할 능력을 잃게 됩니다. 권신 한 명을 잡으려다 고려의 정치를 망가뜨리는 우를 범해서는 아니 됩니다.
이성계	...포은 선생.
정몽주	(비통한) 힘이 되어드리지 못해... 죄송합니다.
이성계	(보는)

21 _____ 정자 일각 (낮)

이성계, 전각에 걸터앉아 풀피리를 불고 있다. 이지란, 조금 떨어져 착잡하게 지켜본다. 피리를 입에서 뗀 이성계. 묵묵히 생각에 잠긴다.

22 _____ 도당 안 (낮)

긴장감이 감도는 이인임, 최영, 임견미, 염흥방, 변안열, 정몽주 등 재상들, 이성계를 주시하고 있다. 얼마간의 침묵이 흐르고.

이성계 문하찬성사 이성계... 영문하부사 이인임 대감을 대명국 사신으로
입조시키자는 제안을... 철회하겠습니다.

일동 !

이인임 (회심의 미소 떠오르는)

임견미 아니 어쩌다가 하룻밤 새 입장이 그리 바뀌신 것이오이까?

염흥방 조변석개°라지 않습니까? 옛말 틀린 것 하나도 없습니다.

최영 어허! 비아냥대지들 마시오!! (이성계에게) 이 대감...

이성계 (보는)

최영 내 속으로 이런저런 걱정이 많았는데 아주 잘 생각했네... 이리하면
되는 것이네.

변안열 그러게 말입니다. 도당의 분위기가 대번에 훈훈해졌어요.

정몽주, 안타까운 표정으로 보면 모멸감을 가까스로 참고 있는 이
성계.

우왕 (E) 대체 무슨 생각으로 그러신 것이오?

23 ＿＿＿ 대궐 편전 안 (낮)

우왕, 정비, 근비가 앉아 있다. 맞은편에 이성계가 앉아 있다.

우왕 영문하부사는 조정의 수반이기 이전에 여기 계신 근비의 진외당숙

° 계획이나 마음이 수시로 바뀌는 모습을 일컫는 말.

이시며 과인이 아버지처럼 따르는 분이거늘 그런 분을 명나라에
보내자?

이성계	...
정비	주상. 이미 다 끝난 얘기를 갖고 어찌 이리 질책을 하시는 것입니까?
우왕	변방에서 지낸 세월이 길다 보니 아직도 도성의 사정을 모르는 듯

하여 가르쳐주는 것입니다. (이성계에게) 영부사를 능욕하는 것은
과인과 왕실을 능욕하는 것과 같소. 허니 다시는 경거망동 마시오.
아시겠소?

이성계	...
근비	(쏘듯) 어찌하여 답이 없는 것입니까?
이성계	소신, 명심하겠사옵니다.
우왕	물러가시오.
이성계	... (일어나는)

24 _____ 편전 앞 복도 (낮)

이성계, 나오는데...

| 이인임 | (E) 정치를 너무 만만히 보지 마시오. |

이성계, 보면 이인임, 다가선다.

| 이인임 | 전쟁터에선 적과 아군의 구별이 분명하지만 조정이란 곳은 그렇지 |

가 않아요. 이 사람의 적이라고 해서 반드시 이성계 대감의 편이
되어주진 않습니다.

| 이성계 | 이번에는... 소생이 졌습니다. |

이인임	이번에는...? (미소) 다음에 또 칼을 뽑겠다는 얘기신 듯한데... 그럴 기회가 대감께 주어지겠습니까?
이성계	무슨 뜻입니까?
이인임	(피식 웃고 가는)
이성계	(보는)

25 _____ 미륵사 앞 (밤)

굳은 표정의 정도전, 나타난다. 들어가는...

26 _____ 동 글방 안 (밤)

둘러앉은 아이들 틈에서 목간에 글을 쓰고 있는 양지.

無病長壽무병장수

양지	(아이1에게 건네주며) 자, 가져가서 줄에 걸어 놔.
아이1	고맙습니다~ (받아서 나가고)
아이2	공양주님은 법회 때 무슨 소원 빌 거예요?
양지	나...? (미소) 음... 내 소원은... (하다가 일순 어두워지는)

F.B 》 9씬의

최 씨	공양주님도 같은 여인이니... 제 입장 이해해주실 거라 믿겠습니다.

현재 》

양지	(쓸쓸해지는, 애써 미소) 자, 다음은 누구 소원을 적어줄까... (하는데)

여자   (E) 공양주님?

양지   (문 쪽 보는)

27 _____ 동 경내 (밤)

발원법회 준비가 거의 끝났다. 연등과 새, 오이, 수박 등 갖가지 형
상의 등들이 매달려 있다. 정도전과 양지, 탑 주변에 앉아 있다.

양지   벼슬 얻으러 개경에 가셨다더니 표정 봉께 일이 잘 안 되셨는 갑소?

정도전   양지야...

양지   (보는)

정도전   (차마 입이 떨어지지 않는, 한숨)

양지   오매 땅 꺼져불것네... 워째 한숨을 쉬고 그래쌌소? (짐짓 밝게) 기
               운내시오. 쉰네도 인자 멀리 떠날 것인디 요로코롬 맥빠진 모습만
               보여주믄 쓰겄능게라?

정도전   (보는) 떠나다니?

양지   이번 법회만 끝나믄 엄니헌티 말혀서 미륵사를 떠날 것이고만요.
               나주 가까운 디서 살믄서 아부지허고 소재동 사람들 명복도 빌어
               드리고요. 오라버니도 찾아봐야지라...

정도전   ...

양지   왜구들헌티 끌려가서 죽은 것이 틀림없다 싶었는디 막상 나리를
               요로코롬 만나고 낭께 오라버니도 워딘가 반드시 살아 있을 거 같
               고만이라...

정도전   양지야...

양지   양지는 겁나게 씩씩허게 살 것잉께 나리도 워찌케든 몸 건강히 기
               운 내서 사셔야 헙니다, 아시것지라?

정도전　　　...

28 _____ **미륵사 앞 (밤)**

최 씨, 승복 보퉁이를 들고 걸어오다가 절을 나서는 정도전을 보고 흠칫한다. 착잡한 표정으로 걸어오던 정도전, 노기 어린 최 씨와 딱 마주친다.

정도전　　　부인.

최 씨　　　개경에 가신 분이 어찌 저기서 나오는 것입니까?

정도전　　　양지를 만나고 가는 길이오.

최 씨　　　(기막힌 듯 허! 하는) 대답 한번 솔직해서 좋네요.

정도전　　　(조금 어이없는 듯) 어찌 이러시는 것입니까?

최 씨　　　어찌 이러냐구요?! 소첩이 어찌 이러는지 정말 모르시겠습니까!

정도전　　　(감이 오는, 단호하게) 오해십니다.

최 씨　　　오해라구요? 소첩을 지금 바보로 아시는 것입니까!

정도전　　　양지... 곧 미륵사를 떠날 아입니다.

최 씨　　　!

정도전　　　(획 가는)

무덕　　　(E) 아니 된다!

29 _____ **미륵사 심검당 안 (밤)**

무덕과 양지, 앉아 있다.

양지　허락해 주세요, 어머니... 소녀, 나주 가까운 곳에서 수도하며 살겠습니다.

무덕　삼봉거사 때문이냐?

양지　...

무덕　그런 것이야?

양지　...그렇습니다.

무덕　못난 것... 그따위 정신으로 무슨 수도를 한다는 것이야! 나주 아니라 바다 건너 대국으로 건너간들 니 마음 속의 번뇌가 털어질 성싶으냐!

양지　보내주십시오.

무덕　아니 된다 하지 않았느냐!

양지　(울먹) 허면...! 소녀는 어찌해야 하는 것입니까?

무덕　(보는)

양지　나리께서 지척에 계시단 생각만 하면 아무것도 할 수가 없습니다. 나리를 뵙고 싶은 마음에 하루 종일 삯바느질 거리만 찾고 있습니다. 심검당에서 용화전까지 뒤져도 낡은 옷이 나오지 않으면, 소녀의 옷이라도 찢어버리고 싶은 심정을 어머니께서 아십니까?

무덕　양지야...

양지　제발 보내주시어요. 소녀, 더는 감당하지 못하겠습니다. 어차피 버리지 못할 흠모의 정이라면... 몸이라도 떠나 있어야 하지 않겠습니까?

무덕　(어쩔 수 없다는 듯 한숨)

30 _____ 동 심검당 앞 (밤)

최 씨, 듣고 있다. 먹먹해지는...

31 _____ 이성계의 집 사랑채 앞 (밤)

불이 켜진 사랑채에선 질펀한 노랫소리 흘러나온다.

이성계 (E) 비둘기는~ 비둘기는~

32 _____ 동 사랑채 안 (밤)

만취한 이성계, 곁에 앉은 이지란과 어깨동무를 하면서 신이 나서 노래를 불러댄다. 이지란은 불편하지만 어쩔 수 없이 호응해준다.

이성계 울음을 울되 뻐꾸기야말로 나는 좋아라 뻐꾸기야말로 나는 좋아라~

이지란 성니메! 돼지 멱 따는 노래 그만 부르고 이제 좀 주무시라요.

이성계 간나새끼... 내 노래가 어디가 어때서! (술 쫙 마시고) 뻐꾸기는~ (하는데)

문이 열리고 착잡한 표정의 정몽주, 들어온다.

이지란 포은 선생!

이성계 ...! (보는)

정몽주 (안쓰러운) 대감...

이성계 (보다가 이내 호탕하게) 포은 선생!! 어서 오시우다~~!!

시간 경과》
이지란, 곯아떨어졌다. 술잔을 비운 이성계, 정몽주에게 술을 따른다.

정몽주	이거... 소생은 그만 마시겠습니다.
이성계	(취한) 에이~ 쭉 들이키시우다! 애미나이도 아이고 어캐 이카십메까?
정몽주	(허, 웃고 마시는데)
이성계	(몽롱한 시선으로 보다가) 정몽주...
정몽주	...! (보는)
이성계	낮에 말한 그 대원가 무시긴가 말이디... 그거이 기케 중요한 거이가?
정몽주	대감, 많이 취하셨습니다. 이제 그만 자리를....
이성계	중요하냐고 묻지 않네! 대의라는 거이 이인임이 때레잡는 것보다 더 중요한 거이가!
정몽주	...중요합니다.
이성계	(보다가) 기카단 말이지... (픽 웃는) 정몽주가 기카다문 그런 거지비! 어째 내사 이기가 (가슴 퍽퍽 치며) 이케 답답한 거이가?
정몽주	대감...
이성계	내사... 어째 이케 답답하냔 말이네~!!!
이지란	(벌떡 상체 일으키는) 이 쌍간나새끼!!
정몽주	!
이지란	(쩝) 나가추... 내사 가만 안 두가서... (다시 곯아떨어지는)
이성계	(신경도 쓰지 않는, 피식 혼자 웃고는) 내사 답답해서리... 정치 이거이... 못 해먹갔구만... 못 해먹가서... (후~ 하다가 탁자에 머리 쿵 박으며 잠들어 버리는)
정몽주	(안쓰러운)

33 _____ 이성계의 집 마당 안 (낮)

머슴들, 마당을 쓸고 여종들, 상 따위 들고 다닌다.

34 _____ 동 사랑채 안 (낮)

잠들어 있던 정몽주, 언뜻 잠에서 깬다. 햇살이 부신 듯 눈을 찌푸리다가 맞은편에 점잖게 앉아 있는 이성계를 보고 얼른 일어난다.

정몽주 소생이 과음을 했던 모양입니다. 실례를 범한 것은 아닌지, (하는데)

이성계 포은 선생...

정몽주 (보는)

이성계 소생이 어제 무시기 실수하지 않았슴?

정몽주 기억이... 나지 않으십니까?

이성계 ...그렇수다.

정몽주 (미소) 아무 실수도 하지 않으셨습니다, 대감.

이성계 (안도의 빛이 감도는) 오늘 삼각산에 법회를 하러 가는데 같이 가시겠슴메까?

정몽주 송구하오나 소생은 절을 다니지 않습니다.

이성계 아 참, 그랬지비.

정몽주 쉬는 김에 사람을 찾으러 다닐 생각입니다.

이성계 누귀 말이오?

정몽주 삼봉이라고 소생이 누차 말씀드렸었는데 기억하시지요?

이성계 !

정몽주 초야에 은거하여 소식이 끊긴 지 오래되었는지라... (하는데)

이성계	이거이 죄송하게 됐수다.
정몽주	예?
이성계	진작에 말씀을 드렸어야 하는 거인데... 내사 경황이 없어놔서리...
정몽주	!

35 _____ 삼봉재 안방 안 (낮)

정도전, 소반상과 제기 정도 꺼내 닦고 있다. 최 씨, 들어오다 본다.

최 씨	서방님... 그건 어따 쓰시려구...
정도전	부인도 같이 가십시다.
최 씨	?

36 _____ 미륵사 앞 (낮)

절 입구까지 길게 뻗은 새끼줄. 양지, 아이들과 소원이 적힌 목간을 줄에 묶고 있다. 상과 제기가 든 보퉁이를 들고 다가서는 정도전과 최 씨.

양지	(보고) 나리...? (하다가 최 씨를 보고 허리 숙이는) 사모님...
최 씨	(짠한 듯 목례하고)
양지	(의아한) 나리께서 여그는 또 워쩐 일이다요?
정도전	...우리와 어디 좀 가야겠다.
양지	?
양지	(E) 오라버니~~!!

37 _____ 천복의 무덤 앞(몽타주의 느낌으로) (낮)

흙 봉분을 부여잡고 '오라버니'를 외치며 오열하는 양지. 그 모습을 아프게 바라보는 정도전과 눈물을 찍어내는 최 씨.

시간 경과》
일각에 물러나서 무덤을 바라보는 정도전. 간단한 제수가 올려진 제상 앞에서 불공을 드리는 양지. 곁에서 불경을 읽어주는 최 씨.

시간 경과》
무덤 앞에 홀로 앉아 처연히 봉분을 바라보는 양지. 일각에서 정도전과 최 씨, 나란히 서서 지켜본다.

최 씨	서방님...
정도전	(보는)
최 씨	소첩은 괜찮으니... 두 분만 얘기되시면 공양주님을 후처로 들이세요.
정도전	...! (보는)
최 씨	...

38 _____ 삼봉재 마당 안 (낮)

제상을 든 정도전, 굳은 얼굴로 들어온다. 최 씨, '서방님!' 하며 따라 들어온다.

최 씨	어째서 싫다시는 것입니까?
정도전	(멈춰) 어허! 말 같지 않은 소리 하지 말라는데두요!

최 씨　　글쎄 소첩은 괜찮다지 않습니까?

정도전　　(마뜩잖은) 그만하세요. (들어가다가 멈칫)

대청께에 득보와 나란히 서 있는 정몽주, 미소.

최 씨　　포은 나리...

정도전　　자네...

정몽주　　이런 매정한 사람 같으니... (미소)

39 _____ 동 서당 안 (낮)

정도전과 정몽주, 앉아 있다.

정도전　　동지밀직사사에 제수됐단 소문은 들었네. 감축드리네... 정몽주 대감.

정몽주　　(쑥스러운 미소) 그래 본들 실권은 하나도 없는 허수아비일 뿐일세. 허나 내 이성계 대감에게 부탁하여 자네를 조정에 복귀시킬 것이네.

정도전　　무장 따위에게 빌붙고 싶은 생각 없네. 그러지 말게.

정몽주　　이성계 대감은 다른 무장들과 다르네. 덕과 인품이 출중하고 사대부들을 존중해주는 분이시지.

정도전　　(피식) 무장이 덕을 갖추고 있다... 조금 묘한 사람이구만.

정몽주　　자네 같은 사람이 이성계 대감을 도와줘야 하네. 열정에 비해 정치경륜이 부족하다 보니 간혹 실수를 하시거든.

정도전　　실수?

정몽주　　이인임을 제거하기 위해 명나라에 입조시키자는 주장을 폈다가 망신을 당하셨다네.

정도전	자네가 곁에서 도와주지 그랬는가?
정몽주	외세를 빌려 정적을 제거하려는 것을 어찌 도와? 대의에 어긋나는 짓이 아닌가?
정도전	그것이 어째서 대의에 어긋나는 짓인가?
정몽주	사람... 고려의 존엄을 깎아 먹는 행위이니 대의에 어긋난다 할밖에.
정도전	고려의 존엄 따위가 그렇게 중요한 것인가?
정몽주	...! 지금... 뭐라 하였는가?
정도전	나였다면 이인임을 죽여 그 피와 살로 허기진 백성들을 배불리 먹이는 쪽을 택했을 것이네.
정몽주	이 사람, 삼봉...
정도전	어제 한 사내가 죽었네. 왜구에게 끌려갔다가 왜구가 되어 돌아왔지. 무고한 백성을 왜구로 만들어 버리는 그런 나라의 존엄 따위에 연연하는 것이 과연 대의일 수 있는 것인가?
정몽주	(꾹 참고) 허면... 자네의 대의는 무엇인가?
정도전	나의 대의는 아주 평범한 것이네. 백성들 앞에 놓인... 밥상의 평화.
정몽주	!
정도전	(피식) 허나 어쩌겠는가? 하늘이 내게 대의는 내려주었으나, 그것을 이룰 힘은... 주지 않은 것을...
정몽주	삼봉...
정도전	(깊은 한숨)

40 _____ 미륵사 용화전 앞마당 (낮)

당간지주에 황색 깃발이 펄럭인다. 연등과 갖가지 형상의 등불이 만국기처럼 걸려 있다. 용화전 앞에 삼존불이 그려진 괘불이 걸려 있고, 단상 아래로 가득 들어찬 백성들 앞에 이성계와 강 씨, 양지가 나란히 서 있다. 단상 위에 무덕, 연설 중이다.

무덕   중생들이여 절망하지 말라! 이 땅에 미륵이 내려오시어 재앙과 전쟁이 사라지고 가난이 없는 자비로운 세상이 도래할 것이니 그때가 머지않았느니라! 옴 바아라 도비야 훔!

백성들   옴 바아라 도비야 훔!

해설 내레이션 깔리면서. 무덕이 목탁을 두드리고, 여승들이 독송한다. 백성들 간절히 절하는 모습과 무덕의 설법 등이 보인다. (설법 내용: '끝없는 욕망으로 가득 차 서로 물어뜯는 말법 시대에 도솔천에 계신 미륵부처가 세상에 내려와 핍박받는 중생들을 구원할 것이니 믿을지어다!')

해설(Na)   고려 말기, 백성들 사이에선 미륵이 세상에 내려와 중생을 구원한다는 이른바 미륵하생 신앙이 유행하였다. 특히, 우왕 대에 번성하였는데 우왕 8년에는 무적과 이금이라는 사람이 미륵을 자처하다 사형에 처해지기도 하였다. 백성들은 난세를 끝장내줄 메시아를 기다리고 있었다.

무덕   옴 바아라 도비야 훔!
백성들   옴 바아라 도비야 훔!

좌중 절한다. 이성계와 강 씨도 절을 하고 일어나는데 군중 속에서 갑자기 사내1, 튀어나온다.

사내1   (이성계를 가리키며) 여기 미륵이 계시다! 이성계 장군이 미륵이시다!

좌중의 시선이 순식간에 이성계에게 쏠린다. 사내2, 튀어나온다.

사내2 이성계 장군이 우리를 구원하러 오셨다!

이성계 (당황) 이런...

무덕 저자들이 대체 무슨 짓을 하는 것인가?

사내1 이성계 장군, 천세!!

백성들 천세!

사내2 (더 우렁차게) 이성계 장군, 천세!!

백성들 더욱 열광적으로 천세를 외친다. 당황하는 이성계, 강 씨,
무덕, 양지의 얼굴이 스치고. 그 모습을 일각에서 지켜보는 사내,
임견미다. 당황해하는 이성계를 일별하고는 회심의 미소를 짓고
사라진다.

41 _____ 이인임의 사랑채 안 (밤)

술을 마시는 이인임 곁에 서 있는 임견미.

임견미 이성계가 걸려들었습니다.

이인임 계획대로 추진하세요.

임견미 예, 대감. (나가는)

이인임 이거 아주 신나는 사냥이 되겠구만... (마시는)

42 _____ 삼봉재 안방 안 (밤)

최 씨, 승복을 개켜 보자기에 올려놓는다. 정도전, 지켜본다.

최 씨   (보자기 묶으며) 서방님께서 못 하시겠다니 소첩이 공양주님한테 의중을 물어보고 오겠습니다.

정도전   부인... 대체 왜 이러시는 겝니까?

최 씨   (묶으며) 소첩이라고 좋아서 이러겠습니까? 공양주님 저리 가고 나면 평생 발 뻗고는 못 잘 것 같으니 이러는 게지요.

정도전   부인께서 뭔가 잘못 아신 것입니다.

최 씨   글쎄, 공양주가 법사님께 하는 얘기를 소첩이 두 귀로 들었다지 않습니까?

정도전   (심각해지는)

최 씨   (보퉁이 들고 일어나는) 다녀오겠습니다.

정도전   (일어나며) 이리 주시오.

최 씨   (보는)

43 _____ 미륵사 경내 (밤)

무덕, 여승들을 데리고 법회장을 정리하고 있다. 무덕, 문득 보면 보퉁이를 든 정도전, 다가선다.

정도전   삼봉이라고 하는 처사요. 양지를 만나러 왔소.

무덕   (보다가) ...심검당에 들어 있으니 가보십시오.

44 _____ 동 심검당 안 (밤)

불상 앞에 앉은 양지, 기도를 올리고 있는데 문이 열리고 정도전, 들
어선다. 무덕인 줄 알고 일어서던 양지, 정도전을 보고 얼어붙는다.

양지	나리...
정도전	(보는)

시간 경과》

정도전	미륵사를 떠나는 것은 결정이 된 것이냐?
양지	...어머니께서 좀 전에 허락허셨고만이라...
정도전	(보다가) 양지야.
양지	(보는) 예?
정도전	...
양지	(짐짓 밝게) 아따 불러놓고 워째 꿀 먹은 벙어리가 되셨다요? 양지, 여그 있응께 말씀허시오.
정도전	너는... 내가 내 몸처럼 아끼는 제자다.
양지	(보는)
정도전	스승과 제자는 부모와 자식 같은 것이니 우린 이미 천륜으로 맺어져 있는 것이다. 몸이 서로 떨어져 있다 해도 늘 함께 있는 것이나 진배없으니 외로워할 것도, 낙심할 것도 없느니라. 내 언제나 너를 기억할 것이고 너의 행복을 빌어줄 것이다. 알겠느냐?
양지	(무언가 뜨거운 것이 북받치는, 허나 꾹 누르고 애써 미소) 예...
정도전	(미련을 떨치듯 일어서는) 건강하거라. (돌아서서 가는데)
양지	(못 참고 일어나는) 나리!
정도전	(돌아보는)
양지	(눈물 후두둑 떨어지는)

정도전	(가슴 아픈)
양지	(한발 주춤 다가서며, 절절히) 나리...
정도전	(보는데)
무덕	(E) 웬 놈들이냐!!
정도전·양지	!!

45 _____ 동 경내 (밤)

정도전과 양지 나와보면 관졸들이 밀려들어 온다. 눈 깜짝할 사이
에 승려들을 밀어내고 무덕을 포박하는 관졸들.

무덕	놔라! 이놈들아! 이거 놓지 못하겠느냐!
양지	어머니!!
관원	(양지를 보고) 저년도 체포하거라!!
관졸들	예!

관졸들, 정도전을 밀치고 양지에게 달려든다. 양지, 비명을 지르고.

정도전	(헉!)
양지	(겁에 질린) 나리...
정도전	...양지야...
양지	나리!!

정도전과 양지의 표정에서 엔딩.

14회

1 _____ 미륵사 경내 (밤)

양지   (겁에 질린) 나리...

정도전   (울컥) 양지야!!

관원   (관졸들에게) 어서 끌고 가라!

관졸들   (양지를 끌고 가려는데)

정도전   (관원에게 다가가) 이보시오, 대체 어찌 이러는 것이오!

관원   (밀치고 가며) 비켜라!

관졸들, '가자!' 정도 재촉하며 무덕과 양지를 끌고 간다. 양지, '나리!' 외치며 끌려가면 승려들, '법사님!', '공양주님!' 안타깝게 부르며 따라간다. 홀로 남은 정도전, 당혹스럽다.

2 _____ 이인임의 집 사랑채 안 (밤)

이인임, 임견미, 염흥방, 앉아 있다.

임견미   무덕과 그 수양딸을 추포하여 전법사˚로 압송 중입니다.

염흥방   (임견미에게) 미륵사 법회에서 있었던 일이 우발적인 것이 아니라, 이성계의 사주를 받아 의도적으로 벌인 짓이라는 자복을 받아내야 합니다.

임견미   여부가 있겠습니까? 이성계는 이제 죽은 목숨입니다.

이인임   그들이 추포된 사실을 이성계가 모르게 하세요. 전법사에 입단속을 단단히 시켜두시오.

˚   법률·소송·형벌에 관한 일을 맡아보던 관부.

임견미	알겠습니다. (나가는)
이인임	...

3 _____ 이성계의 집 외경 (밤)

4 _____ 동 안방 안 (밤)

잠든 이성계 옆에 침의 차림으로 앉아 있는 강 씨, 마음이 편치 않다.

사내2	(E) 이성계 장군이 우리를 구원하러 오셨다!

F.B》13회 40씬의
사내1, 2의 선창에 따라 열광적으로 천세를 외치는 백성들.

현재》

강 씨	(찜찜함이 가시지 않는 듯 한숨)
이성계	(잠에서 깨는) 부인... (일어나는) 무시기 생각을 그리하오?
강 씨	아무것도 아닙니다. 어서 주무시어요.
이성계	(씩 웃으며) 뱃속에 이놈이 빨리 나오고 싶어 어밀 괴롭히는 게로구만. 부인. 내 이놈이 나오면 혼쭐을 내주겠소.
강 씨	...대감.
이성계	(보는)
강 씨	소첩은 왠지 법회 때 있었던 일이 마음에 걸리나이다.
이성계	(잠시 생각하다 이내 대수롭지 않다는 듯) 산달이 다가오니 생각이 많아져서 그런 것이오. 그만 잡시다.

강 씨를 자상하게 모로 눕히는 이성계, 자신 역시 조금은 찜찜하다.

5 _____ 도성 성문 앞 (밤)

병사에게 내밀어지는 (12회의) 통행 부패. 정도전이다.
병사, 흘끔 보더니 도로 주며 들어가라 턱짓. 정도전, 뛰어 들어간다.

6 _____ 전법사 앞 (밤)

'典法司전법사' 현판.

경계병들과 조금 떨어진 곳에 정도전, 초조하게 서 있다. 정몽주,
안에서 나오고 정도전, 급히 다가간다.

정도전   알아봤는가? 대체 그들을 압송한 연유가 뭐라 하던가?
정몽주   자네가 뭔가 잘못 안 것 같으이. 전법총랑 말이 그런 사람들은 여
          기에 끌려온 적이 없다는군.
정도전   뭐라구?
정몽주   삼각산에 사는 사람들이라면 한양부°의 관아로 잡혀갔을 것이네.
          그리로 가세. (가려는데)
정도전   (잡고) 분명 전법사의 관원들이었네. 도성으로 끌려 들어가는 것을
          내 눈으로 똑똑히 보았단 말일세!
정몽주   ...!

°   현재의 한강 이북 서울 지방과 그 주변 일대를 관할한 고려 후기 행정구역.

정도전	전법사에 함구령이 내려진 것이 분명하네.
정몽주	허면 예사로운 사건이 아니란 말인데... (자문하듯) 요언을 퍼뜨려 혹세무민°한 죄를 물으려는 것인가?
정도전	미륵이 내려올 거라 믿는 순진한 사람들일 뿐 사이비는 아닐세.
정몽주	(뭔가 떠오르는) 가만...

F.B》13회 34씬의

이성계	오늘 삼각산에 법회를 하러 가는데 같이 가시겠습메까?

현재》

정몽주	(심각해지는)
정도전	뭔가 짚이는 것이 있는가?
정몽주	삼봉, 내 지금 급히 가볼 데가 있네.
정도전	갑자기 어딜 간다는 것인가?
정몽주	(대꾸 대신) 암튼 여기 일은 내게 맡기고 자넨 삼각산으로 내려가 있게. 내 연락함세. (후다닥 가는)
정도전	(의아한 듯 보는)

7 _____ 이성계의 집 대청 + 마당 안 (밤)

사월(몸종), 안방 문 앞에 조아리고 있다. 이성계, 겉옷을 걸치며 의아한 표정으로 나온다. 마당에 서 있던 정몽주, 심각한 표정으로 인사한다.

°　세상을 어지럽히고 백성을 미혹하게 하여 속임.

이성계	포은 선생...
정몽주	소생, 대감께 급히 여쭐 것이 있어 왔습니다.
이성계	사랑채로 가십시다. (내려서는데)
정몽주	대감께서 법회를 하셨다는 절이 혹... 미륵사가 아닌지요?
이성계	(멈칫 보고) 선생께서 그걸 어찌 아셨수까?
정몽주	(허!) 지금 미륵사의 법사와 공양주가 전법사에 끌려가 있습니다.
이성계	!

문이 벌컥 열리고 강 씨, 나온다.

| 강 씨 | (당혹, 정몽주에게) 그들의 죄목이 뭐라 하더이까? |
| 정몽주 | 전법사에서 추포한 사실조차 함구하고 있는지라 죄목을 알지 못합니다. 허나... 대감, 뭔가 조짐이 좋지 않습니다. |

강 씨, 불안한 듯 보면 이성계, 심각해진다.

8 _____ 전법사 옥방 안 (밤)

양지, 두려움이 가득한 얼굴로 창살을 부여잡은 채 무덕을 부르고 있다.

| 양지 | 어머니? 어디 계십니까! ...들리면 대답을 해보세요, 어머니! |

그때 쾅 하고 문 열리는 소리. 양지, 보면 피투성이가 된 무덕이 형리들에게 끌려온다. 양지, 헉! 하고 보면 문을 여는 형리.

양지	어머니... 어머니!!
형리들	(무덕을 옥방 안에 던져넣는)
양지	(나동그라지는 무덕을 부여잡는) 어머니, 소녀 양집니다.
무덕	(끙, 정신이 혼미한)
양지	정신을 차려보세요, 어머니!
임견미	(E) 니가 공양주라는 년이냐?

양지, 돌아보면 임견미가 옥방 앞에 잔인한 미소를 머금고 서 있다.

양지	(다가가) 대체 어찌 이러시는 것입니까? 저희는 아무 잘못도 없습니다!
임견미	니년에게 묻겠다. 이성계의 지시로 이성계를 미륵이라 참칭하는 포교 활동을 한 적이 있느냐?
양지	(벙한) ...이성계라니요?
임견미	이성계와 짜고 무지한 백성들을 선동하는 요설을 퍼뜨린 사실이 있느냐고 묻지 않느냐! 이성계를 왕으로 만들려고 말이다!!
양지	(헉!) 왕...? (다급히) 천부당만부당한 말씀이십니다! 저흰 그저 미륵님의 하생을 발원하는 법회를 열었을 뿐입니다! 정말입니다!!
임견미	사지가 꺾어져봐야 정신을 차릴 년이로구나. 여봐라! 이년을 끌고 가거라!
형리들	예! (양지를 끌어내는)
무덕	(버둥대며) 안 된다! ...안 된다, 이놈들아!
양지	(무덕의 대사와 O.L) 어머니...! 어머니! (끌려 나가는)
무덕	양지야! (창살 밖으로 손 내밀어 임견미의 관복을 부여잡고) 대감! 이건 너무 가혹한 처사가 아니시오!
임견미	(흥! 떨치고 가는)
무덕	양지야... 양지야~!

9 _____ 이성계의 사랑채 외경 (밤)

정몽주   (E) 함정에 빠지신 것 같습니다.

10 _____ 동 사랑채 안 (밤)

이성계, 강 씨, 이지란이 정몽주를 본다.

이지란   아이 함정이라이?

정몽주   법회에서 백성들이 대감을 미륵이라 떠받든 직후에 법사와 공양주
가 끌려갔습니다. 이것이 과연 우연이겠습니까?

이성계   ...

강 씨   함구령이 떨어진 것도 우연이 아닐 터이지요. 대감... 누군가 대감
을 노리는 것입니다.

정몽주   분명 이인임이 대감께 보복을 하려는 것입니다.

이지란   이런 쌍간나새끼...

이성계   내사 전법사로 가서리 결백을 증명하갔소.

강 씨   그건 아니 될 말입니다! 대감께서 뭐라시든 저들은 저들이 원하는
대답이 나올 때까지 혹독한 고신을 자행할 것입니다!

정몽주   법사 모녀가 거짓 자복을 하기 전에 몸을 피하셔야 합니다. 가별초
가 있는 동북면°으로 가신다면 저들도 대감의 무력이 두려워 더는
공격하지 못할 것입니다.

이성계   뺑소이를 치란 말이우?

강 씨   허나 그리되면 대감 스스로 죄를 인정하는 처사가 되지 않겠습니까?

°   고려의 최전방으로 지금의 함경도 지방.

이지란	이거이 환장하갔구만기래. 있어도 아이 되고 뺑소이도 아이 된다니...
정몽주	...소생에게 좋은 생각이 있습니다.
이성계	(보는)

11 _____ 도당 앞 (낮)

이성계와 족자를 든 정몽주, 굳은 표정으로 걸어온다.

정몽주	이지란 장군이 궐 밖에 말을 대기시켜 놓고 있습니다. 도당회의 도중에라도 이상한 낌새가 보이면 즉시 피신하셔야 합니다.
이성계	...
이인임	(E) 아이구 밤새 안녕들 하셨습니까?

일동 보면 저만치 이인임이 염흥방과 함께 환한 미소로 걸어온다.

정몽주	(인사하고, 나직이) 절대... 내색하지 마십시오.
이성계	(인사하는)
이인임	(태연히 이성계에게) 어디 편찮으신 게요? 안색이 안 좋아 보이십니다.
이성계	괜찮습니다.
이인임	그나저나 이거 사신의 입국을 불허한 명나라 문제를 어찌 처결해야 할지 걱정입니다. 오늘도 최영 대감께서 언성깨나 높이실 것인데... 무슨 좋은 방도가 없겠소이까?
이성계	도당에서 얘기하시지요.
이인임	(미소) 자, 가십시다.

이인임, 염흥방과 간다. 이성계와 정몽주, 보다가 뒤를 따른다.

12 _____ 동 도당 안 (낮)

이인임, 염흥방, 이성계, 정몽주, 최영, 변안열이 앉아 있다.

최영   (탁자를 치며) 글쎄 명나라에 공물을 더 바치는 것은 불가하다지
        않소이까!

염흥방   그 방도밖에는 없다는 데 어찌 이리 고집을 부리십니까!

변안열   북원의 나가추와 합세하여 명나라에 맞서는 방도는 어찌하여 논외
        로 치는 것이오!

염흥방   명나라가 단교를 선언한 것도 아니지 않습니까? 아직은 사생결단
        을 할 때가 아니니 이제 그만 동의를 해주세요!

최영   절대...! 동의할 수 없소!

염흥방   (답답한) 나 이거야 원!

이인임   역시 오늘도 중론을 모으기는 어려울 듯싶습니다. 좀 더 생각들을
        정리한 연후에 재론하는 것이 어떻겠습니까?

최영   (마뜩잖은) 그러십시다.

이인임   허면 오늘 도당회의는 이만, (하는데)

정몽주   급히 의논할 일이 하나 있습니다.

이인임   ...? 뭡니까?

정몽주   (족자 내밀며) 동북면 북쪽에 웅거한 여진족 추장 호바투°가 지난
        초사흘 동북면에 난입하여 백성 십여 명을 납치해갔다 합니다.

이인임   (보는)

°   고려 말기 동북면을 침입하였던 여진족 추장.

최영	호바투가? (족자 펼쳐 읽는)
정몽주	이는 분명 본격적인 침공이 임박했다는 전조입니다. 금년 정월에도 군사 일천으로 의주를 기습하였던 호바투가 아닙니까? 시급히 대책을 세워야 합니다.
이인임	그래, 무슨 좋은 계책이 있습니까?
정몽주	찬성사 대감을 동북면 도지휘사로 제수하여 호바투를 정벌토록 하시지요.
이인임	!
최영	(족자 놓고) 그거 좋은 생각이외다. 화근이 될 싹은 미리 잘라놔야지!
염흥방	(다급히) 불가합니다!
이인임	잠깐만...
염흥방	(멈칫 보면)
이인임	(정몽주에게) 호바투 따위를 때려잡자고 찬성사를 보내는 것은 닭 잡자고 소 잡는 칼을 쓰는 격 같소만?
정몽주	호바투는 결코 만만히 볼 상대가 아닙니다.
이인임	(미심쩍은, 이성계에게) 대감의 생각은 어떠시오?
이성계	도당에서 결정만 해주시면 지금 즉시 출발하겠습니다.
이인임	지금... 즉시?
이성계	(긴장) ...예.
이인임	(쏘아보는)
최영	그리하십시다. 찬성사가 자진해서 가겠다는데 만류할 이유가 없습니다!
이성계	(애써 태연한)
이인임	잠시... 정회를 좀 해야겠습니다.
일동	?
정몽주	대감!

이인임	(뿌리치듯) 두 식경 후에 뵙겠소. (나가버리는)
이성계	...

13 _____ 빈청 이인임의 집무실 안 (낮)

이인임, 염흥방, 앉아 있다.

이인임	이성계와 정몽주가 미륵사의 일을 알고 있습니다. 구실을 만들어 도성을 빠져나가려는 것이에요.
염흥방	임견미 대감에게 속히 자복을 받아내라 재촉하겠습니다. (나가는)
이인임	...

14 _____ 전법사 형방 안 (낮)

무덕, 형리에게 끌려 들어온다. 임견미 앞의 형틀에 앉힌 채 고개를 떨군 피투성이의 양지가 시야에 들어온다.

무덕	양지야...! (기어가 부여잡는) 양지야!
양지	(간신히) ...어머니...
무덕	(억장이 무너지는) 양지야!
임견미	(무덕의 머리채 낚아채고) 이래도 자복을 하지 않을 것이냐?
무덕	네 이놈! 하늘이 두렵지 않느냐!!
임견미	오냐... 니 딸년이 어찌 되는지 지금부터 똑똑히 지켜보거라.

무덕, 헉! 하는. 고개를 가누지 못하고 주억대는 양지.

15 _____ 도당 안 (낮)

홀로 앉은 이성계, 눈을 질끈 감고 앉아 있다. 정몽주, 다급히 들어
온다.

정몽주 아직까진 전법사 쪽에서 특이한 동향이 보이진 않습니다. 법사 모
녀가 고신을 견디고 있는 것 같습니다.

이성계 내사 도성을 빠져 나가문... 그 두 사람은 어케 되겠습메까?

정몽주 (착잡한 마음을 억누르며) 대감께서 남아계신다 해도... 달라질 것
은 없습니다. 지금은... 냉정해지셔야 합니다.

이성계 (탁자를 쾅! 치는... 부르르 떠는데)

재상들, 들어와 착석한다. 이인임, 좌중을 일별한다.

이인임 자... 찬성사 이성계를 동북면 도지휘사로 제수하여 호바투를 정벌
하자는 의견에 대해 어찌 생각하십니까?

염흥방 불가합니다. 도성에 기근이 들고 왜구들의 침입이 빈번한 지금 군
사를 일으키는 것은 어불성설입니다.

정몽주 군사를 일으키자는 얘기가 아니지 않습니까! 동북면에 있는 찬성
사 대감의 가별초만으로도 능히 제압할 수 있습니다!

염흥방 허나 찬성사는 도당과 조정에서 중책을 맡고 있는 분이외다. 화급
을 요하는 상황도 아닌데 도성을 비우는 것은 찬성할 수 없소이다.

최영 동북면은 대대로 찬성사의 집안이 다스려왔던 곳이외다! 당사자가
몸소 가겠다는데 만류할 이유가 없지 않소이까!

변안열 맞습니다. 염 대감께선 어찌 사사건건 무장들 얘기에 반대만 하십
니까!

염흥방 (말문 막히는, 분한)

정몽주	(밀어붙이듯) 영부사 대감... 속히 처결을 하시지요.
이인임	...호바투를 정벌할 필요가 있기는 합니다.
염흥방	대감!
이인임	허나 촌각을 다툴 정도로 화급한 일도 아니니... 다음 도당회의에서 결정을 하십시다.
정몽주	(헉! 이성계를 보면)
이성계	...오늘 결정하시지요. 쇠뿔은 단김에 뽑아야 합니다.
이인임	동북면의 사정을 좀 더 살펴본 연후에 결정해도 늦지 않습니다.
이성계	(울컥) 어찌 이러십메까? 내가 가갔다 하지 않습메까!!
염흥방	무엄하오, 찬성사!
이인임	(이성계를 지긋이 노려보는)
이성계	(부르르 떠는)
최영	영부사 대감.
이인임	(보는)
최영	수고스럽더래두 한 번만 더 정회를 하십시다.
이인임	...그리하시지요. (일어나 나가는)

이성계, 눈을 질끈 감는다. 최영, 이성계를 바라보는...

16 _____ 빈청 최영의 집무실 안 (낮)

최영, 이성계와 마주 앉아 있다.

최영	며칠 말미를 둬도 되는 일이거늘 어찌 이리 서두르시는 것인가?
이성계	...
최영	가뜩이나 영문하부사와의 관계가 소원한 터에 사소한 문제로 다툴

것은 없지 않느냔 말일세.

이성계	...대감.
최영	...
이성계	...도와주시라요.
최영	(보는)
이성계	소생... 함정에 빠졌습메다.
최영	!
무덕	(E) (울부짖는) 자복하겠소!

17 _____ 전법사 형방 안 (낮)

형리들 틈에서 고개를 젖힌 채 혼절한 양지의 무릎을 부여안은 무덕.

무덕	(오열하며) 자복을 할 것이니 제발 그만하시오~ 제발~
임견미	(잡아 세우고) 말하거라. 너희에게 혹세무민을 사주한 자가 누구냐?
무덕	(으흐흐 통곡하는)
임견미	어서 말을 하라는데두!

18 _____ 도당 안 (낮)

이인임, 염흥방, 정몽주, 변안열 등 재상들이 앉아 있다. 최영, 굳은 표정으로 들어와 이인임을 쏘아보고 앉는다.

이인임	찬성사와는 얘기가 잘 되셨습니까?
최영	그렇소이다.

이인임	헌데 어찌 혼자 들어오십니까?
최영	(흠...) 오늘 회의는 이만하는 것이 좋을 것 같소이다.
일동	!
이인임	(뭔가 있다 싶은, 싸하게) 어찌 혼자 들어오느냐 여쭙지 않습니까?
최영	회의를 더 해봐야 다툴 게 뻔하고 해서 이 사람이 찬성사에게 일단 동북면의 실태를 파악해 보고 오라 영을 내렸소이다.
이인임	!

19 _____ INS - 저잣거리 (낮)

이성계와 이지란, 이랴! 다급히 말을 타고 달려간다.

20 _____ 다시 도당 안 (낮)

이인임	(노려보는) 허면 지금... 이성계가 동북면으로 떠났단 말입니까?
최영	그렇소이다.
정몽주	(격한 안도)
염흥방	(발끈) 대감 독단으로 어찌 그 같은 월권을 저지를 수 있단 말입니까!
정몽주	내정을 관장하는 영삼사사십니다. 도당에 의견이 모아지지 않는 상황에서 현지 사정을 파악해 오라는 것이 어째서 월권이란 말입니까!
변안열	(영문도 모른 채) 정몽주 대감 말이 맞는 것 같습니다. 아까 영부사 대감께서도 동북면의 사정을 알아보자는 말씀을 하셨잖습니까?
이인임	(최영을 쏘아보는)

최영	더 왈가왈부할 것 없소. (일어나는) 사안의 당사자가 없으니 오늘 회의는 이만 종료하고 이성계가 돌아오면 재론하십시다. (나가는)

정몽주, 변안열 등 재상들이 나간다. 이인임과 염흥방만 남는다.

염흥방	이성계가 동북면에 가면 무슨 핑계를 대서든 돌아오지 않을 것입니다. 도성을 빠져나가기 전에 추포해야 합니다.
이인임	(노기 어린) 증좌가 있어야 추포를 할 것이 아닙니까... 임견미는 대체 무엇을 하고 있단 말인가!
임견미	(E) 대감!

일동, 보면 임견미, 들어온다.

임견미	법사 무덕이 이성계의 이름을 토설하였습니다.
염흥방	!
이인임	가장 날랜 병사들을 보내 이성계를 추포해 오시오... 어서!!

21 _____ 거리 (낮)

기병들, 말을 타고 달려간다. 걱정스레 지켜보던 정몽주, 걸음을 옮기다 멈칫한다. 정도전이 굳은 표정으로 서 있다.

정몽주	삼봉...
정도전	(다가서는)
정몽주	아, 내 정신 좀 보게... 내가 도당회의에 참석하느라 알아보지 못하였네. 이제부터 알아볼 터이니, (하는데)

정도전	거짓말 못 하는 사람이 거짓말을 하면 얼굴에 표시가 나는 법일세.
정몽주	(보는)
정도전	사건의 진상을 자넨 이미 알고 있네. 말해주게.
정몽주	(옅은 한숨) 이인임이 이성계 대감을 숙청하기 위해 조작한 사건일세.
정도전	...! 뭐라구?
정몽주	이성계 대감의 사주를 받아 백성들에게 이성계 대감이 미륵이라는 요언을 퍼뜨렸다는 혐의를 받고 있어.
정도전	해서... 이성계는 어찌 됐는가?
정몽주	다행히 도성을 빠져나갔네만 아직은 안심할 단계가 아닐세.
정도전	뭐라... 안심?
정몽주	(보는)
정도전	어딜 그리 급히 가나 했더니만 그자를 피신시키러 갔던 것인가?
정몽주	...그렇네.
정도전	(버럭) 무덕과 양지를 구해달라 하였어! 헌데 저들의 결백을 입증해줄 유일한 사람을 도피시키다니... 자네가 어찌 이럴 수 있는가!
정몽주	이성계 대감이 이인임의 손에 죽게 놔둘 순 없지 않은가?
정도전	허면 저들은... 저 불쌍한 사람들은 저리 죽어도 되는 것이구?
정몽주	(화난) 이인임의 잔인함을 누구보다 잘 아는 자네가 어찌 이리 답답하게 구는 것이야! 이성계 대감이 출두한다 해서 저들이 산다는 보장이 있는가?
정도전	닥치게, 포은!
정몽주	!
정도전	(부르르 떠는) 한마디만 더 하면... 아무리 자네라도 용서치 않을 것이야.
정몽주	(흠) 진정하고 차분히 얘기를 해보세.
정도전	(울컥) 공양주의 이름이 왜 양지인 줄 아는가? 맹자께서 말씀하신

사람이라면 태어날 때부터 갖는 착한 심성! 그 양지를 가진 아이이기 때문일세. 사람이라면 도저히 견딜 수 없는 고초와 불행을 겪었음에도, 해서 가슴에 남은 것이라곤 눈물과 한숨뿐일 터인데도 이를 악물고 양지를 지키며 살아가는 그런 아이란 말일세.

정몽주 삼봉...

정도전 그 아이는 이 형편없는 밥버러지에 불과한 정도전이란 놈이... 그나마 세상을 향해 붙잡고 있는 마지막 끈이네... 난 양지를 살릴 것이야. (획 가버리는)

정몽주 (보는)

22 _____ 빈청 이인임의 집무실 안 (밤)

이인임과 하륜, 염흥방이 앉아 있다. 임견미, 들어온다.

임견미 대감! 이성계가 이미 도성을 빠져나갔다 합니다!

이인임 ... (탁자를 쾅! 치는)

염흥방 낙담하시긴 이릅니다, 대감. 이성계는 놓쳤지만 법사로부터 받아낸 자복이 있지 않습니까?

임견미 개경에 있는 처와 자식들을 억류한 뒤 도성으로 돌아와 조사를 받으라 압박해야 합니다.

하륜 이성계가 순순히 올 리도 없고, 온다 해도 수천 명의 가별초를 거느리고 올 터이지요... 처백부 어른.

이인임 (보는)

하륜 더 이상 궁지로 몰아넣었다간 이성계가 반란을 일으킬 수도 있습니다. 미륵사 사건은 이쯤에서 덮으시는 것이 좋을 듯싶습니다.

이인임 ... (일어나는)

23 _____ 빈청 최영의 집무실 안 (밤)

최영, 이인임, 앉아 있다.

최영 　 내 터놓고 말하겠소. 다시는… 이성계를 도모하려 들지 마시오.

이인임 　 언젠가 오늘의 일을 후회하시게 될 것입니다.

최영 　 지금 나를 겁박하시는 것이오?

이인임 　 이성계를 살려준 것을 후회하게 될 거란 얘깁니다. 이성계는 결코 대감의 측근으로 만족할 사람이 아니니까요.

최영 　 그만하시오. 이성계는 측근이기 이전에 이 사람이 아들처럼 여기는 사람이외다.

이인임 　 (피식) 아무튼… 사태를 어찌 수습하면 좋겠습니까?

최영 　 지금이라도 이성계를 동북면 도지휘사로 제수해서 사첩°을 동북면으로 보내면 끝나는 일이외다.

이인임 　 이 사람은 밑지는 장사는 하지 않습니다.

최영 　 …명나라에 사신을 보내는 것에 동의해 드리겠소.

이인임 　 (보다가 미소) 동북면으로… 사첩을 보내겠습니다.

최영 　 …

이인임 　 그나마 수습이 원만히 돼서 다행이로군요. 허면 이만, (일어나는데)

정몽주 　 (E) 전법사에 갇힌 사람들은 어찌하실 것입니까?

일동, 보면 정몽주, 들어와 예를 표하고 선다.

정몽주 　 그들이 풀려나야 완벽한 수습이 아니겠습니까?

최영 　 포은 대감의 말이 맞소이다. 그들을 무죄 방면 하시오.

° 　 벼슬아치의 임명장.

이인임	헌데 그게 문제가 좀 있습니다.
정몽주	문제라니요?
이인임	법사가 좀 전에 죄를 자복했어요. 이성계가 시킨 짓이라는 말까지 함께.
일동	!
이인임	전법사의 공초°를 태워버릴 수도 없고, 설사 태운다 한들 그 많은 관원들의 입은 또 어찌 봉하겠습니까?
정몽주	(심각한)
최영	허면 이성계가 아직 안전하지 않단 얘기지 않소이까!
이인임	안전하게 만들어 드리겠습니다. 허니 전법사에 갇힌 자들의 처결은 이 사람에게 일임해 주세요. (정몽주를 보고 피식 웃고 나가는)
정몽주	...
정비	(E) 이성계가 미륵사의 불자들에게 무고를 당하다니요?

24 _____ 대궐 혜경전 안 (밤)

정비, 우왕, 근비, 다과상을 놓고 앉아 있다.

정비	혹세무민의 죄로 끌려온 자들이 어찌하여 이성계를 무고했단 말입니까?
우왕	참형을 면하려고 이성계가 시킨 짓이라 거짓을 고했다는군요. 이성계의 처가 그 절에 다녔던 모양입니다.
근비	혹세무민에 무고까지 아주 파렴치한 자들이 아니옵니까, 전하?
우왕	해서 과인이 영문하부사에게 죽여도 곱게 죽이지 말라 신신당부를

° 심문 기록.

했습니다.

정비　나무 관세음보살...

25 _____ 거리 (밤)

길잡이　물렀거라! 영문하부사 대감 행차시다!

이인임, 길잡이를 앞세우고 박가와 무사들의 호위 속에 평교자를 타고 온다. 길 가던 행인들, 흠칫 비켜서서 머리를 조아리는데 정도전이 불쑥 막아선다.

박가　(칼을 뽑으며) 웬 놈이냐!

정도전　(이인임을 보는)

이인임　물러서거라. (박가 물러나면) 개경에 오면 아니 되는 몸이시잖소?

정도전　일전에 주신 통행 부패를 요긴하게 쓰고 있습니다.

이인임　(미소) 그래... 용건이 뭡니까?

정도전　미륵사에서 끌려온 사람들을 선처해 주십시오.

이인임　(굳는, 이내 미소) 무슨 말씀이신지...

정도전　뜻한 바를 이루지 못하신 것으로 알고 있습니다. 허니 무의미한 살생을 할 필요는 없지 않습니까?

이인임　이 사람은 알지 못하는 얘깁니다.

정도전　아무 죄 없는 백성들입니다. 부디... 관용을 베풀어 주십시오.

이인임　(보다가) 잘 들으세요. 힘이 없거든... 누구에게도... 그 무엇에도... 헌신하지 마시오.

정도전　대감!

이인임　가자...

무사 두 명이 달려들어 '비켜라!' 하며 길가로 밀어젖힌다.

정도전   (밀치고) 대감!!

이인임   (불쾌한 듯 보면)

정도전   (이를 악물고) 소생이... (무릎 꿇으며) 졌습니다.

이인임   !

좌중   (술렁이는)

정도전   저들을 풀어주신다면... 소생, 기꺼이... 대감의 밑으로 들어가 당여
          가 되겠습니다.

이인임   ...

정도전   부탁드립니다.

이인임   (빤히 보는)

정도전   ...

이인임   이거야 원 나이 들어 좀 변했나 했더니만... 예전보다 더 심각해졌
          구만.

정도전   (보는)

이인임   당신은 이 사람의 당여가 될 수 없소.

정도전   대감...

이인임   내가 원하는 사람은 남이 아니라 자기의 목숨을 위해 무릎을 꿇는
          사람이오. 그런 자들은 밥만 제때 주면 절대 주인을 물지 않거든요.

정도전   ...

이인임   가자!

이인임을 태운 평교자가 떠난다. 정도전, 수치심과 분노가 엄습한
다. 주먹을 감아쥔다. 눈빛이 형형해지는.

26 _____ 전법사 옥방 안 (밤)

무덕과 양지, 힘없이 벽에 기대앉아 있다.

무덕 양지야...

양지 ...예.

무덕 이 모든 것이 다 미륵의 뜻이니... 너무 슬퍼하지 말거라...

양지 (눈물 그렁한 채 처연한 미소) ...예.

무덕 (꺼질 듯한 한숨)

양지 (바깥쪽을 바라보며 중얼대는...) 나리께서 많이 놀라실 것인디...
나리께서... 많이 슬퍼하실 텐디...

27 _____ 저잣거리 (낮)

(1씬의) 관원을 필두로 형리들, 관졸들, 무덕과 양지를 끌고 온다.
무덕과 이어진 포승에 손목을 묶인 채 끌려가는 양지. 길가에 구경
하는 백성들 사이로 나타나는 정몽주, 안타까운 표정으로 바라본다.

백성1 저년들이 이성계 장군님을 무고했다구?

백성2 그렇다네, 글쎄!

백성1 (돌을 집어 들고) 저런 쳐 죽일!

백성1, 무덕에게 돌을 집어 던진다. 백성들, 너도나도 욕을 퍼부으
며 돌을 집어 던진다. 정몽주, 탄식하고... 무심히 앞으로만 나아가
는 행렬. 양지의 몸에도 돌멩이가 날아들고, 그중 하나가 양지의 이
마에 맞는다. 양지, 털썩 주저앉으면 집중적으로 날아드는 돌멩이.

묶인 손을 들어 막아보지만 역부족이다. 정몽주, 더는 못 보겠다는 듯 돌아서고... 양지, 고통을 참으며 눈을 질끈 감는데 더 이상 돌이 날아오지 않는다. 이마에서 피를 흘리는 양지, 천천히 눈을 뜨면 두 눈이 벌겋게 충혈된 정도전이 날아오는 돌을 몸으로 막으며 내려다본다.

양지	나리!
정도전	(이를 악물고 바라만 보는, 돌멩이가 사정없이 날아드는)
정몽주	(멈칫 정도전을 보는) 삼봉...
양지	(눈물 흐르는)
정도전	(눈가에 맺히는 눈물을 참으며 버티는, 돌멩이가 목덜미를 강타하고 비틀대면)
양지	나리!
정도전	(이를 악물고 버티는)
정몽주	(정도전의 곁으로 다가가며 백성들에게) 멈추시오! 이 무슨 잔인한 짓이란 말이오!
백성들	(멈칫, '포은 대감 아녀?' '맞어' 정도 수군대며 멈추는)
정도전	(양지에게 시선을 떼지 않은 채) 포은...
정몽주	(보는)
정도전	양지와 잠시 얘기를 하고 싶네.
정몽주	(관원을 향해 뛰어가며) 전법좌랑은 잠깐만 기다리시게.
양지	나리...
정도전	(한쪽 무릎을 굽혀 앉아 양지의 머리에 피를 닦아주는)
양지	(옅은 미소) 쇤네... 죽기 전에 나리 한 번만 봤으면 쓰겄다고 밤새 빌었었는디...
정도전	(먹먹하게 보는)
양지	지는 인자 여한이 없고만이라...

정도전	고통스럽겠지만... 오래 걸리진 않을 것이다...
양지	(두려움에 떨면서도) ...예.
정도전	이 고통이 끝나면... 황연과 천복이가 기다리고 있을 것이다. 그리 생각하거라.
양지	청이... 하나 있는디요.
정도전	...
양지	지가 쪼까 무서워서 그라는디... 쉰네 가는 거 끝꺼정 봐주실 수 있 것어라?
정도전	(눈물 떨어지는)
양지	(간절히 보는) 나리...
정도전	(눈물을 삼키며) ...그리하마... 그리할 것이다...
양지	(안도의 미소) 인자 되얏고만이라... 감사헙니다...
관원	(보다가) 자, 가자~!!

행렬, 서서히 움직이는데 양지, 정도전의 손을 덥석 잡는다.

양지	(간절한) 나리!
정도전	(이를 악물고 바라보는)
양지	(부르르 떨며) 지를... 이 양지를... 잊어불문 안 되라... 아시겠소?
정도전	(양지의 손을 으스러지게 잡으며, 토하듯) 오냐... 오냐... (하는데)

형리의 손에 일으켜지는 양지. 서서히 떨어지는 두 사람의 손.

28 _____ 처형장 (낮)

나란히 무릎 꿇려진 무덕과 양지. 그 앞에 관원과 형리들이 서 있다. 목봉을 든 형리 두 명과 칼을 벼리는 망나니의 모습도 보인다. 구경꾼들 틈에 나란히 서 있는 정도전과 정몽주. 양지와 정도전, 서로만을 응시한다.

관원   난장을 쳐라!

형리들, 무덕과 양지의 등을 사정없이 내려친다. 컥! 고꾸라지는 무덕. 양지, 이를 악물고 정도전을 쳐다본다. 정도전, 입술을 깨물고 온몸을 부들부들 떨며 시선을 떼지 않는다. 정몽주, 그런 정도전을 걱정스레 본다. 또다시 가격당한 양지, 울컥 피를 토하고... 정도전, 눈앞이 아뜩해진 듯 눈을 감았다가 뜨면, 필사적으로 정도전만을 쳐다보는 양지. 정도전, 한 손으로 정몽주의 팔목을 부여잡고 억지로 버틴다. 사정없이 양지의 등을 내리치는 몽둥이. 고통으로 일그러지면서도 정도전만을 바라보는 양지. 입술이 터져라 깨물고 지켜보는 정도전의 모습 위로...

관원   (E) 죄인을 참하라!

망나니의 칼에 뿜어지는 물. 망나니, 양지의 뒤로 가 선다.

양지   (애잔한 미소) 나리...

정도전의 입가에 핏물이 고인다. 망나니의 칼이 허공에 솟구친다 싶더니 곤두박질치는데.

양지   (간절히) 나리~!!

정도전, 눈을 부릅뜬다. 백성들, 두려움에 고개를 돌리고, 정몽주, 눈을 질끈 감는다. 입술을 깨문 정도전, 그 충혈된 두 눈에서 F.O

29 _____ 정자 일각 (밤)

정자에 걸터앉아 술병째로 들이키고 있는 이방원. 무언가 불만이 가득한 표정이다. 조영규, 다가온다.

조영규 나리... 대감마님께서 작은마님 댁에 막 당도하셨습니다요.

이방원 (대꾸 없이 술병을 비우는, 피식 웃더니 술병 툭 던지고 일어나는)

30 _____ 이성계의 집 앞 (밤)

생솔가지가 묶인 금줄이 매달려 있는 대문.

31 _____ 동 안방 안 (밤)

막 해산한 듯 핼쑥한 안색의 강 씨가 누워 있다. 강보에 싸인 아기를 안은 이성계, 감격스러운 표정으로 본다.

강 씨 며칠이나 계실 수 있는 것입니까?

이성계 내일 날이 밝는 대로 돌아가야 하오. 호바투 그놈이 예전 같지 않습니다.

강 씨 (옅은 한숨)

이성계	(흰 봉투를 내려놓으며) 이놈 이름을 지어왔소. 클 석 자를 써서 방석이... 어떻소?
강 씨	(흡족한 듯 미소) 예... 대감을 쏙 빼닮았으니 장차 나라를 호령할 큰 인물이 될 것입니다... 방석이...
이성계	(아기를 지긋이 보는데)
이방원	(E) 아버님. 소자 방원입니다.
강 씨	들어오라 하시어요.
이성계	날래 들어오라우.
이방원	(E) 분부하신 일만 고하고 가겠습니다.
강 씨	(표정 굳는)
이성계	(조금 난처한 듯 강 씨 보고 밖을 향해) 들어오라 하지 않니?

32 _____ 동 안방 앞 마당 + 대청 (밤)

이방원, 조영규와 마당에 나란히 서 있다.

이방원	소자가 들어가면 바깥의 냉기도 함께 들어갈 것입니다. 갓 태어난 아기와 조리 중인 어머님이 고뿔이라도 들까 저어되옵니다.

문이 열리고 이성계가 대청에 나와 선다. 조금은 마뜩잖은 표정이다.

이방원	(허리 숙이고) 아버님. 그간 존체 강령하셨사옵니까?
이성계	...술을 먹은 거이네?
이방원	송구합니다.
이성계	술 냄새 때문에 아이 들어올라 캤구만... (이내 자상한 어조로) 그래, 알아보라는 건 어케 됐네?

이방원	찾았습니다. 소자가 길을 잡을 터이니 함께 가시지요.
이성계	...옷 걸치고 나올 테이 기다리라우. (들어가는)
이방원	(낮게) 빌어먹을...
조영규	(놀라 보면)
이방원	둘러대다 그만 어머니라고 불러버렸어... 입을 씻을 것이다. 물 한 사발 가져오거라.
조영규	예, 나리. (후다닥 가는)
이방원	...

33 _____ 천복의 무덤 근처 길 (밤)

이성계, 보퉁이와 횃불을 든 이방원, 조영규가 종종걸음으로 온다.

조영규	찾는 데 꽤 애를 먹었습니다요. 공양주하고 친한 처사가 시신을 수습해서는 오라비 옆에 묻어줬다 합니다.
이성계	(서둘러 가는)

34 _____ 천복의 무덤 앞 (밤)

천복의 무덤 옆에 봉분이 나란히 솟아 있다. 이성계, 한쪽 무릎을 꿇고 앉아 먹먹한 표정으로 봉분을 바라본다. 멀찍이 이방원과 조영규가 서 있다. 이성계, 곁에 펼쳐진 보퉁이에서 사슴 가죽으로 만든 옷가지를 집는다.

이성계	(봉분 위에 덮어주며) 땅 우에도 이케 추운데 누워 계신 거기메는

얼매나 춥갔소... 이거이 내가 직접 잡은 사슴 껍데기를 뱃게 맹근 것이우다... (손이 멈추고... 눈동자가 떨리는... 토로하듯) 내사 이런 거이백이 할 줄 모르는 사램이우다. 즘승 가둑 뱃기고 사램 때레잡는 거골장°이디요... 기케두 내 딴엔 무시길 좀 잘해볼라 기겠는데... (피식) 내사 이 대갈빽이에 든 게 없어서리... 애기네 함자가 양지라 했지비?... 양지 애기네... 내사 한마디만 하갔소... (무릎을 꿇고 토하듯) 미안하우다. (눈물 흐르는)

35 _____ 삼봉재 앞 (밤)

이색, 정몽주, 이숭인, 권근이 다가선다.

정몽주   여깁니다, 스승님.
이색   (삼봉재 일별하는)

36 _____ 동 마당 안 (밤)

이색 앞에 공손히 머리를 조아린 최 씨와 득보.

정몽주   삼봉이 유람을 떠났다구요?
최 씨   ...예.
정몽주   (낙심하는)
권근   언제 돌아온단 말씀은 없으셨습니까?

°   소, 돼지를 도축하는 사람.

최 씨	그냥… 몇 달은 족히 걸릴 거라고 하였습니다.
이숭인	스승님께서 삼봉 사형 걱정을 많이 하고 계십니다. 돌아오시면 사형 몰래도 저희에게 기별을 넣어주십시오.
최 씨	그러겠습니다, 도은 나리.
이색	(수심) 도전이가 어서 마음을 잡아야 할 터인데… 그만 가자.
정몽주	(옅은 한숨) 꼭 기별을 주셔야 합니다.
최 씨	예… 살펴가십시오.

이색 일행, 최 씨와 인사하고 나간다.

득보	(문 열어주고 꾸벅) 안녕히들 가십시오~!
최 씨	(옅은 한숨 쉬고 서당 쪽으로 다가가) 다들 가셨습니다…

37 _____ 동 서당 안 (밤)

캄캄한 실내에 홀로 벽에 기대앉은 정도전.

F.B》12회 27씬의

양지	도망치실라는 거잖여라…
정도전	!
양지	시상은 썩어 문드러졌는디 뭣 하나 뜻대로 안 되끼… 서책서 보고 배운 디로 안 되끼… 지끔 숨을 디를 찾고 계신 거잖여라…

현재》

정도전, 서안 위에 펼쳐진 맹자 책을 집어 든다.

정도전   (E) 제나라 선왕이 맹자에게 물었다. 탕왕이 하나라 걸왕을 죽이고 은나라를 세웠고, 무왕이 주왕을 죽이고 주나라를 세웠는데 신하였던 자가 왕을 죽이는 것이 옳은 일입니까... 맹자가 답했다. 아무리 임금이라도... 인을 해치면 적, 의를 해치면 잔, 잔적한 자는 임금이 아니다... (책 내려놓고) 잔적한 임금을 죽이고 성이 다른 임금을 세우는 것... 그것은 패륜도... 찬탈도 아니다.

38 _____ 삼봉재 일각 (밤)

모닥불이 활활 타고 있다. 낡은 맹자 책을 들고 선 정도전의 얼굴에 불꽃이 반사되어 일렁인다. 맹자 책을 들어 일별하는 정도전.

정도전   (E) 설사 패륜이라 해두, 찬탈이라 해두 좋다. 이젠 도망치지 않는다.

맹자 책을 불 속으로 툭 던진다. 활활 타들어 가는 맹자 책을 바라본다.

정도전   (E) 세상에 살아남아 있을 수많은 양지를 위해... 고려를 죽일 것이다. 오백 년 묵은 이 괴물을 죽이기 위해... 나도... 괴물이 될 것이다.

정도전의 결연한 표정에서 엔딩.

15회

1 _____ 어느 마을 전경 (낮)

〈자막〉 서기 1383년(우왕 9년)

2 _____ 동 마을 어귀 (낮)

장부를 손에 쥔 마름1, 빈 수레와 몽둥이를 든 장정들을 대동하고 걸어와 선다.

마름1   (장정들에게) 측간 같은 데다 곡식 숨겨놓고 오리발 내미는 놈, 수량을 속이는 놈, 없다고 배 째라는 놈 모두...! 작살을 내버려라. 알겠느냐!

장정들   예!

마름1, 들어가라는 턱짓하면 장정들, 수레와 함께 마을 안으로 급히 들어간다. 홀로 덩그러니 남은 허름한 행색의 사내, 멀뚱히 마름1을 바라보는 정도전이다.

마름1   김가라 하였소?

정도전   아... (큼) 그렇소이다.

마름1   (들고 있던 장부를 정도전에게 툭 던지고 들어가는)

정도전   (받고 따라 들어가는)

3 _____ 마을 일각 (낮)

장정들이 에워싼 가운데 주민들, 곡식을 수레에 싣는다. 마름1의
옆에서 장부에 세필 붓으로 수량 따위를 적어가는 정도전.

마름1 전에 있던 자는 미곡 한 섬 빼돌렸다가 다리 몽둥이가 부러졌수다.
잔꾀 부릴 생각 말고 제대로 적으쇼.

정도전 걱정마슈... 내 한 톨도 안 빼먹고 적을 것이니... (적는데)

남은 (E) 멈춰라!

일동, 보면 관졸을 대동한 원님 차림의 남은(30세), 다가온다.

마름1 (껄렁하게) 아이구, 나리~ 안녕하셨습니까요, (하는데)

남은 (먹살 잡으며) 이놈이!

정도전 (낯이 익다 싶은)

남은 내 고을에서 두 번 다시 지세를 걷지 말라 하였거늘... 니놈이 죽고
싶어 환장을 한 것이냐!

정도전 (슬그머니 한 발짝 물러나 외면하는)

마름1 나 참! 마님께서 시키시는 것을 이놈인들 어찌겠습니까요?

남은 니놈의 상전한테 전하거라. 한 번만 더 모수 사패°로 장난질을 치면
그땐 정말 가만있지 않을 것이라고... (먹살 풀며) 곡식을 돌려주고
당장 물러가거라!

마름1 (흥!) 그렇겐 못 하겠는뎁쇼?

남은 뭐라?

마름1 (큼, 주변 눈치 보더니 다가서서 속삭이는) 우리 마님께서 조만간

° 임금이 토지를 하사하면서 주는 공문서인 사패를 위조한 것.

찾아뵙고 인사를 할 거라시니 오늘은 그만 눈감아 주십시오.

남은　...인사?

정도전　(지켜보는)

남은　(관졸들에게) 여봐라...

관졸들　(보면)

남은　(버럭) 이것들을 모조리 관아로 끌고 가거라!!

관졸들, '예!' 외치며 마름1과 장정들에게 달려든다. 마름1, '나리!' 외치며 버둥대고 장정들, 도망친다. 정도전, 슬그머니 빠져나가는...

남은　(보고) 저놈도 한패다! 잡아라!

정도전, 냅다 뛰고 '서라!' 외치며 쫓아오는 관졸들.

4 _____ 마을 거리 (낮)

정도전, 세필 붓 입에 물고 장부를 품에 넣으며 도망간다. 관졸들, 쫓아간다. 정도전, 뒤를 돌아보더니 세필 붓 퉤 내뱉고 죽자사자 뛰어간다.

5 _____ 삼척 관아 안 (낮)

'아이고~' 태형을 당하는 마름1의 비명이 낭자하다. 정도전과 장정들, 포박된 채 무릎 꿇려져 있다. 그 앞에서 장부를 넘겨보는 남은.

남은	도적놈들... (장부 덮고) 형장을 멈춰라!
관졸	(목봉을 내리면)
마름1	나리... 이리하시고도 무사하실 것 같습니까?
남은	닥쳐라! ...왜구들 밥상머리에 던져버려도 시원찮을 놈이... 아직도 매가 부족한 모양이구나!
마름1	(끙, 기가 죽는)
남은	(장부를 정도전에게 툭 던지는)
정도전	(고개 돌리고 주섬 품에 집어넣는)
남은	(정도전 앞에 다가와 한쪽 무릎 꿇어앉는) 이런 한심한 인사 같으니...
정도전	...
남은	저것들은 못 배우고 천한 노비들이라 그렇다 쳐도 글을 배웠다는 사람이... (한심한 듯) 어디 사는 누구요?
정도전	(외면한 채) 정처 없이 떠돌아다니는 처삽니다요. 쌀밥을 먹여준 다기에 따라나선 것뿐이오니 부디 용서해 주십시오.
남은	쌀밥...? 이런 밥버러지 같은 놈.
정도전	(꾹 참는)
남은	(정도전의 턱을 꼬나쥐어 고개 드는) 너 같은 놈이 있으니까, (하는데)
정도전	(홱 고개 돌리고)
남은	어쭈... 요놈 봐라... (재차 고개 돌리려는)
정도전	(버티고)
남은	(실랑이하다 확 돌려버리는) 이놈이! (하다가 헉!)
정도전	(머쓱)
남은	하, 학관 어른!
정도전	오랜만일세... 남은. (멋쩍은 미소)
남은	(벙한)

6 _____ 동 일실 안 (낮)

현미밥을 게걸스레 먹는 정도전 앞에 불만스럽게 보고 앉은 남은.

정도전 뒤탈을 어찌 감당하려고 저들을 저리 험히 다루는 것인가?

남은 (씁쓸한 듯 피식) 까짓거... 쫓겨나기밖에 더하겠습니까?

정도전 유생 때도 혈기만 왕성하더니만... 자네도 크게 되긴 글렀구만그래.

남은 (답답한) 대체 왜 이렇게 사십니까?

정도전 내가 어때서?

남은 성균관 학관에 전의부령까지 하셨던 분이 권문세가의 노비 놈 밑에서 그게 뭐 하는 짓이냔 말입니다.

정도전 산 입에 거미줄 칠 수야 없잖은가?

남은 (버럭) 차라리 거미줄을 치세요!

정도전 (보는)

남은 성균관 선배만 아니면 오늘 이빨을 다 부러뜨려 버렸을 것입니다.

정도전 (허! 농담조로) 내 오늘처럼 자네의 선배란 사실이 기뻤던 적은 처음이구만. (하는데)

남은 학관 어른!!

정도전 (보면)

남은 (비분강개) 먹을 것이 없어 초근목피로 연명하는 백성들이 부지기순데 명색이 성리학자란 양반이 지 하나 배 불리자고 권문세가의 강아지 노릇을 할 수 있는 거요!

정도전 뭘 그리 열을 올리시는가... 성리학자는 밥 안 먹고 똥도 안 싼다던가?

남은 세상일은 안중에도 없고 과거급제에만 혈안이 된 유생들에게 밥버러지라고 일갈했던 어른이 아닙니까? 이인임의 권문세가를 타도하자고 앞장서서 싸우셨던 분이 아니냔 말입니다! 대체 어쩌다 이리

되셨소!!

정도전　(쉿! 하고 바깥 흘끔 보며) 이 사람이 이거 아주 큰일날 사람이로구만. 지금이 어떤 세상인데 그런 말을 함부로 지껄이시는가?

남은　(실망스러운) 남대가 한복판에서 이인임에게 무릎을 꿇고 당여가 되게 해달라 빌었다더니... 빌어먹을... 내가 눈이 삐었지...

정도전　...? 눈이 삐다니?

남은　(분한 듯 보며) 비록 한때나마... 학관 어른처럼 되고 싶었소이다.

정도전　...

남은　에잇! (일어나 나가는)

정도전　...녀석. (품속에서 장부 꺼내 펴는, 눈빛이 매서워지는) (E) 권문세가 한 놈의 헛간에 쌓인 곡식이 이 마을 백성 전부가 가진 것보다 많다. (장부 내려놓고) 한쪽에선 곡식이 썩어나가고 한쪽에선 곡식이 없어 굶어 죽는다. 이 쌀을 골고루 나누어주는 것... 이것이 대업의 핵심이다.

7 ＿＿＿ 도당 외경 (낮)

최영　(E) 도성에 미곡값이 천정부지로 치솟고 있소.

8 ＿＿＿ 도당 안 (낮)

이인임, 염흥방, 임견미, 최영, 변안열 등 재상들이 있다.

최영　은병 하나에 쌀을 열 석도 사지 못한다 하니 사태가 더 심각해지기 전에 대책을 강구해야 하오이다.

임견미	가뭄과 왜구 때문에 나라에 쌀이 없어 벌어지는 일입니다. 뾰족한 수가 있겠습니까?
최영	왜 쌀이 없소이까! 지금도 고관대작과 지주들의 헛간에는 쌀과 곡식이 미어터진 나머지 문도 걸어 잠그지 못할 지경이 아니오이까!
임견미	!
염흥방	해서 고관대작과 지주들이 무슨 나쁜 짓이라도 했다는 것입니까? 말씀하시는 저의가 무엇입니까?
최영	저의 같은 것은 없소이다! 사태가 심각하니 부자들 헛간에 묵혀둔 쌀을 시전에 내다 팔도록 해서 미곡값을 잡자는 얘기일 뿐이오.
변안열	그리하십시다! 값이 올라도 너무 올랐어요!
염흥방	불가합니다!
임견미	팔고 말고는 엿장수 마음입니다. 모르십니까?
최영	어허! (하는데)
이인임	다들 고정하세요.
일동	(노기를 참고 이인임을 보면)
이인임	영삼사사의 말씀대로 하십시다.
최영	!
임견미	대감!
이인임	경시서°에 일러 적당한 가격을 매기게 하고 전국에 방을 내려 불요불급하게 보유하고 있는 미곡을 모두 처분하라 명하세요.
염흥방	영부사 대감!
이인임	(불쾌한 듯 일어나는) 이만 마치겠소. (나가는)

임견미와 염흥방, 당혹스럽다. 최영, '흠...' 고개를 끄덕인다.

° 개경의 시전(市廛)을 관리·감독하는 관청.

9 _____ 빈청 이인임의 집무실 안 (낮)

이인임, 염흥방, 임견미, 하륜이 앉아 있다.

염흥방 자칫 잘못된 전례를 남길 수도 있는 일입니다, 대감!

임견미 어찌하여 최영의 손을 들어주신 것입니까!

이인임 (탁자 쾅! 치고 임견미를 쏘아보는)

임견미 !

이인임 하륜의 말이... 은병 하나에 쌀 다섯 석 가격이 되면 내다 팔기로 시
전상인들과 약조를 하셨다구요?

임견미 (헉!) ...대감.

하륜 (한심하다는 듯) 매점매석에다 담합까지... 처백부 어른께서 먼저
아셨으니 다행이지 최영이었다면 일이 어찌 됐겠습니까?

임견미 ...송구합니다, 대감.

이인임 권세를 오래 누리고 싶다면 내 말을 명심하세요.

임견미 (보면)

이인임 권좌에 앉은 사람은 딱 한 명만 잘 다스리면 됩니다.

임견미 그게 누굽니까?

이인임 자기 자신.

임견미 ...? (일단 알아들은 척) 아, 알겠습니다.

이인임 (나가고)

염흥방 (못마땅하고)

하륜 (역시 못마땅한 얼굴로 일어나는데)

임견미 (잡으며) 이보게, 하륜... 방금 영부사 대감께서 뭐라 말씀하신 것인
가?

하륜 (딱하다는 듯) 좀 적당히 해드시란 얘깁니다. (나가는)

임견미 (허! 하는)

10 _____ 관아 앞 (밤)

정도전, 행장을 꾸려 길을 나선다. '후~' 작심한 듯 발걸음 떼려는데...

남은 (E) 노자나 하십쇼.

정도전, 보면 남은, 쭈뼛 나와서 은병 주머니를 건넨다. 정도전, 받는다.

남은 (짐짓 퉁명스레) 사방이 도적놈들 천집니다. 조심하십쇼.

정도전 내 명색이 큰 도적놈을 때려잡으려 하는 몸이거늘... 그깟 좀도둑 따위를 두려워하겠는가?

남은 큰 도적놈을 때려잡다니요?

정도전 그런 게 있네. 숫제 괴물이지.

남은 (어이없는) 어떤 멍청한 괴물이 어른에게 당하겠습니까?

정도전 누가 혼자 잡는다 했는가? 사냥개를 구할 것이네.

남은 (보는)

정도전 내가 길을 잡아주면 한달음에 달려가 괴물의 목덜미를 콱! (싱긋 웃는)

남은 당최 뭔 소린지 원... 아, 얼른 가십쇼.

정도전 나 이만 가네. (가려다가 멈칫) 아 참, 하나만 물어보세.

남은 (보면)

정도전 자네가 보기에는... 최영과 이성계 중에 누가 더 강한 것 같나?

남은 (뜬금없는 말에 지쳤다는 듯) 그야 당연히 최영이죠. 이성계는 최영의 수하가 아닙니까?

정도전 자네도 그리 생각하는 것인가? ...거참... 또 보세, 남은. (획 가는)

남은 (착잡하게 바라보다 옅은 한숨)

11 _____ 함주 이성계의 진영 전경 (밤)

〈자막〉 함주(지금의 함경남도 함흥)

12 _____ 막사 안 (밤)

이성계, 정몽주, 배극렴이 앉아 있다.

정몽주 호바투의 군사들이 남하하여 길주평야로 집결하고 있다 합니다.

배극렴 호바투 그놈이 간이 부은 게 틀림없습니다. 감히 우리와 정면 대결을 하자고 나오다니...

이성계 그만치 기병전에 자신이 있다는 얘기갔지요... (하는데)

이지란, '성니메!' 하며 들어온다.

이성계 뭔 일이네?

이지란 뉘가 왔는지 보시우다!

이성계, 보면 홍패를 들고 어사화가 꽂힌 관모를 쓴 이방원을 따라 이방우, 이방과가 들어온다.

정몽주 (일어나는) 방원아!

이방원 (옅은 미소로 인사하고 이성계에게) 아버님, 그간 강령하셨사옵니까?

이성계 (내심 기쁨을 누르며) ...왔니?

이방원 (미소)

시간 경과》

이성계, 애써 감격을 억누르며 홍패를 쓸어보고 있다. 정몽주, 이지란, 이방원, 이방우, 이방과가 앉아 있다.

이지란	(어사화가 꽂힌 관모를 만지며) 이거이 과거 급제한 선비들 대강이에 꼬바준다는 그 어사화구만기래.
이방우	어린 나이에 벌써 급제라니... 참으로 대단하지 않습니까?
이방과	(대견한 듯) 동생이지만 정말 터무니없는 녀석입니다.
이지란	성니메, 감축드리우다... 소원 성취했슴메.
이성계	(옅은 미소로 정몽주에게) 이거이 다 선생께서 지도해주신 덕분입메다. 고맙슴메다.
정몽주	그저 말 몇 마디 보태주었을 뿐입니다. 칭찬은 마땅히 방원이가 받아야지요.
이성계	방워이 보라.
이방원	예, 아버님.
이성계	자만하디 말구 어카든지 열심히 해서리 포은 선생같이 훌륭한 유학자가 되라우. 알갔네?
이방원	...
이성계	(보는)
이방원	소자... 변방의 진을 지키는 장수를 자원하려 합니다.
일동	!
정몽주	무장이 되겠다는 것이냐?
이방원	집안에 문과 급제자가 나오길 바라는 아버님의 숙원을 이루어 드렸으니 이제는 소생이 원하는 것을 하고 싶습니다.
이성계	말 같잖은 소리 하디 말라우.
이방원	아버님. 소자, 문관보단 무장이, (하는데)
이성계	(표정이 험악해지고)

이지란	(그만하라는 듯 나직이) 야, 방원아... (고개 젓는)
이방원	(마지못해 말문을 닫는)
이성계	(보다가 이내 자상하게) 아무튼... 욕봤다... 잘했어.
이방원	...예, 아버님.
이성계	(관모를 집어 들어 어사화를 유심히 보는, 감격스러운)
정몽주	(보는)

13 _____ 진영 안 일각 (밤)

정몽주와 이방원, 진영을 둘러보고 있다. 조영규, 시종하고 있다.

정몽주	아버님께선 방원이 니가 후세에 길이 남을 명재상이 되길 바라고 계시다. 모르느냐?
이방원	허구한 날 입씨름만 하는 도당에는 흥미가 생기질 않아서요.
정몽주	(미소) 녀석... 그래, 개경의 사정은 좀 어떠한 것이냐?
이방원	늘 그렇듯이 엉망이지요. 최영 대감께서 고군분투 중이십니다.
정몽주	(옅은 한숨 내쉬는)

14 _____ 최영의 집 앞 (낮)

밥그릇을 든 걸인들 길게 줄지어 서 있고 죽을 한 국자씩 떠주는 가노들. 곁에서 착잡하게 지켜보는 최영.

가노	(마지막 국자 떠주고) 대감마님... 다 나눠줬습니다요.

최영, 보면 아직도 줄 선 사람이 많다. 하나같이 간절한 눈빛들.

최영 죽을 더 쑤어오게.

가노 대감마님...

최영 어서어.

가노 그게... 헛간에 쌀이 다 떨어졌습니다요.

최영 ...! (옅은 한숨 쉬는데)

강 씨 (E) 영삼사사 대감.

최영, 보면 강 씨가 쌀가마를 진 노비들을 대동하고 사월과 걸어와 인사한다. 최영, 의아한 듯 보면...

강 씨 대감께서 사재를 털어 구휼을 하신다기에 보탬이 될까 해서 가져 왔습니다.

최영 (급히) 어서 죽을 쑤어오너라.

가노 예. (노비들에게) 이리 들어오슈. (데리고 들어가는)

최영 참으로 고맙소이다... 고맙소.

강 씨 대감께서 저희 대감을 아껴주시는 것에 비하면 터무니없이 약소한 것입니다. 언제든 쌀이 필요하면 사람을 보내시어요.

최영 (옅은 미소)

15 _____ 대궐 안 뜰 + 전각 지붕 (낮)

내관들, 어디선가 날아오는 기왓장을 피하기 바쁘다. 피를 흘리며 부축을 받아 나가거나 쓰러져 신음하는 내관들. 정비와 근비, 급히 다가와 보면 지붕에선 우왕이 기왓장을 쌓아놓고 던지고 있다.

근비	(헉!) 전하!
우왕	(태연히) 아이구~ 오셨습니까?
정비	어서 내려오세요! 대전에서 이 무슨 해괴한 짓입니까, 주상!!
우왕	어찌 정색부터 하고 그러십니까? 계셔 보세요. 이게 얼마나 재미가 있는지 곧 아시게 될 것입니다. 자! (기왓장 던지면)

내관, 피하고 박살 나는 기왓장. 누군가 조각을 집어 들면 노기 어린 표정의 최영이다. 조금 긴장하는 우왕.

16 _____ 동 편전 안 (낮)

최영, 우왕과 독대하고 있다.

최영	오랜 가뭄과 외적들의 빈번한 침입으로 온 나라가 도탄에 빠져 있사온데 만백성의 어버이이신 전하께서 고통을 함께하기는커녕 어찌 이런 참담한 놀이를 하실 수 있단 말이옵니까!
우왕	(시큰둥) 또 잔소리십니까?
최영	잔소리라니요!
우왕	잔소리지요. 사냥도 하지 마라, 밖에 나가 잔치도 벌이지 마라. 계집질도 하지 마라... 뭐든 하지 말라시니 궐 안에서 나인들이나 데리고 놀 수밖에요.
최영	전하!!
우왕	그만 나가보세요. 과인은 눈이나 좀 붙여야겠습니다. (드러눕는)
최영	...! 전하~ 지엄한 편전에서 이 무슨!
우왕	(미동도 않는)
최영	(기막힌 듯 허! 하는)

| 꼬마1 | (E) 최영 장군요! |

17 _____ 마을 일각 (낮)

정도전, 꼬마들과 둘러앉아 칡뿌리 정도 뜯어먹으며 수다를 떨고 있다.

정도전	(꼬마1에게) 어째서 최영이 더 좋단 말이냐?
꼬마1	고려에서 제일 힘이 세니까요.
정도전	이성계 장군이 더 젊으니 힘도 더 세지 않겠느냐?
꼬마2	에이~ 처사님 바보. 최영 장군님이 더 세다니까요!
정도전	허면 너희 중에 최영보다 이성계를 좋아하는 녀석이 하나도 없다는 것이냐? 이성계는 천하제일의 덕장이라 하지 않더냐?
꼬마들	(멀뚱)
꼬마3	이성계 장군도 좋기는 좋은데요... 최영 장군이 황금 보길 돌같이 한다 그래서 더 좋아요!
정도전	(픽 웃고는 괴춤에서 칡뿌리들을 꺼내 나눠주는) 옛다! 강릉도 두메산골에서 캐온 아주 싱싱한 것들이니라!
꼬마들	(와! 냉큼 집어서 먹는)
정도전	사이좋게 나눠 먹거라. 옳지! (귀여운 듯 꼬마들 머리 쓰다듬어 주는)

18 _____ 삼봉재 앞 (낮)

정도전, 걸어와 멈춘다. 착잡한 표정으로 집을 훑어보고는 대문을 밀고 들어간다.

19 _____ 동 마당 안 (낮)

득보, 벙한 표정으로 정도전을 보고 있다.

득보　　영감마님...

정도전　(픽 웃는) 아니, 할아범... 어찌 그리 놀라시는가?

최 씨　　(E) 낮도깨비라도 본 모양이지요.

정도전, 보면 최 씨 뾰로통한 표정으로 안방에서 나타난다.

정도전　아이고~ 부인! 이게 얼마 만입니까!

최 씨　　(뾰로통) 그래 어찌... 이번엔 괴물을 잡으신 겝니까?

정도전　내 아직 잡지는 못하였소만 잡을 방도는 알아냈소이다. (껄껄 웃고) 불과 일 년 만에 계책을 정하였으니 이놈이 머리 하난 타고난 모양입니다!

최 씨　　장~ 하십니다... 하도 장해서 소첩 눈물이 앞을 가릴 지경이네요... (휙 들어가는)

정도전　(쩝) 저런... 비단결도 울고 갈 심성을 가진 부인께서 어쩌다 저리 토라지셨을꼬?

득보　　비단결 아니라 부처님을 데려다 놔 보십쇼. 성질 안 내고 배기는지요.

정도전　(홱 보는)

득보　　(찔끔)

정도전　할아범은 최영과 이성계 중에 누가 더 좋은가?

득보　　예?

정도전　솔직히 말해보게...

득보　　아 그야 최영 장군입죠.

정도전　(큼, 들어가는)

20 _____ 동 안방 안 (밤)

정도전, 14회의 낡은 부패와 문서를 꺼내놓고 새 종이에 필사를 하고 있다.

최 씨 뭐 하시는 겁니까?

정도전 개경에 갈 일이 있어 통행 부패를 만드는 것이오.

최 씨 (깜짝 놀라) 이젠 나라 문서까지 위조를 하시려구요!

정도전 어차피 가짜 사패에 가짜 사첩이 판을 치는 나라 아닙니까?

최 씨 서방님!

정도전 들키는 일은 없을 것이니 걱정 붙들어 매시오. 명색이 전의부령°의 중책을 역임했던 내가 이깟 부패 하나 못 만들겠소이까? (싱긋)

최 씨 (허! 하고) 서방님께서 이인임 대감에게 당여가 되게 해달라고 빌었다는 소문이 삼각산까지 파다합니다. 대체 개경에 가서서 무슨 망신을 당하시려구요.

정도전 (붓 놓고) 어디 보자... (흡족한) 옳거니! 이제 관인만 위조하면 되겠구만. (일어나 나가는)

최 씨 (허! 하는)

21 _____ 동 서당 안 (밤)

등잔불을 든 정도전, 들어와 선다. 열쇠를 괴춤에 넣고 품속에서 장부를 꺼낸다. 등잔불을 앞으로 비추면 카메라 비로소 방안을 비춘다. 책과 목간, 종이 따위들이 잡동사니처럼 발 디딜 틈 없이 쌓여

° 제사와 시호를 내리는 일을 맡아 보던 전의시의 종4품 관직.

있다. 벽에는 정책 아이디어를 적은 낙서와 그림 따위가 휘갈겨진 종이들이 빈틈없이 붙어 있다. 장부를 툭 내던지고 벽에 붙은 한 종이에 다가서는 정도전. 등잔을 갖다 대면. 맨 위에 '王왕'이라고 적힌, 그 아래에 치전治典 · 부전賦典 · 예전禮典 · 정전政典 · 헌전憲典 · 공전工典 등 조선경국전의 6부가 적혀 있다. 재상들의 관직명이 적혀 있는 그림이다. 뚫어지게 보는 정도전의 형형한 눈빛 위로.

정도전   (E) 강력한 무력과 대업의 구심이 되어줄 덕망을 가진 자... 그자를 찾아내어 새 나라의 임금으로 만들 것이다.

22 _____ 이색의 집 앞 (낮)

이색, 권근, 이숭인이 걸어오며 환담한다.

이색   전하께서 서연°을 재개하기로 하셨다니 듣던 중 반가운 소리로세.
권근   전하의 난행을 보다 못한 최영 대감이 주청한 것이라 합니다.
이색   최영 대감이 애를 많이 쓰는구만...
이숭인   해서 양촌과 소생이 서연관을 맡게 되었습니다.

23 _____ 동 마당 안 (낮)

노비 옆에 등 돌리고 서 있는 사내, 정도전이다. 이색 일동 들어온다.

°   고려시대에 임금의 앞에서 경서를 강론하던 자리.

이색	우선 서경의 홍범편을 강하는 것이 좋을 듯싶구나... (하다가 멈칫 보면)
노비	대감마님, 손님이 찾아오셨습니다요.

일동, 의아한 듯 보면 돌아서는 사내, 정도전이다. 일동, !!

정도전	(인사하고) 스승님... 도전입니다.
권근	사형...
정도전	(이숭인과 권근을 향해 미소 지어 보이는)
이색	(다가서는) 도전아...
정도전	그간... 존체 강령하셨습니까?
이색	(북받치는 감정을 억누르며) 오냐... 강령하다마다... (어깨 툭 치며) 잘 왔다... 정말 잘 왔어.
정도전	(미소로 보는)

24 _____ 동 안방 안 (낮)

이색과 정도전, 권근, 이숭인이 앉아 있다.

이색	최영 대감에게 추천서를 써달라구?
정도전	(조금 너스레가 섞인 투로) 불초소생이 한번 대면을 했으면 하는데 딱히 만나 뵐 묘안이 없어서... 송구합니다, 스승님.
이색	최영은 어찌 만나려는 것이냐?
정도전	사실... 소생은 썩 내키지 않았습니다만 주변에서 하도 최영 대감을 천거하는지라... 혹 인연이 된다면 사랑방에 문객 자리나 하나 얻어 볼까 해서 말입니다.

일동   (안쓰럽게 보는)

25 _____ 빈청 최영의 집무실 안 (낮)

최영, 이색의 추천서를 보고 있다. 옆자리에 정도전이 앉아 있다.

최영   (추천서를 봉투에 집어넣으며 조금 사무적으로) 그래... 이 사람에
          겐 원한이 많을 터인데 어찌 걸음을 하셨는가?

정도전   귀양을 간 것이 을묘년의 일이니 벌써 구 년 전입니다. 티끌만 한
          서운함이 있었을진 모르나 세월을 어찌 이기겠습니까?

최영   용건을 말해보시게.

정도전   근자에 쌀값이 폭등하여 골치를 앓고 계시다 들었습니다.

최영   그 문제라면 곧 마무리될 것일세. 부자들의 헛간에 있던 쌀을 풀기
          로 중론이 모아졌으이.

정도전   숨넘어가던 병자를 진정시킨 것일 뿐 환우를 치료한 것이라 할 순
          없을 것 같습니다만...

최영   (보는) ...

정도전   국토가 날로 황폐해지고 농사짓는 백성들의 숫자는 갈수록 줄어드
          니 내년, 내후년, 그 후년에도 흉년은 명약관화한 사실... 매점매석
          에 재미를 붙인 지주들은 더욱 교묘한 방법으로 폭리를 취하려고
          하겠지요.

최영   허면 자네가 근본적인 처방이라도 알고 있다는 것인가?

정도전   (보는, E) 부패한 귀족의 나라... 고려를 부수는 것이오.

최영   어찌 말이 없는 것인가?

정도전   들어보시겠습니까?

최영   말해보게.

정도전	(E) 지금... 목숨을 걸어야 하는 것인가?
최영	어서 말해보라니까...
정도전	(망설이는데)
관원	(들어오는) 대감!
최영	(보는)
관원	경시서에서 고시한 미곡값을 어긴 상인들을 추포하였사옵니다!
최영	뭐라!!

26 _____ 저잣거리 (낮)

백성들 지켜보는 가운데 포박당해 무릎 꿇려진 상인들. 그 앞 벽에 빛바랜 포고문이 붙어 있고 큼지막한 쇠갈고리가 걸려 있다. 최영, 나타나 쇠갈고리를 빼 들고 상인들 앞에 가 선다. 긴장감이 흐르고, 일각에서 정도전, 지켜본다.

최영	내 분명 나라에서 정해준 값보다 비싸게 파는 자는 이 갈고리로 등줄을 꿰어 죽일 것이라 하였다!
상인1	아이구~ 쇤네 이문 조금 더 남기려다가 그만... 제발 목숨만 살려주십시오!
상인2	살려주십시오!
최영	여봐라!
관원	예!
최영	전법사로 압송하기 전에 백성들이 보는 앞에서 장 백 대씩을 치도록 하라!
상인들	(헉!)
관원	형틀을 가져오너라!

관졸들, '예!' 하고 어디론가 사라진다. 정도전, 최영에게 다가간다.

정도전	(떠보듯) 손바닥만 한 가게에서 하루에 몇 되 겨우 팔아먹는 자들 입니다. 죄에 비해 벌이 조금 과한 것이 아닐는지요?
최영	자네가 상관할 일이 아니니 잠자코 계시게.
정도전	(짐짓 웃으며) 백성은 덕으로 다스려야 합니다. 형벌은 보조 수단 일뿐이니... 인정을 좀 베풀어 주시지요.
최영	어허! 국법을 어기고 나라를 좀먹은 자들일세! 이런 자들을 어찌 백성이라 하겠는가?
정도전	백성보다 나라를 앞세우시는 것입니까?
최영	허면 아니란 말인가? 나라가 있어야 백성도 있는 것일세!
정도전	(보는, E) 이 사람... 뼛속까지 고려인이다.
최영	(관원에게) 형틀을 대령하라는데 뭣들 하는 것이야!

관졸들, 형틀과 형구를 갖고 온다.

상인1	(헉!) 다신 안 그러겠습니다요!
상인2	대감... 한 번만 용서해 주십시오!
최영	이놈들을 형틀에 묶어라!

관졸들, 버티는 상인1을 형틀에 묶는다. 상인1, 겁에 질려 울고 실망 스러운 표정으로 지켜보는 정도전. 관졸, 상인1을 무자비하게 구타 하고 상인1, '아이고!' 절규한다. 정도전, 최영을 물끄러미 바라보는.

최영	사정을 두지 말고 매우 쳐라!!
관졸	(힘껏 내려치면)
상인1	아이고~ 나 죽네!

정도전   (피식, 쓸쓸한 미소를 지으며 홀연히 자리를 뜨는)

27 _____ 함주 진영 앞 (낮)

병사들, 분주히 오간다. 이방원, 조영규와 말을 달려온다. 진영 앞에 다다르면 저만치 배극렴, '이런 쥐새끼 같은 놈들!' 하며 여진족 포로들을 끌고 간다. 말에서 내린 이방원, 고삐를 조영규에게 맡기고 뛰어간다.

28 _____ 동 진영 안 (낮)

고려군 부상자들이 치료를 받으며 신음하고 있다. 정몽주와 이지란, 나란히 서서 지켜본다. 일각에서 이방원이 '지란 숙부!' 하며 급히 다가선다.

이지란   화령에서 오는 거이니?

이방원   아버님은 어디 계십니까? 다친 덴 없으십니까?

이지란   (능글맞게) 어케 됐갔네?

이방원   (답답한) 아, 어서요!

정몽주   저기 계시지 않느냐.

이방원, 보면 부상자들 틈에 쪼그려 앉아 다친 병사의 무릎에 붕대를 감아주는 이성계가 보인다. 이방원, 다가간다.

이방원   아버님!

이성계	...어케 왔니?
이방원	호바투에게 대승을 거두었다는 소식이 화령까지 알려졌습니다. 감축드립니다.
이성계	(헝겊 툭 던져주며) 병사들 상처나 좀 봐주라우. (일어나 정몽주에게) 포은 선생.
정몽주	예, 도지휘사 장군.
이성계	나 좀 잠깐 보시우다. (막사 쪽으로 가는)
이방원	(보는)

29 ＿＿＿ 동 막사 안 (낮)

이성계와 정몽주, 앉아 있다. 그다지 밝지 않은 표정.

이성계	호바투를 평정하였으이 이인임이 나를 도성으로 불러들이갔지요?
정몽주	그럴 것입니다. 대감께서 대병을 거느리고 있는 것을 좌시할 사람이 아니니까요.
이성계	그라문 다시 도당서 맨몸뚱이로 이인임이를 상대해야 된다는 거인데...
정몽주	일 년 전 일이긴 하나 도지휘사로 오실 때 워낙 우여곡절이 많았는지라... 내심 걱정입니다.
이성계	도당 거기메 디가보이 칼은 아이 보이는데 사람을 베는 곳입디다. 내는 아무 준비 없이 돌아갈 순 없슴메다.
정몽주	준비라시면?
이성계	이인임이를 때래잡을 계책 말이우다.
정몽주	...! 장군.
이성계	시간을 끌 방도를 생각해 주시라요.

정몽주   ...

30 _____ 대궐 외경 (밤)

31 _____ 동 편전 안 (밤)

우왕과 재상들 앞에 배극렴, 머리를 조아리고 있다.

배극렴 길주평야에서 우리 군이 호바투의 대병과 조우하였사온데 도지휘 사 이성계가 단기로 뛰쳐나가 적장 호바투와 일전을 벌였사옵니 다. 도지휘사의 화살이 호바투의 등에 적중하였으나 갑옷을 세 겹 이나 껴입은 탓에 죽지는 않았나이다. 도지휘사가 다시 말을 쏴서 호바투를 낙마시키니 적군의 기세가 일거에 꺾였사옵구 여세를 몰 아 대승을 거두었나이다!

우왕 (심드렁한) 헌데... 이성계는 어찌하여 보이지 않는 것이오?

최영 근자에 왜구들이 교주강릉도와 동북면 연안까지 출몰하고 있지 않 사옵니까? 해서 조전원수 정몽주와 더불어 동해 연안의 왜구들을 소탕하고 해안의 수소와 성곽을 정비하여 방어 태세를 튼튼히 다 진 연후에 돌아올 것이라고 하였나이다.

우왕 (흠, 끄덕이는)

이인임 ...

32 _____ 빈청 이인임의 집무실 안 (밤)

이인임, 염흥방, 임견미가 앉아 있다.

염흥방 왜구는 핑계일 뿐 내심은 도성에 돌아오지 않으려는 것입니다.

임견미 촌뜨기가 미륵사의 일로 뜨거운 맛을 보더니 겁을 단단히 집어먹은 모양입니다.

이인임 신중해진 겁니다... (후~) 이제 몸을 사릴 줄도 알고... 예전보다 훨씬 더 까다로운 상대가 되어버렸어요.

염흥방 어떻게든 이성계를 불러들여 도지휘사의 군권을 빼앗아야 합니다.

임견미 고민할 게 뭡니까? 속히 도성으로 돌아오라 영을 내리면 그만인 것을요.

염흥방 왜구를 소탕하겠다는데 군이 불러들이는 것은 모양새가 사납습니다. 이성계라면 무조건 감싸고 도는 최영이 동의해줄 리도 만무하구요.

임견미 (맞다 싶은) 나 이거야 원... 사사건건 최영 그 노인네가 문제로구만... 쌀값부터 이성계까지 안 끼는 데가 없으니...

이인임 (뭔가 떠오르는) 어쩌면 이성계를 불러들일 수도 있겠습니다.

임견미 무슨 신묘한 계책이라도 떠오르신 겝니까?

이인임 아주 뻔한 것입니다... 군량미.

임견미·염흥방 ?

33 _____ 함주 – 이성계의 막사 앞 (낮)

이지란, 서 있다. 정몽주, 걸어와 들어가려는데...

이지란	선생.
정몽주	(멈칫 보면)
이지란	(들어가지 말라는 듯 고개 젓는)
정몽주	...

34 _____ 동 막사 안 (낮)

이성계와 이방원, 마주 앉아 있다. 분위기가 무겁다.

이방원	지금은 난세이옵니다. 글이 아니라 칼이 세상을 평안케 할 수 있을 것입니다. 해서 무장이 되려는 것이오니 허락해 주십시오.
이성계	그만하라우...
이방원	아버님만큼은 아니더라도 아버님의 명성에 누가 되지 않을 장수가 될 자신 있습니다.
이성계	글쎄 그만하라 하지 않았슴!
이방원	대대로 무장으로 살아온 가문입니다. 선대의 전통을 계승하겠다는 데 어찌 반대를 하십니까?
이성계	사램 때레 잡는 거골장 따위가 뭐 대단하다고 계승까지 하갔다고 날뛰니!
이방원	...! 아버님.
이성계	니가 전쟁을 아니? 반나절만 싸와도 사램 피로 목욕을 한다. 잘린 모가지와 팔, 다리가 산데미처럼 쌓이는 데가 전장이야. 거게 사람은 없어. 다 뒈지기 싫어 발악하는 짐승들뿐이디... 전쟁은 사램이 할 짓이 아이란 말이다.
이방원	(보는)
이성계	내사 바라는 건 한 가지뿐이야. 이 지긋지긋한 전쟁을 내 대에서

끝내는 것… 짐승은 나까지만 될 테니끼니… 니들은… 사람으로 살
라우.

이방원   (옅은 한숨 내쉬는데)

이지란   (E) (버럭) 당신들 뭐이가!!

일동, 보면 정승가와 관원들이 들어온다. 이지란과 정몽주, 따라 들
어온다. 이성계, 보면 정승가, 거만하게 굽어보고…

이성계   뉘기요?

정승가   오도체복사° 정승가라 하오. 어명을 받아 군무 감찰을 나왔소이다!

일동   !

이방원   군무… 감찰? (이성계를 보면)

이성계   …

35 _____ 진영 헛간 안 (낮)

군량미가 쌓여 있는 헛간 앞에서 이성계, 정몽주, 이지란을 세워놓
고 거만하게 군량 대장을 넘기는 정승가.

정승가   군량미의 수량이 어찌 대장하고 맞지를 않는 것이오이까?

이지란   전쟁할 시간도 없어 죽갔는데 그거 맞추고 앉아 있을 틈이 어디 있
습두!

정몽주   (말리듯) 도지휘사 장군께서 굶주린 백성들에게 군량의 일부를 나
눠줘서 그런 것이오.

° 　지방 출정군에 대한 감찰을 담당했던 관리.

정승가	뒤로 빼돌린 것이 아니라면 믿을 만한 증좌를 가져오시오.
정몽주	!
이지란	뭐이 어드래! 지금 우리 장군을 도둑놈 취급하는 거임메!
정승가	(무시하듯 대꾸 않고 관원에게) 화령에 있는 도지휘사 장군의 사저로 가서 군수 물자가 없는지 샅샅이 뒤져보거라.
관원	예! (나가는)
정몽주	이보시오, 체복사!
정승가	(대장 탁 덮고) 병장기들도 보여주시오. (휭하니 나가는)
이지란	(이 갈듯) 쌍간나새끼...(따라가고)
정몽주	(이성계에게) 이인임이 장군을 도성으로 소환할 꼬투리를 잡으려고 보낸 것이 분명합니다.
이성계	(노기가 치밀어 오르는)

36 _____ 삼봉재 안방 안 (낮)

정도전, 행장을 꾸리고 있다. 최 씨, 착잡하게 지켜본다.

최 씨	(내심 안타까운) 이번엔 또 어디를 다녀오시려구요.
정도전	부인은 모르시는 게 신상에 이로우실 겝니다~ (으샤! 봇짐 정도 묶는)
최 씨	(옅은 한숨) 얼마나 걸리시는지는 알아야 노자를 챙겨드릴 것 아닙니까...
정도전	(최 씨를 고마운 듯 보다가 조금 진지하게) 부인...
최 씨	예?
정도전	이번이 마지막 유람이 될 것입니다.
최 씨	...! 그게 정말입니까?

정도전	(최 씨의 손을 가져가 꼭 쥐여주는)
최 씨	(의아한) 서방님...
정도전	(먹먹해지는, 말없이 최 씨의 손만 토닥이는)

37 _____ 양지의 무덤 앞 (낮)

풀이 자란 천복과 양지의 무덤. 정도전, 걸어와 털썩 주저앉는다.

| 정도전 | (후~ 한숨 내쉬고, 너스레) 에이~ 빌어먹을... 명색이 가장이란 놈이 처자식 건사도 못하고 이게 무슨 짓이란 말인가그래... 그나저나 그자를 만났다가 말 한마디 삐끗하면 모가지가 달아날 터인데... (무덤 흘깃 보며) 이게 다 네놈들 때문이니라. 이런~ 웬수 같은 놈들... (피식 웃더니 이내 먹먹한 미소 번지는, 일어나는, 진지해진) 이제 가면 다시는 여기 오지 않을 것이다. 살아 있는 사람들과 앞으로 살아갈 사람들만을 생각할 것이다... 양지야... 천복아... 잘 있거라. |

먹먹히 바라보던 정도전, 조금의 미련도 남기지 않겠다는 듯 거침없이 돌아서 간다. 결연한...

38 _____ 진영 앞 (낮)

정승가와 관원들, 말을 타고 떠난다. 지켜보는 이성계, 정몽주, 이지란.

이지란 (아우! 소리 지르며 칼을 내팽개치는) 이인임이 이 쌍간나새끼! 대
승을 거뒀는데 상은 아이 줄망정 뭐이 어드레? 군무 감찰!

정몽주 아무래도 군량미가 마음에 걸립니다. 제가 도성으로 가야겠습니다.

이성계 (보는)

정몽주 상황을 지켜보면서 해명도 하고 그쪽의 동향도 장군께 알려드리겠
습니다.

이성계 ...미안하우다.

정몽주 (미소) 소생이 원해서 하는 일입니다, 장군.

고마운 듯 보던 이성계, 착잡한 표정으로 자리를 뜬다. 정몽주와 이
지란, 안쓰럽게 바라본다. 일각에서 지켜보던 이방원, 따라간다.

39 _____ 절 앞 막돌탑이 있는 길 (낮)

막돌탑을 짚고 선 이성계. 마음을 다스리려는 듯 먼 산을 응시한다.
치밀어 오르는 노기를 간신히 참는데...

이방원 (E) 아버님께 고려는 무엇입니까?

이성계, 보면 다가서는 이방원.

이성계 무시기 말이니?

이방원 고려에게 아버님은 승전을 거듭할수록 견제해야 할 이방인인데...
아버님께 고려는... 조국입니까?

이성계 객쩍은 소리... 함부로 지껄이지 말라우.

이방원 어째서...! (분한) 당하고만 계신 것입니까?

이성계	(발끈) 무시기?
이방원	아버님의 힘으로 못 할 일이 무엇입니까! 이런 약해빠진 나라 따위 능히 무너뜨릴 수 있지 않습니까!
이성계	방워이!!
이방원	썩을 대로 썩은 나랍니다! 망조 든 나라란 말입니다!

이성계, '으아!' 칼을 빼 든다. 이방원, !! 이성계의 칼이 허공을 가른다. 이방원, 흠칫 보면 서서히 무너져 내리는 돌탑.

이성계	(훅~ 숨을 내쉬는) 무너뜨리지 못해서 참는 거이 아이야... 무너뜨리고 나문 다시 쌓아야 되는데... 내사 그건 배우디 못했어.
이방원	아버님...
이성계	한 번만 더 기딴소리 지끼리문... 용서하지 안가서. (가는)
이방원	(보는)

40 ＿＿＿ (1회 3씬의) 정상 (낮)

깎아지른 절벽 위. 허공 위로 불쑥 솟구친 손이 악착같이 돌부리를 거머쥔다. 사력을 다해 기어 올라온 정도전, 가쁜 숨을 몰아쉬며 발 아래 펼쳐진 함흥평야를 굽어본다.
저만치 평야의 끝에 자리 잡은 이성계의 진영이 보인다.
비장하게 바라보던 정도전, 정상에서 내려가려는데...

정몽주	(E) 이보게, 삼봉~

정도전, 흠칫 돌아본다. 그러나 정적뿐.

정몽주   자네와 내가 힘을 합쳐 만들어가세. 고려를 바로 세울 날이... 반드
         시 올 것이네.

현재》

잠시 동요의 빛을 보이던 정도전, 이내 마음을 다잡고 내려간다.

41 _____ 진영 인근 (낮)

정몽주, 부장 하나 정도 대동하고 말을 타고 달려간다. 잠시 후 나
타나는 사내, 정도전이다. 이미 멀어진 정몽주 일행을 흘끔 보고 걸
어간다.

42 _____ (1회 4씬의) 이성계의 진영 앞 (낮)

경계가 삼엄하다. 한 무리의 기병들, 어디론가 말을 달려간다. 정도
전, 걸어오는...

43 _____ 막사 안 (낮)

이성계, 불당 앞에 좌정해 있다. 이지란, 들어온다.

이지란   저기, 성니메...
이성계   뭔 일이네?

이지란	거사 한 놈이 성님을 만나게 해달라고 떼를 쓰고 있슴메...
이성계	무슨 일이라든?
이지란	성님한테 직접 얘기하갔다는데... 그놈, 성님도 아는 사람이오.
이성계	(보는)
이지란	전에 성니메 심부름으로 내사 데불러 갔던 놈 말이우다. 정도전이 말이오.
이성계	...

44 ＿＿＿ (1회 5씬의) 동 막사 앞 (낮)

대장기가 휘날리는 막사 앞에 쪼그려 앉아 꿀꿀이죽을 게걸스럽게 먹는 정도전. 이지란, 막사에서 나와 경계심 가득한 눈초리로 정도 전을 바라보다 들어가라는 듯 턱짓한다. 정도전의 눈이 번득인다. 남은 국물 들이켜며 일어난다.

45 ＿＿＿ (1회 6씬의) 다시 막사 안 (낮)

불당 앞에 좌정해 있는 이성계. 정도전, 들어선다.

정도전	(짐짓 여유롭게) 하찮은 떠돌이 거사에게까지 이리 시간을 내어주 시니... 천하제일의 덕장이라는 백성들의 칭송이 빈말은 아닌 듯싶 습니다.

이성계, 천천히 몸을 일으켜 돌아선다.

이성계	...하실 말씀이 있다 하셨소?
정도전	(빤히 보는, E) 이자와 함께... 고려를 무너뜨릴 것이다.
이성계	(경계의 빛이 떠오르는)
정도전	삼봉... 정도전이라 하옵니다.
이성계	...이성계요.
정도전	(E) 이자와 함께 난세를 끝장내고... 새로운 나라를 만들 것이다!

정도전과 이성계의 얼굴에서 화면 분할, 엔딩.

16회

1 _____ 이성계의 진영 전경 (낮)

2 _____ 동 막사 안 (낮)

이성계와 정도전, 서로를 바라보고 있다. 범상찮은 침묵이 흐른다.

정도전 (E) 나를 경계하고 있다. 신중한 자다.

이성계 ...

정도전 (미소 지으며 운을 떼듯) 황산대첩의 영웅을 마주하게 되어 소생, 감격스럽기 그지없습니다.

이성계 수많은 부하들이 목숨을 잃은 전투였소. 영웅이 아니라... 죄인이오.

정도전 (보는)

이성계 ...이 사람을 어찌 찾아오셨소?

정도전 불초한 소생이 과분하게도 포은 정몽주라는 명유를 벗으로 두었사 온데... 포은으로부터 평소 장군의 덕과 인품을 귀에 못이 박히도록 들었습니다.

이성계 ....그랬슴두?

정도전 (보는, E) 마음을 닫아버린 듯한 말투... 재주껏 열어보라는 뜻일 터.

이성계 하실 말씀이 뭡니까?

정도전 (분위기 바꾸듯 짐짓 미소 띠며) 그 전에 우선 소생의 성의부터 받 아주시지요. (품에서 겉봉에 '安邊策안변책'이라고 쓰인 서찰을 꺼내 내미는)

이성계 (보는)

정도전 동북면의 방위와 민생 안정에 도움이 될까 하여 몇 자 적어본 것입 니다. 변방을 평안케 하는 책략이라 하여 안변책이라 이름을 붙였 습니다.

이성계	조정에 내지 않고 어찌 이 사람에게 주십니까?
정도전	동북면의 얘기니까요. 장군께선... 동북면의 주인이나 다름없는 분이지 않습니까?
이성계	...혹시라도 벼슬 청탁을 하러 온 거면 돌아가는 게 좋겠수다.
정도전	아무럼 소생이 누울 자리도 없는 데서 발을 뻗겠습니까?
이성계	(보는)
정도전	지금 장군에겐 벼슬을 내려줄 힘이 없다는 말씀입니다. 아닙니까?
이성계	해서... 하고 싶은 말씀이 뭐요?
정도전	소생이 오늘 장군을 찾아뵌 것은... 장군의 목숨이 경각에 달려 있는 듯해섭니다.
이성계	(보는)
정도전	한나라의 명장 한신의 고사를 장군께서도 아실 터... 역발산기개세 力拔山氣蓋世의 항우를 무찌른 영웅이었지만 종래에는 황제 유방에 의해 목이 달아나 버렸습니다.
이성계	이보시오, 선생, (하는데)
정도전	장수의 운명이 그런 것입니다. 무찌를 적이 있으면 살고 적이 사라지면 죽는 토사구팽의 숙명... 헌데 장군께서는 나가추, 홍건적, 왜구에다 이번엔 호바투의 여진족까지 제압하셨으니... 승전을 알리는 북소리가 장송곡으로 바뀔 날이 머지않았습니다.
이성계	이봅소, 선생!
정도전	소생의 말씀을 귀담아듣지 않으시면 장군께선 머잖아 목숨을 잃을 것입니다... 영문하부사 이인임에게요.
이성계	(보는)
정도전	(긴하게) 소생은 장군이 살길을 알고 있습니다. 들어보시겠습니까?
이성계	(보다가) 그 전에... 벼슬을 바라는 것도 아이라믄서 어찌 이러시는 거요? 내사 죽든 살든 선생과 아무 상관도 없지 않소.
정도전	(의외의 반응에 조금 놀란 듯 보는)

이성계	내는 이유 없는 호의는 아이 받갔으이 그것부터 말씀해 보시우다... 선생께서 나를 살리려고 하는 이유.
정도전	(내심 갈등하는)
이성계	(보는)
정도전	(이내 미소 머금고) 이거... 듣던 것과 달리 꽤나 짓궂은 분이시군요. 구차하게 소생의 입으로 내뱉게 만드시다니... 소생 덕분에 목숨을 부지하시게 되면 그때 가서 큰 벼슬 하나 내려주십시오.
이성계	(보다가) 이인임이 보내서 온 거이요?
정도전	(보는)
이성계	동북면에 있어도 도성 소문은 다 듣깁메다. 예전에 삼봉이란 처사가 이인임에게 벼슬을 달라면서 무릎을 꿇었다는 얘기도 말이우다.
정도전	(어이없다는 듯) 장군...
이성계	이인임의 간자가 아이라문... 내사 납득할 수 있는 이유를 말해보시우다.
정도전	(씁쓸한 듯 피식) 이거... 기대를 많이 하고 왔는데 더는 얘기가 되지 않겠습니다그려.
이성계	(일어나는) 멀리서 오셨으이 배웅은 해드리갓소.
정도전	(아쉬움에 선뜻 엉덩이가 떨어지지 않는)
이성계	선생...
정도전	(흠, 일어나 나가는)
이성계	(나가는)

3 _____ 막사 앞 (낮)

정도전과 이성계, 걸어오다 어디선가 열을 지어 행군해 오는 병사들을 보고 멈춘다. 기치와 창검을 들고 오와 열을 맞추어 두 사람

앞으로 지나쳐가는 병사들.

정도전 (멀어지는 병사들 보며) 병사들이 하나같이 사기가 충천하고 대오가 질서정연하니 참으로 훌륭한 군대로군요.

이성계 ...

정도전 (이성계에게 떠보듯) 이런 군대를 거느리고 계시니 무슨 일인들 못 하시겠습니까?

이성계 (미심쩍은 듯 보는) ...무슨 뜻으로 하는 말이오?

정도전 (미소) 동남방의 근심인 왜구를 능히 몰아낼 수 있겠다는 말씀입니다...

이성계 그럼... 조심히 가시오.

정도전 (의미심장한) 오늘은 이리 가지만... 분명 다시 뵙게 될 것입니다.

이성계, 인사하고 들어간다. 조금 아쉬운 듯 보는 정도전의 모습 위로.

해설(Na) 서기 1383년 함주의 막사에서 이성계를 처음 만난 정도전은 이날의 감회를 시로 적어 군영 앞 늙은 소나무 위에 남겼다.

일각의 노송을 바라보던 정도전, 저만치 걸어가는 이성계를 바라본다. 이성계와 정도전의 멀어지는 모습에서...

정도전(Na) 아득한 세월에 한 그루 소나무... 몇만 겹의 청산 속에 자랐네... 언제 다시 만날 수 있을까... 인간을 굽어보며 묵은 자취 남겼네...

〈자막〉蒼茫歲月一株松 창망세월일주송. **生長靑山幾萬重** 생장청산기만중. **好在他年相見否** 호재타년상견부. **人間俯仰便陳蹤** 인간부앙편진종.

4 _____ 진영 앞 (낮)

조영규와 나란히 말을 타고 오던 이방원, 진영을 나오는 정도전을 보고 말을 멈춘다. 생각에 잠긴 채 지나쳐가는 정도전. 이방원, 바라본다.

조영규 (말 멈추고) 나리, 아는 사람입니까?
이방원 낯이 익구나... (떠오르는)

　　　　F.B》13회 17씬의
정도전 너 같은 애송이의 허세에 겁먹을 사람으로 보였더냐?

　　　　현재》
이방원, 정도전의 뒷모습을 보다가 진영으로 간다. 조영규, 따른다.

5 _____ 막사 안 (낮)

이성계, 이지란, 이방원이 앉아 있다. 이방원, 조금 놀란 듯한 표정으로 안변책을 읽고 있다.

이지란 그러니끼니 정도전이래 저것만 달랑 주고 갔단 말이오?
이성계 그렇다.
이지란 그 먼 삼각산서 왔는데 다른 얘기도 아이하구 말임메?
이성계 무시기 속에 담아둔 얘기가 있는 것 같았는데 끝까지 아이하고 갔다.
이지란 ...그놈... 이인임이 성님을 정탐하라고 보낸 간자가 분명하우다. 담부턴 절대 만나지 마시우다.

이성계	변죽만 울리길래 나도 그리 떠봤댔는데... 간자 같지는 않았다.
이방원	(서찰 내려놓으며) 이걸... 아까 나간 그 처사가 썼다구요?
이성계	니 보기엔 어떻네?
이방원	동북면 사람이 아니라는 게 믿어지지 않을 정도로 이곳의 실태를 정확하게 파악하고 있습니다. 외적을 막을 계책뿐 아니라 변방의 백성들을 다스릴 방도까지... 훌륭합니다.
이지란	포은 선생 동무라더이... 풍월은 좀 읊을 줄 아는가 보오.
이방원	(생각하다) 이걸 개경으로 보내는 것이 어떻겠습니까?
이성계	상소를 올리잔 말이네?
이방원	이인임은 아버님을 도성에 불러들일 구실을 찾기 위해 혈안이 되어 있습니다. 오도체복사를 보내 군무 감찰을 한 것도 그 때문이구요. 이 안변책은 아버님께서 함주에 남아계셔야 할 좋은 명분이 될 것입니다.
이지란	옳거이... 이기 적어논 대루 동북멘을 뜯어고친 다음에 도성으로 돌아갔다고 하문 되갔구만! 성니메, 방워이 말대로 합세다.
이성계	...

6 _____ 도당 외경 (낮)

정몽주	(E) 글쎄, 군량미를 유용한 적이 없다는데두 이러십니다!

7 _____ 도당 안 (낮)

이인임, 염흥방, 임견미, 최영, 변안열, 배극렴, 정몽주 등 앉아 있다.

정몽주	굶주린 백성들을 보다 못한 이성계 장군이 군량미를 나눠준 것입
	니다! 그 정도는 도지휘사의 재량으로 할 수 있는 일이 아닙니까!
임견미	아무런 증좌도 없이 그 말을 곧이곧대로 믿으란 말이오이까!
배극렴	여기 조전원수 정몽주 대감과 나 배극렴이 직접 목격한 일이거늘
	무슨 증좌가 더 필요하단 말이오이까!
염흥방	두 분의 진술은 신빙성이 없지요... 그럴 일이야 없기를 바라지만
	경우에 따라선 공범일 수도 있는 입장이 아닙니까?
배극렴	뭐요!!
변안열	(마뜩잖은 듯 염흥방에게) 공범이라니... 거 말씀이 지나치십니다.
염흥방	(피식) 해서 그럴 리야 없기를 바란다고 사족을 붙이지 않았습니
	까? (이인임에게) 대감. 다른 증좌를 대지 못한다면 이성계 장군이
	직접 도성으로 들어와 해명을 하여야 할 것입니다.
최영	지나친 처삽니다. 전장이란 데가 원래 경황이 없는 곳이외다. 장부
	와 실제 군량미의 양을 맞춘다는 것이 말처럼 쉽지가 않소.
배극렴	지당하신 말씀이십니다!
최영	더욱이 이성계는 지금 거기 남아서 해야 할 일이 아주 많소이다.
임견미	연안 마을에서 왜구 몇 놈하고 숨바꼭질이나 하고 있는 터에 뭐가
	그리 할 일이 많다는 것입니까?
최영	(족자를 꺼내는) 이성계가 보낸 것이오.
일동	!
이인임	이게 뭡니까?
최영	안변책이라고 전하께 올리는 상소요.
정몽주	?
이인임	안변책?
최영	내 얼핏 보았더니 변방의 방어와 치세를 단번에 안정시킬 수 있는
	참으로 훌륭한 계책이었소이다. 여기 적힌 과업들을 실행하고 그
	결과를 파악하자면 시일이 걸릴 터이니 이성계를 불러들이는 것에

는 찬동할 수 없소.

이인임 (펼쳐 보는, 조금 놀라는)

8 _____ 빈청 최영의 집무실 안 (낮)

최영과 정몽주, 앉아 있다.

정몽주 대감께서 도와주신 덕분에 이성계 장군이 한숨 돌리게 됐습니다. 감사합니다.

최영 이 장군은 응당 이 사람이 챙겨야 할 사람... 포은 대감에게 칭찬을 들을 일은 아닌 것 같소이다. 허나... 참으로 대단하시오.

정몽주 (보는)

최영 전장에서 이 장군을 보필하기도 빠듯했을 터인데 그런 계책까지 만들어 내었으니 말이오.

정몽주 계책이라니요?

최영 안변책 말이외다. 대감이 쓰신 것이잖소.

정몽주 ...어찌하여 소생이 쓴 것이라 생각하시는 것입니까?

최영 (너털웃음) 당연하지 않소이까, 이성계 주변에 대감 말고 그런 글을 쓸 수 있는 사람이 또 누가 있겠소.

정몽주 아, 예... (어색하게 말끝을 흐리며 미소, 스스로도 궁금해지는)

9 _____ 삼봉재 마당 안 (밤)

모닥불을 지펴놓고 (15회의) 서당에 있던 종이와 잡동사니들을 태우는 정도전.

정도전	(E) 이성계... 힘이 있으되 교만하지 않고, 투박하되 덕망이 있다. 대업을 이룰 최고의 재목... 어떻게든 다시 만나야 한다.

부엌에서 손에 묻은 물기를 닦으며 나오던 최 씨, 보고 다가선다.

최 씨	애써 쓰신 것들을 왜 죄다 태우신답니까?
정도전	머리에 다 들어있는 것을 구태여 지니고 있을 필요가 없지 않습니까?
최 씨	이제 정말 마음을 잡으신 것입니까?
정도전	(보는) 잡았지요... 예전보다 더욱 강하게! (싱긋)

최 씨, 의아한데 문이 열린다. 정도전, 보면 정몽주다.

정도전	포은...
정몽주	(미소) 마지막 유람을 마치고 돌아왔다기에 들렀네.
정도전	그걸 자네가 어찌 아는가?
득보	(쪼르륵 들어오며) 영감마님! (헤 웃는)
정도전	?
최 씨	소첩이 모셔 오라 했습니다. 서방님이 정말 마음을 잡은 건지 어떤 건지 확인 좀 해달라구요... (부드럽게) 어서 드세요, 포은 나리.
정몽주	(밝게) 예. (들어가는)
정도전	(허! 하는)

10 ＿＿＿ 동 안방 안 (밤)

정도전과 정몽주, 앉아 있다.

정몽주	그래... 전국을 유람해보니 감회가 어떻던가?
정도전	감회랄 것도 없네. 보이는 것은 시체요. 나오는 것은 한숨뿐이더군.
정몽주	(옅은 한숨) 그렇겠지... 그건 그렇고 자네... 스승님의 추천서를 받아 최영 대감을 찾아갔었다고 들었네. 그 일은 어찌 되었는가?
정도전	사랑방에 자리나 하나 얻어볼까 해서 갔네만... 내가 의탁할 만한 사람은 아닌 것 같더군. 해서... 내 이번에 이성계 장군을 만나고 왔네.
정몽주	(놀라) 이성계 장군을?
정도전	사람... 그러다 눈 빠지겠으이.
정몽주	(재촉하듯) 만나서 어찌 되었는가?
정도전	통성명만 하고 돌아왔네. 무장치곤 낯을 가리는 사람이더군.
정몽주	이 장군을 만날 요량이었으면 진작에 내게 언질을 주지 않구.
정도전	이런 일까지 자네 신세를 져서야 되겠는가? 모른 척하시게. 내, 잔재주나마 몇 자 적어 준 게 있으니 보는 눈이 있다면 다시 부르겠지.
정몽주	이제 보니 그 안변책이라는 거... 자네가 쓴 것이었구만.
정도전	...? 자네가 안변책을 어찌 아는가?
정몽주	이 장군이 그걸 상소로 올렸네.
정도전	...! 뭐라구?
정몽주	어찌 그리 놀라는가?
정도전	(생각하는)
정몽주	(웃는) 자네가 이 장군을 만난 사실이 알려질까 싶어 이러는 것이라면 걱정 말게. 최영 대감은 내가 쓴 줄 알고 있더군. 다른 사람들도 마찬가지일 것일세.
정도전	(어딘가 개운치 않은)

11 _____ 빈청 이인임의 집무실 안 (밤)

이인임, 하륜과 앉아 있다. 하륜, 안변책 족자를 내려놓는다.

하륜　　예사 문장이 아닙니다.

이인임　내 생각도 같네... 이성계가 쓴 것이 아니야.

하륜　　근자에 이성계의 아들 중 하나가 과거에 급제하였다 들었으나 아 직은 이런 식견을 가질 수 없는 나이이니... 분명 포은 사형이 썼을 것입니다.

이인임　(생각에 골몰하는)

하륜　　안변책은 고려에서 다섯 손가락 안에 드는 석학의 솜씹니다. 포은 사형이 쓴 것이 분명합니다.

이인임　만일 포은이 쓴 게 아니라면... 이성계가 고려에서 다섯 손가락 안 에 드는 석학을 책사로 얻었다는 얘기가 되겠지.

하륜　　(보는)

이인임　...

염홍방　(E) 찾아계셨습니까?

12 _____ 이인임의 집 사랑채 안 (밤)

염홍방, 앉아 있는 이인임에게 인사한다.

이인임　앉으세요.

염홍방　(앉는)

이인임　대감을 동북면에 파견할 것이니 도당을 대표하여 호바투를 대파하 고 안변책을 만든 이성계의 노고를 치하해주고 오세요.

염흥방	...! (이내 감 잡고) 뭔가 제게 따로이 시키실 것이 있는 것입니까?
이인임	가서 안변책을 쓴 사람이 누구인지 알아내세요.
염흥방	포은이 쓴 것이 아니었습니까?
이인임	...알아보세요.
염흥방	알겠습니다, 대감.
이인임	...

13 _____ 함주 막사 외경 (낮)

14 _____ 동 막사 안 (낮)

이성계, 이방과, 이방우, 이방원, 앉아 있다.

이성계	도성에 가문 개경 어마이한테 들려서리 안부부터 전하라우. 방버이, 방석이도 드래다보고... 알갔니?
이방우	알겠습니다, 아버님.
이방과	허면 다시 뵈올 때까지 기체 강령하십시오.
이성계	(일어나는) 다들 나가자우.

이방우, 이방과, 나간다. 이방원, 나가려는 이성계에게.

이방원	아버님.
이성계	(보면)
이방원	삼봉이란 처사를 어찌하실 것입니까?
이성계	신세를 졌으이 포은 선생 통해서 보답을 하문 되지 않갔니.

이방원	재주가 있는 잡니다. 불러서 아버님 곁에 두고 쓰시지요.
이성계	니가 신경쓸 일이 아이다. 나가자우. (하는데)
이방원	탑을 세우려면 솜씨 좋은 석공들이 많아야 하지 않겠습니까?
이성계	무시기 소리네?
이방원	얼마 전 소자에게 탑을 무너뜨릴 수는 있으시되 세우는 법을 몰라서 참는다 하지 않으셨습니까?
이성계	(엄해지는) 그만하라우.
이방원	재주 있는 자들을 모아야 합니다. 아버님께선 그들을 다스리고 그들은 아버님을 위해 탑을 쌓을 것입니다.
이성계	뱅사들도 아이고 학문에 도가 튼 사람들을 내사 어케 다스린단 말이네. 혼쌀을 내기 전에 따라 나오라우.
이방원	대학연의°에 이르기를 임금은 사람을 알아보는 것을 밝음으로 삼는다 하였습니다. 〈자막〉 **君以知人爲明** 군이지인위명 임금이 사람을 알아보면 그 사람은 자신이 배우고 아는 것을 모두 쏟아붓는 법입니다.
이성계	방워이 니!
이방원	아버님께서도 능히 하실 수 있는 일입니다.
이성계	…

15 ____ 진영 앞 (낮)

이성계와 이지란, 저만치 조영규와 함께 말을 타고 떠나가는 아들들의 모습을 지켜본다.

° 대학의 뜻과 이치를 해설한 책으로 제왕의 수신제가를 역설함.

이지란	든 자리는 아이 보여도 난 자리는 보인다구... 이거이 메칠 맴이 적 적하게 생겠슴메.
이성계	...지란아.
이지란	야?
이성계	화령에 가 개지구 서책을 하나 구해보라.
이지란	갑재기... 무시기 서책을 말이오?
이성계	제목이... 대학연의라고 들었다. (들어가는)
이지란	?

16 _____ 대궐 편전 안 (낮)

서연이 벌어지고 있다. 우왕, 서경의 홍범 편을 펼쳐놓고 앉아 있다. 이숭인과 권근의 뒤로 젊은 신하들이 앉아 있고 옆에 최영과 이인임이 앉아 있다.

우왕	(책 덮으며 의례적인 말투로) 서연은 이 정도로 마칩시다. 다들 고 생 많았소.
최영	(감격스러운) 전하... 전하께서 서연에 임하시는 광경을 보고 있노 라니 소신, 승하하신 선왕의 모습을 다시 뵙는 듯하여 감개무량하 였사옵니다.
우왕	(큼) 이제 그만 물러들 가세요.
이숭인	전하... 다음 서연에 대한 말씀을 올리겠사옵니다.
우왕	(짜증) 아니, 이것을 또 하자는 말이오?
최영	전하... 하셔야 하옵니다.
우왕	(끙!)
이인임	해서... 다음 서연에선 무엇을 강할 생각이시오?

권근	(조심스레) 대학연의를 강할까 합니다.
이인임	아니 될 말이오.
권근	아니 되다니요?
이인임	전하의 보령에 대학연의는 아직 이릅니다. 다른 경전을 찾아보시오.
권근	(분한 듯 보는)

17 _____ 이색의 집 안방 안 (낮)

이색, 권근, 정몽주, 이숭인이 앉아 있다.

권근	역시 이인임이 반대를 하였습니다.
이숭인	대학연의는 군주의 수신제가를 다룬 제왕학의 경전... 전하께서 대학연의를 배우며 군주임을 자각하고 군주의 면모를 갖추는 것을 좌시하지 않겠다는 뜻입니다.
이색	조바심들 낼 것 없다. 자칫 무리를 하였다가 이인임이 서연을 폐지하겠다고 나서면 그것이 더 낭패가 아니겠느냐?
정몽주	(옅은 한숨) 참으로 답답한 노릇이 아닙니까? 군왕이 군왕의 학문을 배우지 못한다니...

18 _____ 함주 막사 안 (밤)

서책을 덮는 누군가의 손. 대학연의의 표지가 선명하다. 이성계, 붓을 내리면, 종이에 약간은 투박한 서체로 '君以知人爲明군이지인위명'이라고 쓰여 있다. 바라보는 이성계의 얼굴 위로...

| 이방원 | (E) 임금은 사람을 알아보는 것을 밝음으로 삼는다 하였습니다. |

이성계, 바라보는데 이지란, '성니메!' 하며 들어온다. 이성계 보면.

이지란	(상기된) 잠깐 나와보시우다.
이성계	뭔 일이네?
이지란	염흥방이가 왔슴두.

이성계, 책갈피에 종이를 끼워 덮는다. 일각에 쌓인 전질 위에 올려 놓고 나간다.

19 _____ 막사 앞 (밤)

관원들을 대동하고 거만하게 서 있는 염흥방. 이성계와 이지란, 나온다.

염흥방	아이구~ 이거 오랜만입니다. 찬성사 대감.
이성계	대감께서 이 먼 데까지 어찌 오셨습니까?
염흥방	보고픈 임께서 아니 오시니 찾아 나설 수밖에요.
이성계	...
염흥방	도당을 대신하여 길주에서의 대승과 안변책을 수립한 공로를 치하하러 왔습니다.

이지란, 뜨악한 듯 이성계를 본다. 이성계, 느물대는 염흥방을 바라본다. 그 위로 염흥방의 웃음소리.

20 _____ 다시 막사 안 (밤)

조촐한 주안상 정도 차려져 있다. 염흥방이 상석에 이지란, 이성계, 관원 한두 명 정도 앉아 있다.

염흥방 (취한 척 너스레 떠는) 아, 그래서 동북면으로 누가 갈 거냐 그러길래 제가 냉큼 자청을 하지 않았겠습니까? 허구한 날 쌈질만 하는 도당을 벗어나 이 한적하고 넓은 곳으로 나오니... 이제야 사는 것 같습니다그려.

이성계 도당에서 이리 관심을 가져주시니... 몸둘 바를 모르겠습니다.

염흥방 (손 저으며) 아니에요, 아니에요. 대감께선 치하받을 자격이 충분하십니다... 아, 호바투 작살냈지요. 게다가 안변책까지! 이 사람, 그런 훌륭한 상소는 근자에 본 적이 없습니다.

이성계 ...고맙습니다.

이지란 얼마나 있다가 가실 겁메까?

염흥방 (조금 의미심장하게) 유람 삼아 온 것인데 기약을 하고 왔겠소이까? 여기저기 구경이나 다니다 갈 터이니 없는 사람 치시면 됩니다.

이성계 이제 그만... 침소로 가셔야 하지 않겠습니까?

염흥방 아이구, 벌써 그리 됐습니까?

이성계 진영 안이라서 주무시기가 조금 불편할 것입니다.

염흥방 괜찮습니다. 아무 데고 누우면 극락이지 극락이 뭐 따로 있겠습니까?

이성계 잠시 잠자리를 살펴보고 오겠습니다.

이지란 내가 가갔소.

이성계 멀리서 오신 손님 아이니... (염흥방에게) 드시고 계십시오. (나가는)

염흥방 아니, 뭘 그렇게까지... (이지란 보면)

이지란 (큼, 시선 돌리고)

염홍방	(일어나 막사 안을 둘러보며) 막사에 불당까지 모셔져 있구... 괜히 덕장 소릴 듣는 것이 아니었구만그래. (하다가 일각의 대학연의를 보고는 표정이 굳어지는)
이지란	...? 어케 그카십메까?
염홍방	(큼) 아니오... (대학연의를 꽂힌 듯 바라보며) 아무것도 아니에요.

이지란, 시선 돌려 술을 마시고 염홍방, 책 사이에 삐져나온 종이를 슬그머니 꺼낸다. 거기 적힌 이성계의 글씨를 읽는다. 염홍방, !!

21 _____ 진영 앞 일각 (낮)

부장들을 대동한 이성계, 목책 정도 흔들어보며 점검하고 있다. 당황한 표정의 이지란, 진영을 나와 두리번대더니 이성계를 발견하고 다가선다.

이지란	성니메!
이성계	염 대감은 기침하셨니?
이지란	새벽에 떠났답니다.
이성계	...? 어디메로 갔다든?
이지란	관원들 말이... 며칠 유람을 댕게온다 기캤다는데...
이성계	...

22 _____ 산길 (낮)

염홍방, 대학연의 책을 실은 관원 한 명과 맹렬하게 말을 달려간다.

23 _____ 이인임의 집 사랑채 안 (밤)

근비, 이인임 앞에 앉아 있다. 수심이 가득하다. 이인임, 덤덤히 본다.

근비 진외당숙. 전하께서 근자에 정비 마마의 처소에 자주 걸음을 하시는 것이 왠지 마음에 걸립니다.

이인임 정비 마마께선 전하의 어머니나 진배없는 분입니다. 왕실의 최고 어른이시구요. 마음에 걸릴 일이 무엇입니까?

근비 (옅은 한숨 내쉬는데)

염흥방 (E) 대감!!

일동, 보면 책 한 권을 들고 부리나케 뛰어 들어오던 염흥방, 근비를 보고 멈칫한다.

염흥방 (예를 표하는) 마마.

근비 (목례하는)

이인임 안변책을 쓴 자를 알아낸 것입니까?

염흥방 지금 그게 문제가 아닙니다, 대감.

이인임 (보면)

염흥방 (책 보여주며) 이게 이성계의 막사에 있었습니다.

이인임 (받아 표지 보면 대학연의, 굳어지는) !!

24 _____ 대궐 혜경전 안 (밤)

우왕, 벌컥벌컥 술을 마시고, 마주 앉은 정비, 걱정스럽게 본다.

정비	주상... 밤이 늦었습니다. 이제 그만 침전으로 거동을 하세요.
우왕	소자, 어마마마 곁에 조금만 더 있다 가겠습니다.
정비	대궐엔 엄연히 법도란 것이 있습니다. 정 적적하시면 근비나 다른 비들의 처소로 거동을 하세요.
우왕	(피식) 그깟 비들 아무리 많으면 뭐합니까? 대궐에 수백의 궁녀가 있으면 또 뭐합니까? (정비에게 은근히) 어마마마 같은 미인이 없는 것을요.
정비	(굳는) ...주상... (하는데)
나인	(E) 전하, 영문하부사 대감 입시이옵니다.
우왕	(밖에 대고) 알았느니라! (정비에게 픽 웃으며) 술김에 농을 한 것 가지고 안색이 어찌 그리되십니까? (껄껄 웃으며 나가는)
정비	(불안한 듯 보는)

25 ____ 대궐 침전 안 (밤)

우왕, 이인임을 의아한 표정으로 보고 있다.

우왕	갑자기 교지를 내려 달라니요?
이인임	이성계를 도성으로 소환해야 하옵니다. 모든 직무를 중단하고 도성으로 들어오라는 어명을 내려주시옵소서.
우왕	?

26 ____ 삼봉재 안방 안 (낮)

정도전, 서안 앞에 앉아 책을 읽고 있다. 최 씨, 급히 들어온다.

최 씨	서방님.
정도전	무슨 일입니까?
최 씨	이성계 대감의 자제라는 분이 찾아오셨습니다.
정도전	... (일어나는)

27 _____ 동 마당 안 (낮)

정도전	(나오며) 귀한 분의 영식께서 이리 누추한 곳을, (하다가 멈칫하는)

마당에 조영규와 서 있던 이방원, 정도전을 보고 공손히 인사한다.

정도전	...니가 이성계 장군의 아들이었더냐?
조영규	무엄하오! 존대를 하지 못하겠소이까!
이방원	(손 들어 제지하고 공손히) 동북면 도지휘사 이성계 장군의 다섯째 이방원이라 합니다.
정도전	이방원... 악연도 인연이라더니... 이렇게도 보게 되는구나.
이방원	인연 때문이겠습니까? 좁은 세상 탓이지요.
정도전	... (피식 웃는)

28 _____ 동 서당 안 (낮)

정도전 앞에 은병 상자 내미는 이방원.

정도전	이게 무엇이냐?
이방원	처사님의 글 덕분에 아버님께서 곤경을 면하셨습니다. 감사의 표

십니다.

정도전   (가져가며) 글값이니 받아두마. 그래, 장군께서 뭐라 하시더냐?

이방원   아쉽게도 아버님께선 처사님에게 별 관심이 없는 듯합니다. 오늘은 그저 소생이 동해서 찾아온 것입니다.

정도전   ...계속해 보거라.

이방원   안변책을 보고 깊은 감명을 받았습니다. 처사님만 원하신다면 아버님 가까이에 자리를 만들어볼까 합니다.

정도전   (피식) 내가 무슨 자리를 원하는 것 같으냐?

이방원   아버님의 책사가 되고 싶은 것 아닙니까?

정도전   내가 겨우 니 아버지의 책사나 할 사람으로 보였더냐?

이방원   (보는)

정도전   함께 대업을 이룰 동지라면 모를까 모사꾼 노릇을 할 생각은 없으니 그만 돌아가거라.

이방원   배짱도 지나치면 허세가 되는 법입니다. 지금 것은 왠지 허세 같습니다만.

정도전   지금의 너를 돌이켜 보거라. 초야에 은둔하여 명정하게 살아가는 처사의 집에 들이닥쳐서는 아비의 위세가 마치 제 것인 양 자리를 운운하는 너야말로 허세의 정수가 아니겠느냐?

이방원   ...허면... 애초에 아버님을 찾아온 연유가 무엇입니까?

정도전   이인임에 의해 곧 죽게 생겼기에 살려내고자 갔던 것이니라.

이방원   (피식) 처사님께서 아버님을 살리신다구요?

정도전   이 고려에 니 아버지를 살릴 방도를 아는 사람은 나뿐이니라.

이방원   이거 소생이 사람을 잘못 본 것 같군요. 이토록 허황된 분이셨습니까?

정도전   (피식, 일어나는) 그만 가보거라. (휙 나가는)

이방원   (어이없는 듯 허! 하는)

29 _____ 삼봉재 앞 (낮)

이방원과 조영규, 나온다. 이방원, 뭔가 미련이 남는 듯 돌아본다.

조영규   미친놈이 틀림없습니다, 가시지요.

이방원   ... (가는)

30 _____ 함주 막사 외경 (밤)

31 _____ 막사 안 (낮)

이성계, 구석에서 대학연의 전질을 뒤지고 있다. 깜빡 졸다 흠칫 깨는 이지란.

이지란   (입 슥 닦으며) 성니메, 뭐 하오?

이성계   한 귀이 없어.

이지란   ...? 그럴 리가 없소. 내사 다 확인해보고 가져온 거인데...

이성계   아이다. 없어.

이지란   어떤 쌍간나새끼레 불쏘시개로 쓴 거 아이요?

이성계   (찜찜한데)

정몽주   (E) 장군!

이성계, 이지란 보면, 정몽주, 굳은 얼굴로 들어온다.

이지란   포은 선생!

이성계	(반가운) 아이, 여기메 어케 오셨습메?
정몽주	장군... 소생이 없는 동안 무슨 일이 있었던 겁니까?
이성계	(이상한) ...어케 이카십메까?
정몽주	(난감한) 소생... 어명을 전하러 온 것입니다.
이성계	!
이지란	아이, 난데없이 어명이라이...
정몽주	속히 도성으로 들어와 전하를 알현하라 하십니다.
이성계	이유가 뭡메까?
정몽주	소생도 연유는 알지 못합니다. 도당에서 결정하여 전하의 재가를 받은 것이 아니라 전하께서 친히 하명하신 것이에요.
이성계	!
임견미	(E) 제갈공명도 탄복할 계책입니다!!

32 ____ 빈청 이인임의 집무실 안 (밤)

이인임, 임견미, 염흥방이 앉아 있다.

임견미	어명을 전하는 사자로 정몽주를 보내시다니요. 참으로 기가 막힌 묘수를 두셨습니다!
염흥방	이성계는 이제 어명을 쉽사리 거부하지 못할 것입니다. 설사 반란을 일으키려 해도 그것은 정몽주가 좌시하지 않을 것이니...
임견미	외통숩니다! 양수겹장이에요!
이인임	허나 이성계도 곧 우리가 부르는 이유를 알게 될 것입니다. 이성계가 극단적인 선택을 할 수도 있으니 대비를 해놓으시오.
임견미	동원 가능한 모든 병사들을 끌어모으겠습니다.
이인임	그것보다 급한 일이 있습니다.

염흥방	무엇입니까?
이인임	적의 급소는 나의 급소... 이성계의 급소가 무엇이겠습니까?
염흥방	개경에 있는 처자식들이겠지요.
이인임	(미소) 급소를 찌르세요, 지금 당장.

33 _____ 거리 (밤)

햇불과 창검을 든 병사들, 낭장의 인솔하에 달려간다.

34 _____ 개경 이성계의 집 사랑채 안 (밤)

강 씨, 이방우, 이방과가 다과상 정도 놓고 앉아 있다.

강 씨	(차 마시고) 그래, 아버님 건강은 좀 어떠시더냐?
이방우	(부드러운) 무탈하십니다. 호바투와의 전투가 무척 치열했다 하는데 다행히도 큰 부상은 입지 않으셨습니다.
강 씨	부처님께서 굽어살피셨구나... 나무 관세음보살... 헌데, 방원이는 오늘도 오지 않는 것이냐?
이방과	(조금 난처한 듯) 글쎄... 무슨 바쁜 일이 있는 모양입니다.
강 씨	(일부러 오지 않는 것이다 싶은, 탐탁잖은데)
사월	(E) 마님! 마님!

일동, 보면 사월, 혼비백산 뛰어 들어온다.

강 씨	무슨 일이냐?

사월	큰일 났습니다요! 어서 나와 보시어요!
강 씨	!

35 _____ 동 마당 안 (밤)

관졸들 쏟아져 들어와 진을 친다. 노비들, 불안감을 감추지 못하고 강 씨와 사월, 이방우, 이방과, 나오다 보고 흠칫한다.

강 씨	(낭장에게 다가가 위엄있게) 이게 무슨 짓이냐! 감히 여기가 어디라구 허락도 없이 함부로 들어오는 것이야!
낭장	(병사들에게) 지금부터 이 집 가솔들의 외부 출입을 금하라는 명이 떨어졌소이다!
강 씨	뭐라?
이방우	대체 누가 그 같은 명을 내렸단 말이오!
낭장	어명이오!
일동	!
강 씨	(헉!) 어명?

36 _____ 이성계의 집 앞 (밤)

이방원, 조영규와 터벅터벅 걸어온다.

조영규	안 오실 것처럼 버티시더니 어찌 마음이 변하셨습니까?
이방원	그 여인이 아버님에게 고자질이라도 하면 내 신세가 얼마나 고달 파지겠느냐? 지금 가면 자리가 거의 파할 무렵일 테니 눈도장만 찍

고 나올 것이다.

조영규	나리두 참... 다른 나리들은 안 그러시는데 어찌 나리만 개경 마님을 그리 싫어하십니까요? (하는데)
이방원	(앞을 보고) 잠깐!

조영규, 앞을 보면 집 앞에 횃불을 든 병사들이 진을 치고 있다.

조영규	순군부°의 병사들입니다.
이방원	필시 아버님 신상에 무슨 변고가 생긴 것이다. (하는데)
낭장	(이방원을 보고) 웬 놈이냐!
이방원	!
낭장	이성계의 가족이다! 잡아라!

이방원과 조영규, 도주하는데 골목에서 튀어나와 앞을 막는 병사들. 조영규와 이방원, 칼을 휘두르며 덤벼드는 병사들에 맨몸으로 맞선다. 치열한 격투 끝에 한 병사를 쓰러뜨리고 칼을 빼앗아 드는 조영규. 병사들, 흠칫한다.

조영규	나리 어서 피하십쇼!
이방원	!

병사들, 함성을 지르며 조영규에게 덤벼들고 이방원, 병사 두어 명을 쓰러뜨린다. 팔을 베이고 흠칫하는 조영규의 목에 칼이 겨눠지고 이방원은 어둠 속으로 도주한다. 순순히 칼을 버리는 조영규.

° 고려시대 최고경찰기관.

37 _____ 도당 앞 (밤)

최영, 격앙된 얼굴로 걸어온다.

38 _____ 빈청 이인임의 집무실 안 (밤)

최영, 문을 박차고 들어온다. 이인임, 임견미, 염흥방, 본다.

임견미 (최영 앞으로 다가서며) 이 무슨 무례한, (하는데)

최영 (홱 밀치며) 비켜라! (이인임 앞에 다가서는) 이성계에게 도성으로 돌아오라는 어명이 내려진 것이 사실이오이까!

이인임 그렇습니다.

최영 개경에 있는 이성계의 가솔들을 억류하라는 어명 역시 사실인 것이고!!

이인임 그렇습니다.

최영 (발끈) 대체 어쩌자고 이런 독단을 저지르는 것이오이까!

이인임 독단이라니요?

최영 도당의 논의도 거치지 않고 어명을 받아내는 작태가 독단이 아니면 뭐란 말이오!

이인임 사안이 급박하고 비밀을 요할 경우에는 영문하부사의 직권으로 그리할 수 있는 것입니다. 모르시오!

최영 이성계가 무슨 대죄를 지었다고 이러는 것이오이까!

이인임 (대학연의를 최영 앞으로 내미는) 보시오. 이성계가 갖고 있던 것이오.

최영 ...!! 대학연의?

이인임 유학자도 아닌 무장이 변방의 막사에서 대학연의를 읽고 있었습니다! 제왕의 학문을 말이오. 이것이 무엇을 뜻하는 것이겠소이까?

최영   !

이인임   이성계가... 역심을 품고 있소.

최영   (잠시 명하게 보다가 발끈) 말도 안 되는 소리!! 이것을 지니고 있었다 하여 역심을 품었다 단정할 수는 없소이다!!

이인임   허면... 이것은요? (이성계의 친필 종이를 불쑥 내미는)

최영   !

이인임   임금의 처세를 적은 이성계의 친필입니다.

최영   (애써 부정하듯) 그럴 리가 없소... 필시 뭔가 오해가 있는 것이오이다!

이인임   (밀어붙이듯) 오해인지 아닌지는 이성계를 국문하면 밝혀질 문제가 아니겠소이까!

최영   ...! 국문?

이인임   분명히 말씀드리겠소. 이번 일엔 간여하지 마세요.

최영   영부사 대감...

이인임   내 몇 번을 말씀드렸습니까? 이성계는 믿을 수 없는 사람이라고 말입니다.... 대학연의, 이것이 그자의 진심입니다... 군왕!

최영   (당황스러운)

39 _____ **함주 막사 안 (밤)**

이성계와 이지란, 심각한 표정으로 앉아 있다. 정몽주, 선 채로 탁자 위에 올려진 대학연의를 보고 있다. 심각하다.

정몽주   염흥방이 다녀갔고, 그 시점에 이 책의 일부가 사라졌다면... 어명을 내린 이유도 분명 이것입니다.

이지란	아이 서책 좀 널거 보갔다는데 그거이 무시기 문제가 된다 말이오?
정몽주	장군.
이성계	(보는)
정몽주	장군께선 지금... 역심을 품었다는 혐의를 받고 계신 것이 분명합니다.
이성계	!
이지란	역...심?
이성계	내가... 빠져나갈 길이 있겠습꾸마?
정몽주	...

40 _____ 삼봉재 앞 + 마당 안 (밤)

이방원, 다가선다.

정도전	(E) 이 고려에 니 아버지를 살릴 방도를 아는 사람은 나뿐이니라.

이방원, 문을 쾅쾅 두들기면서 '처사님!' '삼봉 처사님!' 외친다. 잠시 후 문이 열리고 마당 쪽의 최 씨, 모습을 드러낸다.

최 씨	이성계 대감의 자제분이 아니십니까?
이방원	야심한 시각에 죄송합니다. 삼봉 처사님을 꼭 봬야 할 일이 있어서요.
최 씨	서방님 지금 아니 계시는데요.
이방원	...! 꼭 만나야 할 사정이 있습니다. 어디에 가 계신지 말씀을 좀 해주십쇼.
최 씨	저도 그것까진 모릅니다. 며칠 전에 포은 정몽주 대감이 찾아와서 모시고 갔거든요.
이방원	!

41 _____ 다시 막사 안 (밤)

정몽주 혹시나 하는 마음에 삼봉을 데려왔는데 만나보십시오.

이성계 !

이지란 그자가 여기메로 또 왔다는 말이오?

42 _____ 진영 일각 (밤)

정도전, 밤하늘을 우러르고 있다.

이지란 (E) 삼봉 선생!

정도전, 돌아보면 이지란, 조금 당혹스러운 얼굴로 서 있다.
정도전의 얼굴에 옅은 미소가 떠오른다.

43 _____ 다시 막사 안 (밤)

이성계, 정몽주, 무겁게 앉아 있다. 이지란과 정도전, 들어온다.
이성계와 정도전의 시선이 부딪친다.

정도전 포은, 장군과 긴한 얘기를 나누어야 하니 자리를 물려주시겠는가?

정몽주 ...알았네.

정몽주, 이지란과 나간다.

정도전	(앉는) 또 만나게 될 거라 믿었지만 막상 현실이 되고 보니 감개무량입니다.
이성계	내가 살 길을 알고 있다 했슴메? 아직도 그렇습꾸마?
정도전	그렇습니다.
이성계	...
정도전	말씀드릴까요?
이성계	그 전에... 나를 살리려고 하는 이유부터 말씀해 보시오.
정도전	(미소) 소생에게는 자존심 같은 거 세우지 않으셔도 됩니다. 우선은 지금의 위기를 빠져나갈 수 있는 방도부터, (하는데)
이성계	말씀해 주시오. 당신이 믿을 만한 사람인지를 먼저 확인하고 싶소.
정도전	(보다가) 좋습니다. 말씀드리지요.
이성계	...
정도전	소생이 열망하는 대업이 있습니다.
이성계	...대업?
정도전	장군과 함께해야만 가능한 일입니다. 해서 장군을 어떻게든 살리려는 것입니다... (간곡히) 장군.
이성계	(보는)
정도전	소생과 함께 난세를 끝장내고... 새로운 세상을 만들어보지 않겠습니까?
이성계	...! 새로운 세상이라이?
정도전	새로운 세상에서 장군께서 하시게 될 일이 이 안에 있습니다.

정도전, 품에서 한 권의 책을 꺼내 올려놓는다.
이성계, 보면 대학연의다. 굳어져서 정도전을 보면...

정도전	새로운 성씨의 임금이 다스리는 나라... 새 왕조의 태조가 되어달란 말입니다.

이성계	...
정도전	...
이성계	(벌떡 일어나 칼을 뽑아 정도전의 목에 갖다 대는)
정도전	(각오했다는 듯 미동도 않고 보는)
이성계	이 종간나새끼....

정도전과 이성계의 표정에서 엔딩.

17회

1 _____ 이성계의 막사 안 (밤)

이성계, 보면 대학연의다. 굳어져서 정도전을 보면...

정도전	새로운 성씨의 임금이 다스리는 나라... 새 왕조의 태조가 되어달란 말입니다.
이성계	...
정도전	...
이성계	(벌떡 일어나 칼을 뽑아 정도전의 목에 갖다 대는)
정도전	(각오했다는 듯 미동도 않고 보는)
이성계	(잡아먹을 듯 노려보며 이 갈듯) 이 종간나새끼....
정도전	...장군과 함께 오백 년 낡은 고려를 무너뜨리고 새로운 이념과 질서를 갖춘 동방의 이상 국가를 건설하고 싶소.
이성계	동방의 이상 국가?
정도전	덕을 갖춘 왕이 인과 예를 몸소 실천하는 왕도정치의 나라... 한 줌 귀족이 아니라 백성이 근본이 되는 나라... 혈통과 가문이 아니라 능력만 있다면 누구나 사대부가 되어 벼슬을 할 수 있는 나라... 백성이라면 누구나 자기 땅을 갖고 농사를 지을 수 있는 나라... 안정된 민생을 바탕으로 누구도 넘볼 수 없는 강력한 군대를 보유한 부국강병의 나라...!
이성계	!
정도전	해서... 모든 백성이 군자가 되어 사는 나라...... 그것이 내가 꿈꾸는 나라요.
이성계	(보는)
정도전	(보는)
이성계	(뭔가 결심한 듯 다시 칼을 쥔 손에 힘을 주며) 내를 역적으로 맹글문 이인임이가 무슨 벼슬을 준다든?

정도전	장군께선 이미 역심을 품었다 하여 도성으로 소환되실 몸입니다. 군이 소생까지 나설 이유가 있겠습니까?
이성계	순순히 털어놓으믄 포은 선생의 얼굴을 봐서 목숨은 살려주꾸마.
정도전	이미 다 말했소이다. 장군과 함께 대업을 도모하고 싶을 뿐이오.
이성계	(칼 쥔 손에 힘을 주며) 마즈막으로 묻가서... 이인임이네?
정도전	...대업이오.
이성계	...잘 가라우.

이성계의 칼이 허공을 가른다. 정도전의 목에 정확히 닿으며 멈춘다. 파르르 떨리는 칼날. 미간이 꿈틀할 뿐 요지부동인 정도전. 정도전과 이성계의 시선이 교차된다. 이성계, 칼을 떼어내면 칼날이 닿은 부분에 가늘고 희미한 자상이 남는다. 노려보던 이성계, 칼을 툭 던진다. 정도전, 낮게 호흡을 고른다.

이성계	미안하우다. 선생의 진심을 확인할 방도가 없어서리... (헝겊을 꺼내 건네주며) 무례를 용서해 주시우다.
정도전	(받는, 헝겊을 목에 갖다 대는)
이성계	허나 이 사람은 선생께서 말씀하시는 대업에는 동참할 수 없습메다.
정도전	(내려놓고) 즉답을 기대하고 온 것은 아닙니다. 충분히 생각하고 결정해 주십시오.
이성계	아이 들은 걸로 하갔소. 내사 살길이 무시긴지... 그기나 말씀해 주시우다.
정도전	(보다가) 이인임에게 서찰을 보내십쇼.
이성계	이인임한테...? 무슨 서찰을 말이오?
정도전	장군이 졌으니 항복하겠다는 서찰입니다.
이성계	...! 무시기?
정도전	이인임의 당여가 되십시오. 그래야 살 수 있습니다.

이성계   ...

2 _____ 진영 일각 (밤)

정몽주와 이지란, 멀찍이 떨어져서 막사를 바라보고 있다.

이지란   헌데... 저 삼봉이란 처사가 정말 묘안을 갖고 있겠슴메?

정몽주   지략이 넘치는 사람이니 기대를 해봐야지요.

이지란   제발 기케 돼야 할 거인데... 야 이거이 궁금해 미치갔구만...

정몽주   (막사를 바라보는)

3 _____ 다시 막사 안 (밤)

이성계, 정도전을 본다.

이성계   혹시... 거짓으로 투항을 하란 말이오?

정도전   그렇습니다. 그의 당여가 되어 그가 방심할 때를 기다려야 합니다.

이성계   그렇겐 못 하겠수다.

정도전   지금 고려에서 이인임을 이길 수 있는 자는 없습니다. 장군께서도 마찬가지... 그리하셔야 합니다.

이성계   (내키지 않는) ...그만 돌아가시우다. 내는 다른 방도를 찾아보갔소.

정도전   다른 방도는 없습니다.

이성계   (노기 어린) 돌아가라 하지 않슴메!

정도전   (보는)

이성계   내사 이인임의 목을 따고 자결을 했으면 했지... 그자의 가랑이 밑으로 기어갈 순 없을 거구마.

정도전 장군의 상대는 이인임이 아니라... 백성을 포기하고, 백성이 포기한 나라... 고렵니다.

이성계 (보는)

정도전 이인임이 화려하게 빛날수록 고려의 멸망은 앞당겨질 것입니다. 대업의 길에서 이인임은 적이 아니라... 훌륭한 도구라는 말씀이지요.

이성계 대업이니 뭐니 그딴 소리 한 번만 더 지껄이믄 용서치 않겠슴메.

정도전 장군께선 결국 소생의 손을 잡게 될 것입니다... 그것이 천명... 하늘의 뜻이니까요.

이성계 (대학연의 집어주며) 그만... 나가.

정도전 (받는, 정중히 인사하고 나가는)

이성계 ...

4 _____ 다시 막사 앞 (밤)

정도전, 서책을 집어넣고 막사를 나온다. 이지란과 정몽주, 다가선다.

이지란 선생!

정몽주 삼봉, 얘기는 어찌 잘 된 것인가?

정도전 (미소) 글쎄...

이지란 (급히 막사로 뛰어가는)

정몽주 글쎄라니... 무슨 얘기를 했는지 소상히 좀 말해주게...

정도전 ...포은.

정몽주 (보는)

정도전 (만감이 교차하는)

정몽주 사람을 불러놓고 어찌 말이 없는 것이야?

정도전	미안하네... 다음에 얘기하세... 나는 이만 가봐야겠으이. (훌쩍 가는)
정몽주	(의아한 듯 보는)

5 _____ 다시 막사 안 (밤)

이지란, 애타는 얼굴로 본다.

이지란	아, 둘이서 무시기 얘길 했는지 묻지 않습메?
이성계	별 얘기 아이 했다지 않니... 세상 돌아가는 얘기만 지껄이다 갔구마.
이지란	세상 돌아가는 얘기? 성니메! 나 참 돌아 미치겠구만! (하는데)

정몽주, '장군' 하며 들어온다.

정몽주	삼봉과 얘기가 잘 안되신 것입니까?
이성계	...포은 선생 생각에는 내가 어떻게 하문 좋겠수까?
정몽주	(어렵게) 어명이 내려졌으니 일단 도성으로 가셔야 합니다.
이지란	(발끈) 무시기! 아이 선생! 지금 그거이 말이라고 하오!!
정몽주	역심을 품었다는 혐의를 받고 계신 분입니다. 어명을 거부하는 순간 역도로 몰리게 됨을 어찌 모르십까? 도성으로 가셔야 합니다.
이지란	도성으로 가도 역적이 돼서리 죽는 거는 매한가지잖습메!
정몽주	도성엔 최영 장군이 있고, 장군을 지지하는 사대부들이 있습니다. 분명... 살아날 방도가 있을 것입니다.
이성계	...
정몽주	장군...
이성계	내사... 며칠 생각할 시간을 주시갔소?
정몽주	...그러겠습니다.

| 이지란 | (답답한 듯 탄식하고) |
| 이성계 | ... |

6 _____ 이성계의 집 앞 (밤)

횃불을 든 병사들이 삼엄하게 경계를 펼치고 있다.

| 강 씨 | (E) 썩 물러나지 못하겠느냐! |

7 _____ 동 마당 안 (밤)

노기 어린 표정의 강 씨, 낭장 및 관졸들과 대치하고 있다. 이방우와 이방과, 사월, 함께 서 있다.

강 씨	영문하부사 이인임 대감을 만날 것이니라. 비켜라.
낭장	집 밖으론 한 발짝도 못 나가십니다!
강 씨	나는 동북면 도지휘사 장군의 부인이니라! 어찌 네 놈들 따위가 내 앞을 가로막는단 말이냐! 비켜서거라! (걸어가는)
낭장	(막는) 아니 되십니다!
강 씨	비키라 하지 않느냐!
낭장	부인을 안으로 뫼셔라!

관졸들, '예!' 강 씨에게 달려들고 강 씨, '놔라! 이놈들', '이 손 놓지 못하겠느냐!' 버틴다. 이방우와 이방과, 각각 '뭐 하는 짓이냐!' '무엄하다, 이놈들!' 정도 뱉으며 뜯어말리고 사월, '마님' 발 동동

구르는데...

임견미　(E) 멈추어라!

일동, 보면 임견미가 조소를 머금고 나타난다.

강 씨　대감!

임견미　어명을 받잡고 온 병졸들에게 어찌 이리 행패를 부리시는 것이오?

강 씨　(흥!) 이번엔 또 무슨 음모를 꾸미시는 것입니까!

임견미　음모? (피식) 적반하장도 분수가 있는 법이거늘... 역도의 식솔들이 감히 음모를 운운하시오?

강 씨　(헉!)

이방우　역도라니요! 말씀을 삼가십쇼!

임견미　변방을 지키는 무장 주제에 막사에서 대학연의를 읽고 군주의 처세를 학습하였느니라! 이것이 역도가 아니면 무엇이란 말이더냐!

이방우　!

임견미　여봐라!

낭장　예!

임견미　개미 새끼 한 마리라도 이 집을 드나드는 날엔 니놈의 목이 달아날 것이다. 알겠느냐!

낭장　예, 대감!

임견미　(획 나가는)

이방과　(심각한) 어찌 이런 일이... 역도라니...

강 씨　(치를 떨며) 모략이니라... 저놈들이... 아버지를 죽이려고 꾸민... 모략이란 말이다... (허! 휘청하는)

사월　(부축하는) 마님! 괜찮으시옵니까?

강 씨　(애써 의연하게) 괜찮다... 괜찮아...

8 _____ 빈청 이인임의 집무실 안 (밤)

이인임, 임견미, 염흥방, 하륜이 앉아 있다.

임견미   이방원이라는 아들놈을 빼고는 개경에 있는 이성계 그 촌뜨기의 식솔들을 모조리 사가에 유폐하였습니다.

이인임   수고했습니다.

하륜   (걱정스러운) 이성계를 너무 궁지로 몰아넣은 것이 아니겠습니까?

염흥방   역심을 품은 자일세. 가만 놔두란 말인가?

하륜   반란을 일으킬 수도 있기에 드리는 말입니다.

염흥방   그 일이라면 걱정 말게. 도성과 경기°지역의 군사들에게 경계령을 내려두었으니... (이인임에게) 우리가 거느린 사병들을 합쳐 이만이 넘는 대병을 하루면 모을 수 있습니다.

임견미   이성계의 가별초가 일, 이천 정도니... 반란을 일으켜본들 북망산을 거닐게 될 것입니다.

하륜   허나 황산에서도 가별초만을 이끌고 열 배가 넘는 아지발도의 왜구와 싸웠던 장숩니다. 병사의 수만 믿고 얕잡아 보았다간 필경 낭패를 보실 것입니다.

임견미   글쎄 걱정할 것 없다는 대두 이러시는가? 이성계의 병사들 따위 얼마든지 오라고 하게! 이 임견미가 나서서 모조리 쓸어버릴 터이니!

하륜   (짜증스레 보는)

임견미   ?

하륜   처백부 어른... 최영을 만나보시지요.

이인임   ...

  °   도성 주변 지역. 도성을 보호하고 물적 기반을 제공하기 위해 주변에 편성된 행정구역.

9 _____ 빈청 최영의 집무실 안 (밤)

배극렴, 변안열 침통한 표정으로 앉아 있다. 최영, 고심한다.

F.B》16회 38씬의

이인임 허면... 이것은요? (이성계의 친필 종이를 불쑥 내미는) 임금의 처세를 적은 이성계의 친필입니다.

(중략)

이인임 이것이 그자의 진심입니다... 군왕!

현재》

최영 (깊은 한숨)

배극렴 대체 이 장군은 어쩌다가 그런 실수를...

변안열 (마뜩잖은) 실수라 여길 일만은 아닌 것 같습니다.

배극렴 지금 이 장군의 충심을 의심하는 것이오이까?

변안열 정황이 그렇지 않습니까?

배극렴 변 대감! 말씀을 삼가시오!

변안열 아니, 이 사람이 틀린 말을 한 것도 아닌데 어찌 이리 언성을 높이시는 것이오이까!

최영 어허! 그만 고정들 하시게.

변안열·배극렴 (끙! 말문 닫는데)

하륜, '영삼사사 대감' 하며 들어온다.

최영 자네가 예는 어쩐 일이신가?

하륜 영문하부사 대감께서 뵙기를 청하십니다.

최영 ?

10 _____ 이인임의 사랑채 안 (밤)

이인임과 최영, 찻잔을 마주하고 앉아 있다.

최영   이 사람을 보자 한 용건이 뭐요?

이인임   이성계가 반란을 일으킬 가능성을 배제할 수 없는 상황입니다.

최영   (끙... 하는)

이인임   아직도 이성계를 믿고 계신 것입니까?

최영   뭔가 오해가 있는 것이 분명하오. 나는 그리 믿고 싶소이다.

이인임   아무래도 좋습니다. 이성계가 도성에 오면 진상이 드러날 테니까요.

최영   내게 부탁할 게 뭔지 그것만 말씀하시오.

이인임   유사시에 대비하여 도성과 경기 일대의 군사들에게 전투태세를 명하였으니... 대감께서 지휘를 맡아주셨으면 합니다.

최영   !

이인임   만에 하나라도 이성계가 난을 일으키면 막을 분은 대감뿐이십니다.

최영   (침통한) ...좋소이다. 그리하겠소.

이인임   (미소 떠오르는)

11 _____ 도성 안 일각 (밤)

최영, 갑옷을 입고 병사들을 인솔해 간다. 길가에서 백성들과 함께 지켜보는 침통한 표정의 이색과 권근, 이숭인.

이색   최영마저 이성계를 의심하고 있는 듯하니... 이제 사면초가에 빠졌구나.

이숭인   이성계 대감도 대감이지만 함주에 가 있는 포은 사형이 걱정입니다.

권근	그렇습니다. 이성계 대감이 극단적인 선택을 하게 되는 날엔 목숨을 장담할 수 없을 것입니다.
이색	몽주가 이성계를 잘 인도할 것이니라. 그리 믿자.
일동	(수심이 깊어지는)

12 _____ 이성계의 진영 앞 (낮)

정몽주, 수심이 가득한 표정으로 걸어온다. 말발굽 소리에 돌아보면 이방원, 다급히 말을 달려와 지나쳐간다. 정몽주, 바라보는 모습 위로.

이지란	(E) 무시기 어쩌고 어째!

13 _____ 막사 안 (낮)

이성계, 이방원, 이지란이 앉아 있다. 이성계, 노기 어린...

이지란	개경 행수하고 조카들이 깡그리 잡혀버렸단 말이네!
이방원	그렇습니다.
이성계	(쾅! 탁자를 내려치는, 부르르 떠는)
이지란	쌍종간나새끼들...
이방원	아버님... 이젠 거병을 하셔야 합니다.
이성계	(보는)
이지란	거병?
이방원	도성으로 가겠노라 연통을 보내 안심부터 시킨 연후에 야음을 틈

타 병사를 이동시킨다면 승산이 있을 것입니다. 아버님과 지란 숙부께서 이인임 일파를 제압하는 동안 소자가 결사대를 이끌고 가족들을 구해내겠습니다.

이성계   ...

이지란   기캅시다! 기왕에 이리된 거 확 뒤짚어엎어 버립세다! (하다가) 잠깐, (이방원에게) 포은 선생은 그라무 어떻게 하는 거니?

이방원   ...

정몽주   (E) 죽이셔야 되겠지요.

일동, 보면 정몽주, 굳은 표정으로 들어온다. 이방원과 이지란, 조금 당황스럽다.

이성계   (덤덤히) 이제 오십메까?

정몽주   (인사하는) 화령부°의 관아에 들렀다 오는 길입니다. 송구하오나... 더는 장군께 말미를 드릴 수 없을 것 같습니다.

이성계   ...

정몽주   이제 그만 소생과 도성으로 가시지요.

이방원   포은 숙부, 너무 하십니다!

정몽주   닥쳐라!

이방원   !

정몽주   (노기 어린) 네 감히 고려의 신하가 될 몸으로 어찌 반란을 입에 담을 수 있단 말이냐! 그러고도 니가 유학하는 선비라 할 수 있는 것이냐!

이지란   반란을 하자는 거이 아이라 이인임 그 간나새끼만 처단하자는 거 아이오!

정몽주   어명을 거스르고 군사를 일으키는 것이 이미 반란입니다! 무고한

°   지금의 함경남도 영흥 지역에 있던 관부.

이지란	장군을 진짜 역도로 만드는 처사임을 어찌 모르십니까!
	!
이방원	허면... 이대로 앉아 아버님의 죽음을 지켜만 보란 것입니까?
정몽주	(노려보다가 이성계에게) 장군, 더 지체하셨다간 징말 역도로 몰릴 수도 있으니... 속히 도성으로 가서서 결백을 밝히셔야 합니다.
이성계	...
정몽주	장군...
이성계	(일어나는) 이 사람과 얘기 좀 하십시다.
정몽주	...

14 _____ 진영 안 일각 (낮)

이성계와 정몽주, 진영을 굽어보며 바위 정도에 걸터앉아 있다.

이성계	선생께선 어캐 내를 한 번도 의심하지 않으십메까?
정몽주	무슨 말씀이십니까?
이성계	도당에선 다들 나를 역도라고 생각하지 않습메까?
정몽주	개가 짖는다고 다 도둑은 아니니까요.
이성계	내사 대학연의를 본 거이 정말 역심을 품어서 그런 거일 수도 있잖 겠슴?
정몽주	...필시 무슨 사정이 있었겠지요. 소생은 장군을 믿습니다.
이성계	(보는) 만약에 내가... 군사를 일으키겠다문 선생께선 어카실 것입 메까?
정몽주	소생, 고려의 신합니다. 말을 달려가 조정에 고할 수밖에 없겠지요.
이성계	...
정몽주	허나 소생... 장군께선 결코 그러실 분이 아니라고 믿습니다.

이성계	정말... 기케 나를 믿소?
정몽주	그렇습니다.
이성계	(보는)
정몽주	(결연한)
이성계	(이내 옅은 미소) 갑시다... 도성으로.
정몽주	!

15 _____ 대궐 외경 (밤)

16 _____ 혜경전 처소 안 (밤)

정비, 근비, 이인임이 앉아 있다.

정비	이성계 쪽에서는 아무런 소식이 없습니까?
이인임	그렇사옵니다.
정비	설마 반란을 일으키진 않겠지요?
이인임	이성계는 무모한 자가 아닙니다. 명분과 세력, 그자의 가솔들까지 모두 우리 수중에 있사오니 도성으로 오지 않고는 못 배길 것이옵니다.
근비	대체 그자가 어찌 그런 참담한 짓을 할 수 있단 말입니까? 변방의 토호에 불과한 자를 도당의 재상 자리에까지 앉혀 주었거늘... (하는데)
우왕	(E) 어마마마!! 소자가 왔습니다!!
정비	(흠칫 놀라는) 주상... (근비를 보면)
근비	(수심이 어리는)

정비   (난감한 듯 한숨 내쉬는)

이인임   …

17 _____ 동 혜경전 앞 (밤)

술에 취한 우왕, 고래고래 소리를 지르고 있다. 내관, 안절부절못한다.

우왕   아, 어서 나와서 반갑게 맞아주셔야지요! 피 한 방울 섞이지 않았다고 아들 취급도 아니 하시는 것입니까!!

내관   (발 동동 구르며) 전하… 아랫것들 들을까 두렵사옵니다!

우왕   틀린 말도 아닌데 들으면 어떻느냐! 저자에선 과인더러 왕씬지 신씬지 모르겠다고 수군댄다 하지 않더냐?

내관   전하!

우왕   (전각에 대고) 아니 나오시니 소자가 들어가겠사옵니다! (걸음 떼는데)

이인임, 나와 선다. 우왕, 흠칫!

우왕   영부사 대감…

이인임   (노기 어리는)

우왕   (술기운이 싹 가시는)

18 _____ 동 침전 안 (밤)

우왕과 이인임, 앉아 있다. 이인임, 싸한 표정이다.

우왕	어찌 그리 노여운 얼굴을 하고 계십니까?
이인임	근자에... 정비 마마가 계신 혜경전을 자주 찾는 연유가 무엇이옵니까?
우왕	(조금 당황하다가 둘러대는) 아, 그거야... 이 궐 안에 과인이 의지할 만한 사람이라곤 그분밖에 없으니 그런 것이 아닙니까?
이인임	이성계의 일로 대궐과 조정이 뒤숭숭한 상황이옵니다... 자중하시옵소서.
우왕	(짐짓 웃으며) 대감두 참... 뭘 그리 정색을 하고 그러십니까... 과인이 뭐 못 갈 데를 가는 것도 아니고, (하는데)
이인임	전하...
우왕	(보면)
이인임	(노기 어린 눈으로 보는) 자중하십시오.
우왕	(큼) 그리하겠습니다.
이인임	(흠, 표정이 부드러워지는데)

내관, '전하~' 들어와 부복한다.

우왕	무슨 일이냐?
내관	이성계가 함주의 막사를 떠나 도성으로 오고 있다 하옵니다.
이인임	!

19 _____ 도성 안 거리 (낮)

이성계, 정몽주, 나란히 말을 타고 온다. 이방원, 이지란의 말이 뒤를 따른다. 이방원, 표정이 굳어 있다.

이지란	걱정말우. 니 아버지 명줄이 보통 질긴 명줄인 줄 아니?
이방원	이미 호랑이 굴 속으로 들어왔는데 걱정해본들 무슨 소용이겠습니까? 걱정하지 않습니다.
이지란	제아무리 호래이 굴이래도 정신만 바짝 차리문 살 수 있다지 않았네. 믿어보자우...
이방원	허나... 일이 잘못되는 날엔 용서하지 않을 것입니다. 이인임이두... 아버질 호랑이 굴로 끌고 들어온 저분도...

이지란, 뜨악해서 보면 이방원, 앞서가는 정몽주를 노려본다.

20 _____ 저잣거리 (낮)

갑옷을 입은 최영, 배극렴, 변안열이 병사들을 이끌고 달려와 멈춘다. 전방을 보면, 정몽주, 이성계, 그 뒤에 이지란과 이방원이 따라온다. 하나같이 침통한 표정이다. 최영과 마주 선 이성계 일행, 말에서 내린다.

최영	잘 오셨네, 이 장군.
이성계	심려를 끼쳐드려 송구하우다.
최영	...일단 가세. 어서 말에 오르시게.
이성계	...잠깐만 기다려 주시우다!
최영	(보면)
이성계	(결심한 듯 품에서 단도를 꺼내 드는)
일동	!
배극렴	장군!
변안열	지금 뭐 하는 짓입니까!

이성계, 자신의 상투를 자른다. 일동, 벙하다.

이방원   (다가서며) 아버님!...

이성계   소인이 불충하여 전하의 의심을 샀으이 어째 뻔뻔하게 의관을 갖추고 입궐을 할 수 있겠습메! 족쇄와 오라를 갖다주시우다.

일동   !

최영   아직은 죄인이 아니니 이럴 필요가 없네.

이성계   소인은 패전한 장수보다 더 불충한 놈이우다. 어서 갖다주시우다.

최영   (안타까운) 이 장군...

이방원   아버님~ (무릎을 털썩 꿇고 오열하는)

이지란   (눈물을 삼키는) 성니메...

정몽주   (가슴 아픈)

이성계   (결연한)

21 ____ 이성계의 집 안방 안 (낮)

강 씨, 이마를 짚고 고심하고 있다. 사월, '마님!' 외치며 뛰어 들어온다. 강 씨, 보면...

사월   마님! 집을 지키던 병사들이 모두 돌아갔습니다!

강 씨   (벌떡 일어나는) 뭐라?

사월   이게 어찌 된 일입니까요?

강 씨   ...! 대감께서 오신 것이다. (급히 나가는)

사월   (따라 나가는)

22 _____ 저잣거리 (낮)

백성들이 구경하고 있고 강 씨, 사월, 이방우, 이방과가 달려와 인파를 헤집고 나온다. 전방을 보던 일동의 얼굴이 하얗게 굳어진다. 저만치 소복에 산발을 하고, 두 손이 묶인 채 족쇄를 발에 찬 이성계가 최영 일행의 뒤를 따라 걸어온다. 강 씨, 헉!

이방우   이럴 수가!

이방과   아버님!

강 씨, '대감!' 부르짖으며 뛰쳐나가지만, 병졸들이 막아선다. 최영 등 답답한 표정으로 앞으로 나아가고 이성계, 이를 악물고 지나쳐 간다. 강 씨, '대감! 대감!' 부르다가 일각의 이방원 옆에서 눈물을 찍고 선 이지란을 보고 달려간다.

강 씨   지란 서방님! 이게 대체 무슨 일입니까! 대감이 왜 저 꼴을 하고 끌려가는 것입니까!

이지란   ...성님께서... 석고대죄°를 할 거랍메다.

강 씨, '헉!' 해서 이성계를 본다. 이를 악물고 걸어가는 이성계.

23 _____ 삼봉재 외경 (낮)

°   거적을 깔고 엎드려 저지른 죄에 대한 처분을 기다림.

24 _____ 동 안방 안 (낮)

서책을 읽는 정도전. 최 씨, 바느질하다가 정도전, 흘끔 보고...

최 씨	저기 서방님... 이제 학당을 다시 여는 것이 어떻겠습니까?
정도전	일이 어찌 될지 모르니 조금만 기다려 보십시다.
최 씨	...? 일이라니... 무슨 일 말씀입니까?
정도전	(미소) 그런 게 있습니다. (서책 넘기는)
최 씨	(바느질하고)
정도전	(문득 멈추고 목덜미의 실핏줄처럼 난 자상을 만져보는)

F.B 》3씬의

이성계	내사 이인임의 목을 따고 자결을 했으면 했지... 그자의 가랑이 밑으로 기어갈 순 없을 거구마!

현재 》

정도전	(중얼대는) 제발... 한 번만 무릎을 굽혀야 할 터인데...
최 씨	(보는) 예?
정도전	(큼, 서책 넘기며) 공자께서 말씀하시기를... (하는데)
득보	(E) 영감마님!
정도전	(보는)

25 _____ 동 대청 + 마당 안 (낮)

정도전, 마루에서 득보를 보고 있다.

정도전	그래, 도성의 사정은 좀 어떻던가? 아직도 경계가 삼엄하던가?
득보	성문마다 지키고 있던 병졸들이 싸그리 사라졌습니다요.
정도전	...! 이유가 뭐라던가?
득보	이성계 장군이 도성으로 들어왔답니다요.
정도전	(의외인) 뭐라...?
득보	산발을 하고 대궐까지 걸어가설랑은 나랏님께 죽여달라고 석고대 죄를 하고 있다 합니다요!
정도전	...! 이런 바보같은...
득보	예?
정도전	(심각해지는)

26 ____ 대궐 앞 (낮)

임견미와 염흥방, 뛰어와 보면 이성계, 멍석을 깔고 앉아 대궐을 향해 외치고 있다. 변안열, 배극렴, 최영, 정몽주가 착잡한 표정으로 보고 있다.

이성계	전하~!! 소신 이성계, 삼가 엎드려 죄를 청하옵니다! 소신, 불경하옵게도 함주의 군막에서 대학연의를 읽고 그 경구를 외운 사실이 있사옵니다!
염흥방	!
임견미	저자가 어찌... 제 입으로 자복을 하는 것인가!
이성계	무지한 소신이 세상 물정을 모른 나머지 그 같은 짓이 얼마나 참담한 대역죄인지 미처 알지 못하였사온데 전하의 추상같은 어명을 받잡고 나니 비로소 깨달았사옵니다! 전하! 소신, 어떠한 변명도 하지 않겠사옵니다! 소신을... 죽여주시옵소서!

27 _____ 동 편전 안 (낮)

우왕, 이인임이 앉아 있다. 이인임, 생각에 잠긴...

우왕　　이제 저자를 어찌하면 좋겠습니까?

이인임　(뭔가 결심한 듯 일어나 나가는)

28 _____ 도당 안 (낮)

이인임, 최영, 정몽주, 변안열, 배극렴, 임견미, 염흥방 등 앉아 있다.

정몽주　이성계 장군은 그간 고려를 위해 혁혁한 공을 세운 분입니다. 이
　　　　　장군이 지금 자신의 실수를 깨끗이 인정하고 석고대죄를 하고 있
　　　　　으니 도당에서도 마땅히 선처의 중론을 모아야 할 것입니다.

염흥방　(피식) 석고대죄는 극형을 면하기 위한 잔꾀에 불과합니다.

배극렴　말씀이 좀 지나치십니다! 잔꾀라니!

임견미　시키지도 않은 산발에 포승까지... 동정심을 유발하여 위기를 모면
　　　　　해 보려는 수작임을 모르시겠습니까?

염흥방　더욱이 겉으론 죄를 인정하는 척하면서 역심을 품었다는 사실은
　　　　　교묘히 부인하고 있습니다.

정몽주　부인하는 것이 아니라 애초에 역심을 품은 적이 없는 것입니다!

임견미　어찌 그리 확신을 하시오? 이성계의 배를 갈라 들여다 보기라도 했
　　　　　소이까? (이인임에게) 속히 국청을 열어 이성계를 엄히 문초해야
　　　　　합니다.

최영　　국청은 아니 될 말이외다!

일동　　(보는)

최영	내 오늘 이성계의 진실한 모습을 보면서 잠시나마 그의 충심을 의심했던 나의 용렬함을 자책하였소이다. 이성계가 역심을 품은 적이 없다 하니... 그리 믿읍시다.
임견미	대감께선 지금 이성계에게 속고 계시는 것입니다!
최영	어허!
변안열	임 대감. 제발 고집 좀 그만 부리세요. 억지십니다!
임견미	글쎄 역심을 품은 것이 확실하다는 대두 이러십니다!
이인임	이성계의 속마음을 놓고 우리끼리 왈가왈부해 봐야 공염불일 뿐입니다. 이리하십시다.
일동	(보는)
이인임	이성계가 지은 명백한 죄가 하나 있습니다.
최영	그게 무엇이오?
이인임	오얏나무 아래서 갓끈을 고쳐 맨 죕니다.
임견미	갓끈? 아니... 그게 무슨...?
염흥방	이성계가 괜한 짓을 하여 의혹을 불러일으켰다는 것입니다.
이인임	서당의 학동이 대학연의를 본들 누가 눈이나 꿈쩍하겠습니까? 허나 이성계는 대대로 동북면의 땅을 지배해온 토호이자 막강한 사병을 거느린 군벌... 그런 자가 이런저런 핑계를 대며 도성에 들어오기를 꺼리면서 제왕의 학문을 학습하였다 하니... 역심이 있고 없고를 떠나 나라가 들썩거리는 것은 당연한 일이 아니겠습니까?
정몽주	일리는 있는 말씀이오나 이 장군을 처벌할 명분은 될 수 없습니다.
이인임	벌을 주려는 것이 아닙니다.
정몽주	(보는)
이인임	이성계의 마음속에 역심이 없다는 것을 몸소 증명해 보이라는 것입니다.
배극렴	아니... 그것을 어찌 증명한단 말입니까?

이인임	이성계의 가문이 갖고 있는 동북면 백성들에 대한 수조권˚과 사병 들을 나라에 바친다면... 역심이 없음을 믿어줄 수 있지 않겠소?
최영	!
정몽주	대감...
임견미	(입이 헤벌쭉) 정말 신묘하신 계책이십니다, 대감!
염흥방	이성계의 충심도 확인하고 나라 살림에도 큰 도움이 될 터이니 이 거 일석이조가 아닙니까!
이인임	거부할 경우 국청을 열어 엄히 문초할 것이오. 이만 마치겠소. (일 어나 나가는)
정몽주	(기막힌 듯 허! 하는)
최영	...

29 _____ 대궐 앞 (낮)

멍석 위에 무릎을 꿇고 앉은 이성계. 한쪽 무릎을 꿇고 앉은 최영. 지켜보는 정몽주.

이성계	(분한) 동북면을 내놓으라이! 기칼 수는 없습메. 차라리 국문을 받 갔다고 전해주시우다.
최영	이번엔 자네가 조금 양보를 하시게. 내 이인임 대감과 절충을 해보 겠네.
이성계	그렇게는 안 됩네.
최영	어허!
이성계	아까워서 이카는 거이 아이오. 나라에 바쳐봤자 이인임과 권문세

˚   토지에 대해 세금을 거둘 수 있는 권리.

가들의 뱃속으로 디갈 거이 뻔한데 동북면의 백성과 병사들을 버릴 수는 없는 일이우다!

최영   (노기 어린) 자네가 이러니까 공연히 쓸데없는 의심을 받는 것일세!

이성계   (보는)

최영   동북면 사람들은 고려 사람이 아니라던가? 응당 주상전하의 백성이고 고려의 백성이거늘 어찌하여 자네의 백성처럼 얘길 하는 것이야!

이성계   대감...

최영   (일어나는) 나는 자네가 국문을 받는 광경을 보고 싶지 않네. 부디 현명한 판단을 해주시게. (가는)

이성계   (답답한 듯 바닥을 치는)

정몽주   (옅은 탄식)

30 _____ 이성계의 집 사랑채 안 (밤)

강 씨, 이방우, 이방과, 이방원, 정몽주가 앉아 있다.

이방우   (탄식) 동북면의 수조권과 사병들을 반납하라니...

이방원   아버님의 목숨을 빼앗는 것이 여의치 않으니 아버님의 힘을 뺏으려 하는 것입니다.

강 씨   최영 대감께선 뭐라 하십니까?

정몽주   이인임의 요구를 전부는 아니더라도 수용하길 원하고 계십니다.

강 씨   (허! 하는)

이방원   일부가 아니라 털끝만큼이라도 수용하실 아버님이 아닙니다.

강 씨   허나... 목숨이 우선 아니겠느냐. 포은 대감, 이인임과 적절히 타협할 수 있는, (하는데)

이방원	(단호히) 아니 될 말씀이십니다.
강 씨	(보는)
이방원	이것은 개경이 아니라 동북면의 문제입니다. 송구한 말씀이오나... 간여하지 말아 주셨으면 합니다.
강 씨	!
이방원	그만 나가보겠습니다. (인사하고 나가는)
이방과	아니 저 녀석이...
이방우	(강 씨에게) 녀석이 지금 아버님 일로 속이 상해 저러는 것이니 이해해 주십시오.
강 씨	(노기를 참는)
정몽주	(일어나 나가는)

31 _____ 이성계의 집 앞 (밤)

이방원, 굳은 표정으로 나온다.

정몽주	(E) 방원아.

이방원, 멈추면 정몽주, 나온다.

정몽주	개경의 어머님도 엄연히 너의 어머님이거늘 그 무슨 무례한 짓이란 말이냐?
이방원	...송구합니다.
정몽주	(타이르듯) 많이 힘든 거 안다. 허나... 이럴 때일수록 평정심을 잃으면 아니 될 것이다. 알겠느냐?
이방원	...

정몽주	(옅은 미소) 녀석... (걸음 떼려는데)
이방원	숙부님...
정몽주	(멈칫 보는)
이방원	어찌하여 아무런 대책도 없으신 것입니까?
정몽주	(보는)
이방원	아버님을 도성으로 모셔 오실 때에는 그만한 계책쯤은 있었어야 하지 않습니까?
정몽주	...아직은 끝난 것이 아니다. 의기소침해지지 말거라. (가는)
이방원	(노기 어린 눈으로 보는데)
정도전	(E) 어허~ 어린놈이 버르장머리 한번 고약하구나.

이방원, 홱 보면 정도전, 걸어온다.

정도전	어린 나이에 과거급제를 하면 뭐 하누? 인의와 예절의 기본을 모르는 놈이거늘...
이방원	그만하시지요. 지금 소생이 기분이 몹시 좋지 않습니다.
정도전	그만하지 않으면... 니깟 놈이 어쩔 것이냐?
이방원	(홱 노려보는)
정도전	(짐짓 깜짝 놀란 척) 어허~ 이놈 이거 눈을 보니 사람 패고도 남을 놈일세그려.
이방원	(훅! 참고 걸어가려는데)
정도전	아버님 계신 데가 어디냐?
이방원	(보면) 아버님은 어찌 찾으시는 거요?
정도전	머리가 나쁜 놈이로구나. 이 고려에 니 아버질 살릴 사람은 나뿐이라 했던 것을 잊었느냐?
이방원	!

32 _____ 대궐 앞 (밤)

횃불을 든 관졸들 사이로 이성계, 앉아 있다. 그 앞에 다가서는 누군가. 이성계, 보면 임견미다.

임견미 (빤히 들여다보는) 어이구 이거... 얼마나 고생이 많으시오?

이성계 ...

임견미 영부사 대감의 말씀을 전하러 왔소이다.

이성계 (보는)

임견미 오늘 밤 자시까지만 기다리겠다 하십니다. 그때까지 고집을 꺾지 않으면 국문을 당할 것이라 하니... 이를 어쩌면 좋소이까?

이성계 가보시우다.

임견미 맘이 변하면 영부사 대감의 집으로 찾아오라십니다. 허면 고생하시오! (껄껄 웃으며 가는)

이성계 (이를 악무는)

어디선가 의원 복장의 사내가 고개를 잔뜩 숙인 채 휴대용 약장을 들고 다가온다. 이방원, 뒤따른다.

낭장 웬 놈들이냐! 멈춰라!

이방원 (얼른 소매에서 은병 주머니 꺼내 들고 다가가는) 이성계 장군의 아들이오. 의원을 데려온 것이니 잠깐 진맥만 하게 해주시오. (주머니 쥐여주면)

낭장 (큼) 서두르시오.

이방원 고맙소. (일부러 낭장의 시야를 가리고 서는)

이성계 방워이... 괜한 짓 말고 물러가라우.

정도전 (E) (낮게) 이기지 못할 적과 싸워보니 어떠십니까?

이성계, 보면 의원 복장을 한 정도전이다.

이성계　　당신이 어케 여기멜...

정도전　　(낮게) 대업을 함께할 분의 목숨이 경각에 달렸는데 가만있을 수는 없지 않습니까?

이성계　　(보는)

정도전　　(주변 흘끔 보고 봉투 없이 접은 서찰을 건네는) 이것을 가지고 지금 즉시 이인임에게 가십시오. 허면... 동북면의 백성들과 사병들, 장군의 목숨까지 지킬 수도 있을 것입니다.

이성계　　!

정도전　　어서요.

이성계　　... (받아서 펴보더니 정도전을 홱 노려보는)

정도전　　(진지하게) 잊지 마십시오. 장군의 상대는 이인임이 아니라... 이인임에 의해 완벽하게 망가진 이후의 고려입니다.

이성계　　...

정도전　　(일어나 사라지는)

이방원　　(따라가는)

33 _____ 근처 거리 (밤)

이방원, 정도전을 따라온다.

이방원　　처사님. 아까 그 서찰이 무엇입니까?

정도전　　뭘 군이 알려고 하는 것이냐? 장군이 내 말을 따르면 자연히 알게 될 것이고, 무시하면 휴짓조각이 되어버릴 것을... (멈추고) 그나저나 니놈 제법 수완이 좋더구나. 의원의 옷을 빌릴 생각을 다 하다니...

이방원	헌데 어찌 말씀마다 이놈 저놈 하시는 것입니까?
정도전	이분 저분이라 할 수는 없지 않느냐?
이방원	(허! 하는)
정도전	(어깨 두드리고) 암튼 고생이 많았느니라. 또 보자.
이방원	이리 가실 것입니까?
정도전	내가 아직 할 일이 남았더냐?
이방원	결과가 궁금하지 않으십니까?
정도전	내 일은 끝났으니 결과야 하늘에 맡기는 수밖에... 진인사대천명이라 하지 않았느냐? (가는)
이방원	(보는)

34 _____ 다시 대궐 앞 (밤)

서찰을 쥐고 앉은 이성계, 생각이 깊다. 일각에서 걱정스레 지켜보는 이방원. 이성계, 고심하는...

35 _____ 이인임의 사랑채 안 (밤)

이인임, 찻잔을 마주하고 앉아 있다. 박가, 들어와 예를 표한다.

박가	대감!

이인임, 보면 이성계, 들어선다. 두 사람의 시선이 교차한다.

이인임	이거... 오랜만에 뵙습니다?

이성계	그간 강령하셨습니까?
이인임	앉으시오.
이성계	(앉는)
이인임	그래... 결심이 서신 것이오?
이성계	그렇습니다.
이인임	동북면의 수조권과 사병들 전부를 나라에 바치시겠다?
이성계	그리되문... 저는 이빨 빠진 호랑이가 되지 않겠습메?
이인임	?
이성계	이빨 빠진 호랑이가 되문 나라와 대감을 위해서리 할 수 있는 일이 아무것도 없지 않겠슴?
이인임	나라와... 이 사람을 위해서?
이성계	그간의 무례를 너그럽게 용서해 주시우다. 소생... 대감을 보필하면서 변방에서 조용히 외적이나 감시하며 살겠습니다.
이인임	(피식) 말 몇 마디로 곤경을 모면하려는 모양인데 사람을 잘못 봤습니다. 국청에서 보십시다. 그만 나가세요.
이성계	대감...
이인임	(보는) 나가라 하지 않소이까!
이성계	(서찰을 내미는)
이인임	(보는)
이성계	소생도 말로 때우는 것은 싫어하는 성미우다. 보시우다.

이인임, 서찰을 펴본다. 미간이 꿈틀하던 이인임, 이성계를 본다.
두 사람의 시선에서 엔딩.

18회

1 _____ 이인임의 집 사랑채 안 (밤)

이인임 (보는) 나가라 하지 않소이까!

이성계 (서찰을 내미는)

이인임 (보는)

이성계 소생도 말로 때우는 것은 싫어하는 성미우다. 보시우다.

이인임, 서찰을 펴본다. 미간이 꿈틀하던 이인임, 이성계를 본다.
서찰을 내려놓으면 청혼서다.

이인임 이건 청혼서가 아니오?

이성계 대감의 가문과... 사돈을 맺고 싶습니다.

이인임 (보는)

이성계 대감께서 애지중지하는 조카가 아직 미혼이라 들었습니다. 소생의 막내딸이 나이가 찼는데... 개경의 처가 낳은 아이라 외가 쪽 혈통도 좋고 마음씨도 곱수다.

이인임 (피식) 동북면의 수조권과 사병들을 뺏기지 않으려는 고육지책치고는... 제법 그럴싸합니다그려?

이성계 고육지책이라니 당치도 않은 소리임메. 변방에서 토호나 하던 소생이 고려에서 제일가는 명문가의 사돈이 되는 거잖습니까? (애써 미소) 소장이 보기보다 욕심이 많습니다.

이인임 사돈이 되면 이 사람에게 이득은 무엇이오?

이성계 소생이 역심을 품을까 봐서리 심려가 크셨지 않습니까? 그런 소생이 인척이 된다문 그런 걱정 안 하셔도 될 게구, 변변찮은 힘이지만 대감께 도움이 될 것입니다.

이인임 그 말씀은... 이 사람의 당여가 되겠다는 것이오?

이성계 사돈이면 한 집안이니 못 할 것이 뭐 있겠습니까?

이인임	(보는)
이성계	...
이인임	허면... 내친김에 아들도 하나 내보내시겠소? 개경 부인 슬하에 아들이 있다 들었소이다.
이성계	(애써 웃으며) 두 놈인데... 이제 겨우 걸음마를 뗀 갓난쟁이들이올시다.
이인임	혼례 말고 정혼을 하면 되잖소. 우리 문중 말고 왕실의 종친과 말이오.
이성계	(보는)
이인임	충심을 확인받고자 한다면 왕실 이상 가는 혼처가 없을 터... 어떻소, 하시겠소?
이성계	(망설이다가 당혹감을 숨기며) 왕실이라는데... 소생이 마다할 이유가 있겠습메? ...좋수다. 하겠수다.
이인임	좋습니다. 내 기꺼이 두 혼사의 매파를 서겠소.
이성계	...
이인임	(일어나는) 그만 사가로 돌아가세요. 그간 고생이 많으셨습니다.
이성계	(일어나 이인임을 바라보는)
이인임	고려 왕실과 권문세가의 일원이 되신 것을 환영합니다.
이성계	...고맙수다. (허리 숙여 절하는)
이인임	(미소 띤 채 굽어보는)

2 _____ 이인임의 집 앞 (밤)

이방원, 초조하게 기다리고 서 있는데 정몽주, 나타나 급히 다가선다.

정몽주	방원아!

이방원	(보면)
정몽주	아버님께서 영문하부사를 만나고 계시다구?
이방원	지금 안에서 말씀 중이십니다.
정몽주	결국... 이인임의 요구를 들어주기로 하신 것이냐?
이방원	아버님의 의중까진 소생도 잘 모릅니다. (하다가 문 열리는 소리에 보면)

이성계, 박가의 안내를 받아 걸어 나온다.

이방원	(다가서는) 아버님!
정몽주	장군!
이성계	(착잡한)
박가	살펴 가십시오. (깍듯이 인사하고 들어가는)
이방원	...? 이인임과 얘기가 잘 되신 것입니까?
이성계	이제부턴 존대를 하라우... 사돈어른이시다.
이방원	!
정몽주	지금... 사돈이라 하셨습니까?
이성계	...기케 됐습메다. (걸어가는)
정몽주	(따라가서) 장군. 대체 이게 어찌 된 일입니까?
이성계	(쓸쓸한 미소) 포은 선생... 나를... 이해해 주시우다. (가는)
이방원	(따라가는)
정몽주	(망연한)

3 _____ 이색의 집 안방 안 (밤)

이색, 정몽주, 권근, 이숭인, 앉아 있다. 정몽주, 착잡하다.

이색	이성계가 결국 정략결혼을 선택하였구만…
정몽주	(옅은 한숨)
권근	올곧은 사람이라 여겼는데 정말 실망입니다. 아무리 처지가 곤궁하였기로 이인임의 편에 서다니요.
정몽주	함부로 말하지 말게! 사면초가에 몰려서 내린 불가피한 결정이었네.
이숭인	감싸고 도실 일만은 아닌 듯싶습니다, 사형. 동북면의 기득권에 연연하여 지조를 버린 것이지 않습니까?
정몽주	이 장군을 비난하기 앞서 우리의 허물부터 돌아봐야 하지 않겠는가! 이 장군이 이인임과 맞서 싸우는 동안 우리 사대부들은 과연 무엇을 했느냔 말일세!
이색	그만들 하거라. 어찌 이리 언성들을 높이는 것이냐?
정몽주	…송구합니다, 스승님.
이색	그나저나 이인임이 이성계를 얻었으니 호랑이 등에 날개를 단 격이로구나. 헌데 최영이 이 일을 어찌 받아들일꼬…

4 _____ 빈청 최영의 집무실 안 (밤)

최영, 변안열, 배극렴이 앉아 있다.

배극렴	이성계 장군이 이인임 대감의 가문에 청혼을 했다는 소문이 사실인 것 같습니다. 이인임 대감이 아우의 집에 사람을 보내 혼례 준비를 하라 했답니다.
변안열	어찌 우리와 일언반구 상의도 없이… 이건 배신입니다!
배극렴	(난감한 듯 한숨)
최영	…
이성계	(E) 대감…

일동, 보면 이성계, 들어선다. 변안열과 배극렴, 조금 당황하고...

이성계　　드릴 말씀이 있어 왔습메다.

최영　　　두 분께서는 자리를 좀 비켜주시게.

변안열·배극렴　(나가는)

최영　　　앉게.

이성계　　...

시간 경과》

최영, 이성계를 지긋이 바라본다.

이성계　　...면목 없게 됐습메다.

최영　　　어째서 면목이 없다 말씀을 하시는가?

이성계　　예전처럼은 대감을 가까이서 뫼시지 못할 것 같습꾸마...

최영　　　영부사의 당여가 되었다 하여 이제 나와 척이라도 지겠다는 것인가?

이성계　　아이, 그런 거이 아이라...

최영　　　변명할 일이 아닐세.

이성계　　(보는)

최영　　　이해하네.

이성계　　...대감.

최영　　　당여니 뭐니 그딴 게 뭐 그리 대수겠는가? 자네와 나는 숱한 전장에서 생사고락을 같이하며 피를 나눈 사이, 세상에 그보다 더 끈끈한 인연은 없을 것일세.

이성계　　(먹먹해지는)

최영　　　내가 앞으로 살면 얼마나 더 살겠는가? 내가 죽고 나면 이 고려를 지킬 장수는 자네일세. 그런 자네가 이제 쓸데없는 의심에 시달리지 않게 되었으니 나는 그것만으로도 기쁘기 한량이 없네.

이성계	...고맙습꾸마.
최영	허니 의기소침해지지 말고... 지금까지 그래왔던 것처럼 앞으로도 고려만을 생각하게. 그러면 되는 것이야.
이성계	대감...
최영	(미소)

5 _____ 삼봉재 마당 안 (밤)

정도전, 홀로 서서 생각에 잠겨 있다. 보통이를 들고 들어서는 이방원.

이방원	처사님.
정도전	(다가서는) 어찌 되었느냐?
이방원	결과는 하늘에 맡긴다면서 태연자약하시던 분이 어찌 이리 급하십니까?
정도전	어찌 되었냐니까?

이방원, 미소 짓고 그 위로 낄낄대는 정도전의 웃음소리.

6 _____ 동 서당 안 (밤)

정도전, 이방원 앞에서 웃고 있다.

정도전	하여간 이인임의 치밀함은 알아줘야 되느니라. 딸을 주겠다니까 아들까지 얹어서 달라 하다니... (픽 웃고) 허나 넙죽 받아먹은 니 아버지 솜씨 또한 보통은 아니시구나.

이방원	(보퉁이를 내밀며) 아버님께서 답례로 드리는 것입니다.
정도전	옳거니! 필시 황금이렷다. (끌어가 푸는)
이방원	헌데... 아버님을 이리 돕는 연유가 무엇입니까?
정도전	(풀며) 지금 니 눈으로 보고 있지 않느냐? (풀어서 황금을 꺼내며) 오~ 색깔 한번 그윽한지고... 역시 소문대로 배포가 크신 분이로구면.
이방원	(지켜보다가) 아버님께서 한 가지만 더 여쭈어보라 하셨습니다.
정도전	말하거라.
이방원	급한 불은 껐으니 이제 어찌해야 하는지를 물으셨습니다.
정도전	어찌기는... 호랑이 굴에 오래 있어 봐야 좋을 것이 없으니 얼른 도망쳐야지...
이방원	?

7 _____ 이성계의 집 사랑채 안 (밤)

이성계와 이방원, 마주 앉아 있다.

이성계	근묵...자흑? 〈자막〉 近墨者黑
이방원	먹물을 가까이하면 더러워지는 법이니 이인임 일파와 어울리지 말고 무슨 핑계를 대서든 속히 동북면으로 돌아가라 하였습니다.
이성계	(생각에 잠기는)
이방원	헌데 아버님을 돕는 삼봉 처사의 의중이 무엇이겠습니까?
이성계	(보는)
이방원	재물을 탐하는 사람 같지는 않아 보였습니다. 필시 다른 속내가 있습니다.
이성계	...밤이 늦었다. 그만 돌아가라우.
이방원	일전에 삼봉 처사가 소자에게 이런 말을 했었습니다. 아버님과 대

업을 함께할 동지라면 모를까 모사꾼이나 책사 같은 아랫사람이 될
생각은 없다고 말입니다. 아버님께선 혹 짚이는 것이 없으십니까?

이성계 그 사램 마음을 내사 어케 알겠네. 그만 돌아가라.

이방원 ...소자 이만 물러가겠습니다. (인사하고 나가는)

이성계 (생각하는)

F.B》17회 1씬의

정도전 새로운 성씨의 임금이 다스리는 나라... 새 왕조의 태조가 되어달란
말입니다.

이성계 ...
(중략)

정도전 장군과 함께 오백 년 낡은 고려를 무너뜨리고 새로운 이념과 질서
를 갖춘 동방의 이상 국가를 건설하고 싶소.

현재》

이성계 (생각하는)

무학 (E) 임금이 될 운명을 타고났으나 지금은 왕씨의 나라이니... 시주
의 팔자도 참으로 기구합니다그려.

이성계 (고민이 깊어지는)

8 _____ 이성계의 집 마당 안 (낮)

집례자 신부선재배~!

초례상 앞에 예복을 입은 경순공주(10대), 맞은편의 이제(20대)에
게 두 번 절한다. 혼례를 지켜보는 이성계와 강 씨의 손을 잡은 이

방번(3~4살), 이지란, 이방원, 이방우, 이방과, 이방석을 품에 안은 사월, 조영규 등. 맞은편 신랑 측 혼주 부부 곁에 이인임이 서 있다. 마당을 꽉 메운 하객들. 정몽주, 최영, 하륜, 떨떠름한 표정의 임견미와 염흥방이 보인다. 집례자의 '신랑답일배~', '신부우재배~' 등 소리에 맞춰 절하는 신랑과 신부. 조금은 착잡한 표정으로 지켜보는 이성계의 모습 위로.

해설(Na)   이성계는 향처 한 씨와 경처 강 씨 두 명의 부인 사이에서 모두 팔남 삼녀의 자녀를 두었다. 그들 중 훗날 경순공주가 되는 셋째 딸은 이인임의 조카인 이제와 혼인하였고, 무안대군 이방번은 고려의 마지막 임금인 공양왕의 아우 왕우의 딸과 결혼하였다. 변방의 한미한 가문 출신인 이성계가 고려 정계의 실력자로 자리매김하는데는 이 같은 자녀들의 혼맥이 큰 힘이 되어주었다.

9 _____ 삼봉재 대청 + 마당 안 (낮)

대청에 앉은 정도전과 최 씨 앞에서 득보가 설레발을 치고 있다.

득보   아 글쎄 하객들이 얼마나 몰려왔는지 마당에 발도 못 들인 사람이 태반이굽쇼, 신랑 신부 낯짝도 못 본 사람이 태반이었답니다요!

최 씨   하여튼 허풍은... 설마하니 그 정도였을라구요?

득보   아, 쇤네가 똑똑히 들었다니까요.

최 씨   (허이구, 웃고 마는)

정도전   고려에서 방귀 좀 뀐다는 자들은 죄다 얼굴을 들이밀었을 터이니 그러고도 남았을 것입니다... 허면 이제 슬슬 채비를 해야겠구만.

최 씨   예?

정도전　(미소 짓고 들어가는)

최 씨　(E) 이게 뭡니까?!

10 ＿＿＿ 동 안방 안 (낮)

최 씨, 황금이 든 상자를 보고 기함하고 있다. 의관을 갖추는 정도전.

정도전　(태연히) 황금이잖소. 처음 보십니까?

최 씨　누가 그걸 여쭙는답니까? 이게 어디서 났냐구요?

정도전　곧 사라질 물건인데 출처는 알아 뭐 하시려구요.

최 씨　아니, 곧 사라지다니요?

정도전　뇌물로 쓸 겁니다.

최 씨　...! 뇌물?

정도전　나도 이제 밥버러지 신세는 면해야 하지 않겠습니까? 벼슬을 구해 볼 참입니다. (미소 짓고 태연하게 의관을 가다듬는)

최 씨　(병한)

11 ＿＿＿ 빈청 이인임의 집무실 안 (낮)

어색한 표정의 이성계, 이인임, 임견미, 염흥방, 하륜이 앉아 있다.

이인임　이성계 장군과 이리 함께 앉아 있으니 마치 백만대군을 거느린 듯 합니다그려.

임견미·염흥방　(떨떠름한)

이성계　...과찬이십니다.

하륜	감축드립니다, 대감.
이성계	고맙소.
이인임	이 장군과 잠시 전하를 알현하고 올 터이니 여기 계세요. 다들 오찬이나 함께 하십시다. (일어나며) 갑시다.

이성계, 일어나 이인임과 나간다.

임견미	(탁자 쾅 치며) 빌어먹을...! 변방에 촌뜨기 따위와 한솥밥을 먹어야 하다니!
염흥방	영부사 대감께서 저자를 너무 쉽게 받아들이셨어요. 곤경을 모면하기 위해 잔꾀를 부린 것이거늘...
하륜	처백부 어른이 그걸 모르실 분입니까? 자기 사람으로 만들 자신이 있으시니 받아들인 것이지요.
임견미	주변에 남아도는 게 사람인데 뭐가 아쉬워서 저런 촌뜨기를 받아준단 말인가?
하륜	정치가 원래 사람 갖고 하는 장삽니다. 용맹과 신망을 두루 갖춘 이성계를 마다할 이유가 있습니까?
임견미	(분한 듯 끙! 하는)

12 _____ 침전 앞 (낮)

이성계와 이인임, 걸어 나온다.

이인임	주상전하께서 기뻐하시는 모습을 보니 이 사람 마음까지 훈훈해지는군요.
이성계	영부사 대감... 저는 이제 그만 동북면으로 돌아가야 할 것 같습니다.

이인임	(멈추는)
이성계	(멈추는)
이인임	(넌지시) 이유가 뭡니까?
이성계	갑자기 도성으로 들어오는 바람에 일만 벌여 놓고 수습 못 한 것들이 제법 많이 쌓여 있수다.
이인임	그 정도 일이라면 의형제를 맺은 아우를 보내면 되지 않겠소?
이성계	허나 지란이는 아직 품계도 낮고, (하는데)
이인임	적당한 관직을 줘서 보내도록 하겠소이다. (가려다가) 아 참, 기왕에 말이 나왔으니 주변에 신세 진 사람들이 있으면 명단을 적어 임견미 대감에게 전해주세요. (미소) 이 사람이 드리는 선물입니다. (가는)
이성계	(보는)

13 _____ 이성계의 집 앞 (밤)

이성계, 걸어온다. 수심이 가득하다.

정도전	(E) 혼례를 감축드립니다.

이성계, 보면 정도전, 보퉁이를 들고 다가선다.

정도전	경사를 치른 분께서 어찌 상갓집 상주 같은 얼굴을 하고 계십니까?
이성계	여긴 어찌 오셨소?
정도전	(보퉁이 들어 보이는) 이걸 드리러 왔습니다.
이성계	답례로 드린 것이니 가져가시우다.
정도전	돌려드리는 게 아닙니다.

이성계	(보는)
정도전	벼슬 청탁을 하러 왔으니 이건 뇌물인 셈이지요. (미소)
이성계	...

14 _____ 동 사랑채 안 (밤)

정도전, 이성계에게 보퉁이를 내민다.

이성계	영부사 대감에게 미운털이 단단히 박히셨잖소. 이 사람이 천거를 한다고 되겠소?
정도전	그야 장군께서 노력하시기에 달린 것 아니겠습니까? 장차 소생과 더불어 대업을 이루실 분이니 그만한 능력은 보여주시리라 믿습니다.
이성계	대업 얘기는 그만합세. 더는 듣고 싶지 않소.
정도전	...동북면으로 가시는 일은 어찌 되어 가고 있습니까?
이성계	영부사 대감이 나를 보낼 생각이 없는 것 같소.
정도전	그럴 것입니다. 혼례 한번 치렀다고 장군을 온전히 믿을 사람이 아니지요.
이성계	어찌하면 되겠소?
정도전	그 역시 장군에게 달려 있겠지요. 남을 속이려면 자기 자신부터 속이라 하였습니다. 겉과 속, 모두 이인임의 사람이 되시면 되는 것입니다.
이성계	...이보시오, 선생...
정도전	당여로서의 이인임은 배울 것이 많은 사람입니다. 장차 대업을 이루는 데 지금의 경험이 많은 도움이 될 것입니다.
이성계	내사 대업 얘기는 그만하라 했지비!
정도전	...

이성계	(훅~ 숨 내쉬고) 내사... 천거는 해드리갔소. 그만 가보시우다.
정도전	(미소) 감사합니다.
이성계	...

15 _____ 대궐 혜경전 앞 (밤)

걸어 들어가는 이인임의 모습 위로.

| 이인임 | (E) 찾아계시옵니까? |

16 _____ 동 혜경전 처소 안 (밤)

정비, 이인임과 마주 앉아 있다.

정비	경에게 긴히 상의드릴 것이 있어 뵙자 했습니다.
이인임	(보는)
정비	그간 이성계의 일로 궐 안팎이 뒤숭숭하여 말을 아꼈습니다만 일이 잘되었으니 이제는 얘기를 꺼내도 될 것 같습니다.
이인임	말씀하시옵소서.
정비	선왕께서 승하하신 지 벌써 십 년입니다. 선왕의 은덕을 입은 몸으로 출가하여 비구니가 되는 것이 도리였겠으나 어린 주상을 보필해달라는 명덕태후 마마의 청을 못 이겨 지금껏 이리 염치없는 사람으로 살았습니다.
이인임	갑자기 어인 말씀이시온지...
정비	주상이 이제 장성하였으니 이 사람은 그만 불가에 귀의할까 합니다.

이인임	!
정비	경이 주상을 설득해 주셨으면 합니다.
이인임	...

17 _____ 대궐 침전 안 (밤)

우왕과 근비, 깜짝 놀라 이인임을 본다.

우왕	지금 뭐라 하셨습니까?
근비	정비 마마께서 궐을 나가겠다 하셨다구요?
우왕	대체 왜요?
이인임	...어째서겠사옵니까?
우왕	!
이인임	소신이 그토록 자중하시라 간하였거늘... 근자에도 계속 혜경전을 찾아가 소란을 피우셨다지요?
우왕	아니 그건 그냥... 술김에...
근비	(수치스러운 듯 눈물을 참으며 뛰쳐나가는)
우왕	(눈치 보듯) 이거... 면목이 없습니다. 내 다시는 그런 일 없도록 할 터이니 출가는 못 하시게 막아주십시오...
이인임	...

18 _____ 빈청 이인임의 집무실 안 (밤)

이인임과 최영, 앉아 있다.

이인임	혜경전의 마마를 이제 대비로 높여야겠습니다.
최영	정비 마마 말씀이오이까?
이인임	명덕태후께서 승하하신 뒤로 왕실의 권위와 결속이 예전 같지 않습니다. 정비 마마가 비록 주상전하를 낳은 사친은 아니시나 항렬로는 어머니가 되시는 분이니 이제 대비로 높일 때가 된 것 같습니다.
최영	좋은 생각이시오... 찬동하겠소.
이인임	감사합니다. 허면 전하께 그리 주청을 드리겠습니다.
최영	(일어나다가 이인임을 보고) 이성계는...
이인임	(보는)
최영	임견미나 염흥방과는 질적으로 다른 사람입니다. 진흙탕 개싸움에 내세우는 일은 없도록 해주시오.
이인임	유념하지요.

최영, 나가고 이인임, 찻잔을 드는데 임견미, 들어온다.

임견미	(조금 찜찜한 표정으로) 대감...
이인임	무슨 일입니까?
임견미	그게... 이성계가 천거한 인재들의 명단을 받았었는데...
이인임	내가 그러라 시킨 것입니다.
임견미	그렇다기에 저도 별생각없이 전리사°에 넘겼더랬는데...
이인임	무슨 문제라도 있소?
임견미	그중에... 정도전의 이름이 있었습니다.
이인임	!

° 고려 후기 문관의 인사를 담당하던 관부.

19 _____ 이성계의 집 사랑채 안 (밤)

이성계와 정몽주, 앉아 있다.

정몽주	전리사 관원에게 대감께서 삼봉을 천거하셨다고 들었습니다. 맞습니까?
이성계	안변책부터 해서리 도움을 받은 거이 있어서리 천거했습메다.
정몽주	...괜찮으시겠습니까?
이성계	재주 있는 사람을 천거했는데 뭐가 문제겠습메? 혹 문제가 생기문 포은 선생이 시켜서 한 거이라고 잡아떼면 되겠지비?
정몽주	정말... 감사합니다, 대감.

20 _____ 삼봉재 안방 안 (밤)

정몽주와 정도전, 술상 정도 놓고 앉아 있다.

정도전	자네가 알았다면 지금쯤 이인임도 알고 있겠구만...
정몽주	그렇겠지... 아무리 이성계 대감이라 해두 결과를 장담하긴 쉽지 않을 듯싶네.
정도전	결과야 아무래도 상관없네. 내가 알고 싶은 것은 이성계의 마음이니까.
정몽주	(보는) 마음이라니?
정도전	이성계가 나와 함께 갈 생각이라면 어떻게든 관철을 시킬 것이고, 그게 아니라면... 생색이나 내다 말겠지.
정몽주	이성계 대감의 당여가 될 생각이신가?
정도전	당여? (피식) 글쎄... (착잡한 듯 보다가 술병을 드는) 술이나 한잔

하시게. 내가 요새 자네 보기가 많이 미안하다네...

정몽주   (너털웃음) 사람... 뜬금없기는... 자네가 내게 미안할 것이 뭐 있는 가? 야인으로 있는 벗을 놔두고 호가호위°하고 있는 이 사람이 죄 인이지.

정도전   (착잡함을 감추는, 술 마시는)

정몽주   (미소로 보는)

강 씨   (E) 어쩌자고 포은 대감을 가까이하시는 것입니까?

21 _____ 이성계의 집 안방 안 (밤)

이성계, 불만스러운 표정의 강 씨를 본다.

이성계   무시기 말이오?

강 씨   대감께서 권문세가의 일원이 되셨다고는 하나 아직 대감에 대한 영부사 대감의 신뢰가 두텁지 않을 것입니다. 헌데 어찌 사대부의 좌장에게 곁을 내주신단 말입니까?

이성계   두루두루 친하게 지내문 좋지 않겠슴메? (큼)

강 씨   정치에서 중간이 얼마나 위험한 처세인지 모르셔서 하는 말씀입니 다. 자리를 정했으면 잔가지는 쳐내시고 뿌리를 내리는 데 집중하 셔야 합니다.

이성계   ...

이지란   (E) 성니메!

일동, 보면 이지란, 급히 들어온다.

°   남의 권세를 빌려 위세를 부림.

이성계	무시기가?
이지란	이인임이 그 간나새, (하다가 큼) 영문하부사 대감이 성님을 보잔 다 하오.
이성계	...

22 _____ 빈청 이인임의 집무실 안 (밤)

이인임, 이성계와 앉아 있다.

이인임	삼봉을 천거하셨다구요?
이성계	....그렇습니다.
이인임	삼봉을 어찌 아시는 것입니까?
이성계	포은 대감이 제게 부탁을 한 것입니다.
이인임	그 정도 사유라면 이 사람이 취소를 시키고 싶은데... 괜찮겠소이까?
이성계	삼봉이란 사람이 무슨 문제가 있는 것입니까?
이인임	과거에 이 사람과 악연이 좀 있긴 하였으나 다 한때의 추억일 뿐이고... 단지 속을 알 수 없는 사람이라 좀 찜찜합니다. 예전의 대감처럼...
이성계	...
이인임	삼봉은 뺍시다.
이성계	저기... 삼봉은 꼭 좀 부탁드리겠습니다.
이인임	(의아한 듯 보는)
이성계	다른 사람은 몰라도 삼봉은 받아주시우다.
이인임	어찌... 삼봉에게 이토록 집착하시는 것이오? 두 분 사이에 이 사람이 모르는 사연이라도 있는 것이오이까?
이성계	그런 것이 아니라 포은 대감 때문입니다.

이인임	포은?
이성계	소인이 대감과 인척이 된 이후로 친하게 지내던 사대부들 대부분이 등을 돌렸습니다. 허나 포은 대감만은 저를 이해해주는 사람입니다.
이인임	해서... 포은의 마음에 대한 보답을 하고 싶으시다?
이성계	그렇습니다.
이인임	(보는)
이성계	부탁드리겠습니다.
이인임	대감께서 이리 간곡하게 나오시니... 내 생각을 좀 해보겠습니다.
이성계	고맙수다.
이인임	(약간 미심쩍게 보다가, 차 마시는데)

내관, '대감!' 하며 뛰어 들어온다. 이인임, 보면.

내관	편전으로 속히 가주셔야겠습니다!
이인임	?

23 _____ 대궐 편전 앞 (밤)

활을 맨 사냥 복장의 우왕, 술에 만취하여 자신의 앞에 버티듯 꿇어앉은 서연관 차림의 권근과 이숭인을 노려본다. 정비, 근비와 나인들, 어쩔 줄 모르고 서 있다.

우왕	(붉으락푸르락) 이놈들이 서연을 않는다 하였으면 잠자코 물러갈 일이지 감히 누구의 앞길을 막는 것이냐?
이숭인	전하! 취중에 사냥을 나가시는 것은 너무도 위험한 일이옵니다. 어

서 침소로 거동을 하시옵소서!

우왕   그래도 이놈이! (칼을 뽑으면)

정비   (막아서는) 주상, 어찌 이러십니까! 제발 고정을 하세요!

우왕   (피식) 누구십니까? 아, 비구니가 되신다던 그분이로군요? 헌데 아직도 출가를 하지 않으신 것입니까!

근비   전하! 대비마마께 이 무슨 무례이옵니까!

정비   (눈물 그렁) 주상...

우왕   (홍! 정비를 밀치고 이숭인 등에게 다가서는) 민가에 나가 개 몇 마리만 잡을 것이다. 비켜라.

권근   백성들이 키우는 가축을 살상하다니요! 천부당만부당한 일이옵니다!

우왕   천부당만부당?! 이놈들이 또 과인을 가르치려는 병이 도진 것이구나.

권근   신들이 어찌 전하를 가르치려 들겠나이까! 다만 서경에 이르기를 목재는 먹줄을 따라야만 바르게 자를 수 있고, 군왕은 간언을 따라야만 성군이 될 수 있다 하였으니... 소신, 전하께서 성군이 되시길 바라는 일념으로 죽기를 각오하고 간하는 것이옵니다.

우왕   (피식) 죽기를 각오하고...? 그게 진심이렷다?

권근   ...! (보면)

우왕   (활을 겨누는)

정비   주상!

근비   (조금 다가서며) 전하!!

우왕   (낄낄대며 근비에게) 이놈이 죽기를 각오하였다지 않습니까? (권근에게) 니 입으로 그리 떠벌렸으니 죽어도 여한은 없을 터... 죽여주마.

권근   (이를 악무는)

이숭인   전하!

| 우왕 | (활시위를 팽팽히 당기는데) |
| 이인임 | (E) 전하. |

이인임의 나직한 목소리에 좌중, 일제히 돌아본다. 이인임, 내관 옆에 냉랭한 얼굴로 서 있다. 우왕, 흠칫.

이인임	그 활... 내려놓으시옵소서.
우왕	...
이인임	어서요.
우왕	(익! 활을 이인임을 향해 겨누는)
일동	(헉!)
우왕	감히... 과인에게 명령하지 마시오!
이인임	...다시 한번 말씀드리겠사옵니다. 활... 내려놓으시옵소서.
우왕	(당기며) 명령하지 말라 하였소이다!

일동, 긴장해서 보는데 이인임, 걸음을 뗀다. 한발 두발 다가선다. 우왕, 겁먹은 듯 움찔한다. 마침내 화살 바로 앞까지 걸어간 이인임, 우왕을 지긋이 본다. 우왕, 일그러진다.

이인임	(손 내밀며) 이리 주시옵소서.
우왕	... (힘없이 이인임의 손에 활을 맡기는)
이인임	잘 하셨사옵니다... 이리하시면 되는 것이옵니다.

우왕, 털썩 주저앉는다. 일동, 헉! 하고...

| 우왕 | (눈물 그렁해지며, 주정하는) 과인은... 자꾸 화가 납니다... 눈에 뵈는 건 죄다... 죽여버리고 싶습니다... 이 세상에 아무도... 내 편이 없 |

습니다.

이인임	(한쪽 무릎을 꿇어앉는) 선왕께서 승하하셨을 때 소신이 전하께 했던 말씀... 기억하십니까?
우왕	(보는)
이인임	다시 말씀드리지요... 소신이 지켜드릴 것이옵니다, 소신만 믿으세요...
우왕	...영문하부사.
이인임	(미소)
우왕	(결심한 듯 벌떡 일어서는) 내관은 중신들을 편전으로 들라 하라!
내관	예, 전하~
우왕	(획 가는)
이인임	(보는)

24 _____ 동 편전 안 (밤)

다소 생기가 도는 표정의 우왕 앞에 재상들이 앉아 있다.

최영	전하... 야심한 시각에 어찌 중신들을 불러 모으신 것이옵니까?
우왕	과인이 오늘 큰 결심을 하나 하였소이다.
최영	(의아한 듯 보는)
우왕	과인이 조실부모하여 그 슬픔과 괴로움이 골수에 사무쳤었소이다. 허나 이제 새로이 아버지를 얻게 되었는지라 이를 만방에 공표하고자 하오.
일동	!
최영	아니 아버지를 얻으시다니 그 어인 말씀이시옵니까?
우왕	과인은 금일부터 영문하부사 이인임 대감을 아버지로 모시기로 하

였소이다.

일동	(헉!)
이인임	전하~ 그 어인 망극하신 말씀이시옵니까! 받잡기 민망하오니 거두어 주시오소서~!
우왕	아닙니다! 과인은 이미 그리 결심을 하였소! (재상들에게) 경들은 들으시오! 이제부터 영부사 대감은 과인의 신하가 아니라 고려의 국부시니, 모두 그에 맞는 예우로 대하도록 하시오!
최영	국부라니요! 당치 않은 하명이시옵니다!
우왕	당치 않다니... 어째서요?
정몽주	전하! 군주가 신하를 아버지라 부른 전례는 일찍이 없었사옵니다! 영문하부사를 총애하시는 어심은 알겠사오나 국부의 반열에 올리심은 있을 수 없는 일이라 사료되옵니다!
임견미	전례가 없는 것이 아니라 그간 고려에 영부사 대감만 한 인물이 없었던 것이외다!
염흥방	전하! 참으로 현명하신 결단이시옵니다!
배극렴	불가하옵니다, 전하! 이 나라의 국부는 서해 용왕의 후손인 왕씨만이 될 수 있사옵니다!
변안열	전하~ 통촉하여 주시옵소서!
우왕	듣기 싫소! 과인은 이미 결심을 하였으니 그리 따르시오!
최영	전하~! 다수의 재상들이 부당함을 고하고 있사오니 이제 그만 명을 거두어 주시옵소서~!
임견미	다수는 누가 다수란 말이오이까? (이성계에게 재촉하듯) 찬성사께선 어찌 아무런 말씀도 않으시는 게요!

일동의 시선이 이성계에게 쏠린다. 이성계, 멈칫한다.

우왕	경의 생각은 어떠시오?

이인임	(이성계를 슬며시 보는)
이성계	...전하...
일동	(보는)
이성계	소신 문하찬성사 이성계... 영문하부사 이인임 대감을 국부로 높이 시려는 전하의 뜻이 지극히 온당하다고 사료되옵니다!
일동	!
이성계	소신의 뜻을 가납하여 주시옵소서~!!

놀라는 정몽주와 최영의 당여들. 회심의 미소를 짓는 이인임과 당여들. 이성계의 표정 위로.

정도전	(E) 남을 속이려면 자기 자신부터 속이라 하였습니다.
이성계	(주먹을 불끈 쥐는)
우왕	자! 이제 경들은 과인의 명을 따르시오! 금일 이후로 과인은 공사석을 막론하고 영부사 대감을 아버지라 부르고 모실 것이니 영부사 대감 또한 모든 의례와 문서에서 스스로를 신하라 칭하지 말고, 하례 시에도 절을 하지 않을 것이며 과인을 친아들처럼 대하고 보살펴 주시기 바라오!
이인임	... 전하~~!! 성은이 망극하옵니다~~!!
일부 재상	성은이 망극하옵니다~~!!

좌중, 곳곳에서 탄식이 새어 나오고, 이성계, 굳어 있다. 이인임, 희열이 벅차오르는 모습에서 F.O

25 _____ (삼각산 인근) 거리 (낮)

백성들, 어두운 표정으로 방문 앞에 둘러서 있다.
영문하부사 이인임을 고려의 국부로 높인다는 내용의 포고문이다.

아낙1   뭐라고 적어논 거유?

백성1   (탐탁잖은) 이인임이가 나라님의 아버지가 됐답니다...

아낙1   예에? (방문 보며) 세상에...

백성2   (백성1에게) 듣자 하니 이성계 장군이 목에 핏대까지 세워가면서
             찬성을 했다는구만.

아낙1   아니, 이성계 장군이요?

백성1   이인임이하고 사돈지간이 되었다더니... 정말 한통속이 된 모양이
             야.

백성2   세상이 어찌 되려고 이러는지 원...

정도전   (E) 제대로 되려는 것이지.

일동, 흠칫 보면 정도전, 뒤편에서 방문을 보고 서 있다.

백성2   뭐라 하셨수?

정도전   (능청스레) 이인임 대감이 이제 나라님의 머리 꼭대기에 앉았으
             니... 머잖아 좋은 세상이 오지 않겠느냔 말일세.

백성들   (흥! 떨떠름한 표정으로 흩어지는)

정도전   (미소, 방문을 보며 진지해지는)

26 _____ 삼봉재 외경 (낮)

27 _____ 동 안방 안 (낮)

최 씨, 잔뜩 골이 난 얼굴로 서안에서 책을 읽는 정도전 앞에 턱 하니 앉는다.

최 씨   어째서 가타부타 아무 말씀도 없는 것입니까?

정도전   (책 덮고) 갑자기 무슨 말씀이시오?

최 씨   황금 말입니다! 집에 놔뒀음 한 십 년은 놀고먹었을 그 황금요!

정도전   벼슬 청탁한다고 뇌물로 썼다 하지 않았소?

최 씨   혹... 영문하부사 이인임 대감에게 준 것입니까?

정도전   에이! 부인께선 서방을 어찌 보시는 것입니까? 내가 이 자존심 빼면 송장 아닙니까?

최 씨   (버럭) 영부사 대감을 갖다췄어야지요!! 그 양반이 전하의 아버지가 되었다는 소문도 못 들으셨습니까!!

정도전   도성 소식은 꿰고 있습니다. 압니다.

최 씨   빨리 말씀하세요. 허면 대체 누굴 준 겁니까?

정도전   모르는 게 약입니다. 뭘 굳이 알려고 하십니까?

최 씨   화병 걸려 죽을 것 같으니 이러는 게지요!

정도전   (어흠, 하고) 계셔보시오. 하늘이 곧 내게 벼슬을 내려줄 것이니...

최 씨   (기막힌) 하늘요? 예...! 어디 보십시다! 하늘에서 벼슬이 뚝 하고 떨어지는지!!

정도전   (피식 웃고 책 펴는)

최 씨   (한숨 푹) 보지나 않았으면 아깝지나 않지...

정몽주   (E) 이보게 삼봉!

정도전   !

28 _____ 동 마당 안 (낮)

정도전과 최 씨, 나온다. 득보 옆에 정몽주가 서 있다.

최 씨	포은 나리...
정몽주	(밝은 표정으로) 그간 강령하셨습니까, 부인.
정도전	(다가서는) 관부에 있을 시간에 여긴 어쩐 일이신가?
정몽주	자네에게 좋은 소식을 전하러 왔네.
정도전	!
최 씨	좋은 소식이라니요?
정몽주	자네가 전교부령에 제수되었네!
최 씨	(헉!)
득보	!
정도전	...
최 씨	...포은 나리... 그게... 정말입니까?
정몽주	예! (감격스러운 표정으로 정도전을 보는) 감축드리네, 삼봉... 이제 다시 조정에서 뜻을 펼 수 있게 되었으이...
득보	영감마님! 경하드립니다요!
최 씨	(울컥) 세상에... 고생 끝에 낙이 온다더니... (맥이 풀리는, 털썩 주저앉는) 나무 관세음보살... 나무 관세음보살...
정도전	(픽 웃는) 예상은 하고 있었네만... 그래도 가슴이 좀 찡하구만.
정몽주	(먹먹한 미소) 이 사람... 삼봉...
정도전	(미소로 보는)

29 _____ 대궐 정전 외경 (낮)

내관 (E) 주상전하~ 납시오~

30 _____ 동 정전 안 (낮)

최영, 변안열, 배극렴, 임견미, 염흥방, 이성계, 하륜, 정몽주, 권근, 이숭인, 이지란 등 도열해 있던 백관들, 일제히 허리를 숙인다. 정전으로 들어서는 우왕의 곁에서 나란히 걸어오는 이인임, 허리에 칼을 차고 있다. 좌우의 허리 숙인 신료들을 굽어보며 걸어가는 이인임. 우왕, 용상에 앉고 이인임, 신하들 맨 앞자리에 가 선다.

시간 경과》

배극렴 (E) 종사품 전교부령 정도전~~!!

정도전, 걸어 나와 사첩을 든 이인임 앞에 선다. 이인임과 정도전, 눈빛을 주고받는다.

이인임 얼마 만에 정전에 서신 게요?
정도전 햇수로 십 년만이옵니다, 합하.
이인임 (미소) 고려를 위해 애써주시오.

이인임, 사첩을 주고 정도전, 받고 인사하고, 왕에게 예를 갖춘다.
그런 정도전을 바라보는 사람들의 다양한 표정들...
자리로 돌아와 이성계를 바라보는 정도전의 모습 위로.

해설(Na)　우왕 10년인 서기 1384년, 정도전은 이성계의 도움을 받아 조정에 복귀한다. 이때 그의 나이 43세... 혁명과 신문명 창조라는 정도전의 원대한 꿈이 서서히 기지개를 켜고 있었다.

31 _____ 거리 (낮)

사첩을 들고 걸어오는 정도전, 어딘가를 보고 멈춘다.
이방원이다.

이방원　감축드립니다. 전교부령 영감...
정도전　고맙구나. 안 그래도 아버님을 찾아뵙고 인사를 드리려던 참이었느니라. 어디 계신지 아느냐?
이방원　영감을 기다리고 계십니다. 소생을 따라오시지요.
정도전　...

32 _____ 정자 일각 (낮)

이방원, 정도전을 데리고 와 멈춘다. 정도전, 보면 이성계가 저만치 정자에서 등 돌리고 풍광을 둘러보고 있다. 정도전, 홀로 다가선다.

정도전　장군.
이성계　(돌아보는, 옅은 미소, 왠지 친근한) 명나라에 가게 됐다문서요?
정도전　성절사°로 임명된 포은이 추천을 해주어서 말석이나마 사신단에 끼

°　명나라 황제의 생일을 축하하러 가는 사신.

게 되었습니다. 견문도 넓히고 심술쟁이 황제가 어찌 생겨 먹었는지도 보고 오겠습니다.

이성계 (재밌다는 듯 미소)

정도전 이번에 동북면 도원수로 가시게 되었다구요?

이성계 선새이 하라는 대로 하이 신통하게 그리됩디다. 덕분에 내는 아주 밸 없는 놈이 돼버리긴 했지만서두.

정도전 언젠가 대업을 이루는 날이 오면 사람들이 장군의 진심을 알아줄 것입니다.

이성계 (부드럽게) 내는 대업 같은 건 관심 없수다. 그저 선생께 진 신세를 갚고 떠날 수 있어서리 다행이우다.

정도전 대업을... 그토록 주저하시는 이유가 무엇입니까?

이성계 그걸 할라문 또 많은 사람들이 죽어야 되지 않겠습메? 내는... 피는 지겹수다.

정도전 소생 역시 피는 원하지 않습니다.

이성계 (보는)

정도전 힘을 앞세워 폭력 위에 세워진 나라는 곧 망합니다. 정통성이 없기 때문이지요. 허나 덕을 앞세워 백성의 마음 위에 세워진 나라는 천년을 갑니다.

이성계 그 정통성이라는 거는 어캐 맹그는 거이오?

정도전 백성의 마음에서 우러나는 것이지요. 소생은... 그런 나라를 만들 것입니다.

이성계 (보는)

정도전 (보는)

이성계 명나라에서 돌아오시문 동북면에 한번 놀러 오겠수까?

정도전 ...

이성계 내도 개경에 오문 선생 집에 놀러 가갔수다.

정도전 장군...

이성계	(농담처럼 옅게 웃으며) 내사 대업을 같이 하갔다고 한 거 아이오... 말벗이나 하문 재밌갔다 싶어서리 이러는 게요... 포은 선생은 다 좋은데 너무 점잖해서 말이우다.
정도전	(미소) 그러지요...
이성계	삼봉 선생...
정도전	(보는)
이성계	내사 한마디만 하겠수다.
정도전	(보는)
이성계	...고맙소.
정도전	다시 뵐 때까지... 강령하십쇼.

서로를 바라보며 환한 미소를 짓는 이성계와 정도전의 모습에서 엔딩.

19회

1 _____ 대궐 전경 (낮)

〈자막〉 서기 1387년(우왕 13년) 개경

2 _____ 대궐 궁문 앞 (낮)

숙위낭장과 병사들, 경계 서 있다. 핼쑥한 안색이 더욱 노회해진 느낌을 풍기는 이인임, 가마를 타고 온다. 박가와 무사들이 호위한다. 어지간한 임금의 행차 못지않은 규모다. 행렬 멈추면, 낭장과 병사들, 인사한다.

박가 문하시중 광평부원군 합하의 행차시오. 속히 궐문을 여시오.

대궐 문이 열린다. 이인임을 태운 가마가 들어간다.

3 _____ 대궐 뜰 안 (낮)

나인들, 좌우로 도열한 가운데 이인임을 태운 가마가 들어와 놓인다. 이인임, 몸을 일으키면 일각에서 근비 손을 잡은 왕창(8세)이 나타난다.

왕창 (뛰어와 안기며) 할아버지!
이인임 (반가이 맞으며) 마마! (인자한 미소로 창의 얼굴을 보는) 며칠 새 키가 더 자라신 듯하옵니다.
왕창 그간 어찌 입궐을 아니 하신 것입니까? 할아버지랑 투호 놀이 하려고 기다렸단 말입니다.

이인임　　고뿔이 들어서 고생을 좀 했습니다.

왕창　　(피~) 거짓말 마세요!

이인임　　사실이옵니다. 이제 늙은이지 않사옵니까? (허허 웃는)

근비　　(다가서는) 어서 오시어요, 광평군. (정중히 인사하는)

이인임　　(미소로 보는)

4 ＿＿＿＿ 대궐 자혜전 처소 안 (낮)

정비, 근비, 이인임, 표정이 밝지 않다.

정비　　관리들의 녹봉을 삭감해야 한다구요?

이인임　　올해 거두어들인 조세의 양이 예상보다 적어 부득이 그리하기로
하였사옵니다. 부족한 재정은 권문세가를 비롯한 귀족들과 전국의
사찰에서 염출하여 막을 것이오니 너무 심려치 마시옵소서.

정비　　(옅은 한숨) 나라가 이리 어려운 터에 주상께선 정사를 멀리하고
밖으로만 거둥을 하시니 이를 어쩌면 좋겠습니까?

이인임　　아직 혈기가 왕성하여 그러신 것이옵니다. 나랏일은 이 사람과 도
당에 맡겨주시옵소서. (하다가 잔기침 쿨럭)

정비　　감모°에 걸리셨었다더니 아직 쾌유가 아니 되신 것입니까?

이인임　　찬 바람을 쐬서 그런 것뿐이옵니다. 괘념치 마시옵소서.

근비　　광평군께서 건강하셔야 합니다. 그래야 이 나라가 버틸 수 있습니다.

이인임　　(미소)

°　감기의 옛말.

5 _____ 거리 일각 (밤)

사냥복 차림의 우왕, 벽에 기대앉아 술을 들이켠다. 평복 차림의 강 내관과 무사들, 말고삐를 잡고 서 있다.

강 내관 전하... 밤이 늦었사옵니다. 속히 환궁을 하시옵소서.
우왕 (마시고, 씁쓸한 듯 피식) 가봤자 할 짓도 없는 곳이다. 급할 게 뭐냐?
강 내관 밤이 늦었사옵니다... 이러다 낭패를 당할까 저어되옵니다, 전하.
우왕 (마시고, 카~ 하는) 허구한 날 사냥만 다녔더니 이젠 풍류가 그리워지는구나. 내일은 예성강에 배를 띄워 놓고 달구경이나 해야겠다.
강 내관 (걱정스레) 달구경을 말씀이옵니까?
우왕 오냐. 시문에 능한 자들 몇 놈하고 낯짝 반반한 계집들을 모아놓거라.
강 내관 아뢰옵기 황공하오나 전하... 요물고의 형편이 여의치가 않은 듯하옵니다.
우왕 여의치 않다니, 왕실의 곳간이 비기라도 했단 말이냐?
강 내관 그렇사옵니다.
우왕 이런 빌어먹을...! (술병 툭 던지고 일어나 말에게 다가가는데)

말을 탄 선비 한 명, 우왕의 앞을 유유히 가로질러 간다.

우왕 (빈정 상하는) 저놈이 감히 뉘 앞을 지나가는 것이야...
강 내관 (불안한) 전하...

6 _____ 다른 거리 (밤)

우왕, 괴성을 지르며 말을 달린다. 말에 연결된 줄에 두 손이 묶인 앞 씬의 선비, 비명을 지르며 땅바닥으로 끌려간다. 신나서 달려가는 우왕.

7 _____ **마구간 (밤)**

남은, 일각에서 급히 걸어 나온다. 관원들 머리 조아리고 있다. 우왕, 말에서 내린 채 서 있다. 혼비백산한 내관, 피투성이로 실신한 선비의 손에 묶인 줄을 풀고 있다.

남은　　(예를 표하고) 전하!

우왕　　니가 책임자냐?

남은　　그렇사옵니다, 신 사복시정 남은, (하는데)

우왕　　(냅다 걸어차고)

남은　　(윽! 주저앉는)

우왕　　평소 말을 어찌 먹였기에 (선비 가리키며) 저 물건 하날 못 끌어서 빌빌거린단 말이냐! 속력이 나질 않으니 재미가 없지 않느냐!

무사들　　(신음하는 선비를 끌고 나가고)

남은　　(어느새 일어나 침통하게) 송구하옵니다.

우왕　　변변치 못한 것... 가자! (내관과 나가는)

남은　　(후~) 나 참 더러워서 못 해먹겠구만...

정도전　　(E) 이자의 언사가 불경스럽기 짝이 없구나!

남은, 흠칫 보면 정도전이 들어선다.

정도전　　(싱긋) 오랜만일세, 남은.

남은　　(안도하고는 짜증스레) 여긴 왜 또 오셨소?

정도전	왜 왔겠는가? 남은이 자네 보러 왔지.
남은	내가 다시 오지 말라 그랬잖소!
정도전	나는 다시 올 거라 그랬잖은가?
남은	으이구~
정도전	(빙긋)

8 _____ 주막 안 (밤)

남은과 정도전, 국밥에 술 정도 마시고 있다.

남은	남양°부사란 분이 임지를 이리 맘대로 비워도 되는 거요?
정도전	정식으로 휴가를 내서 온 것일세. 인사철이 머지않았으니 미리미리 높은 분들께 눈도장을 찍어봐야 하지 않겠는가?
남은	대체 사람이 얼마나 망가지면, 그리 낯 뜨거운 말을 얼굴색 하나 안 변하고 할 수 있는 거요?
정도전	망가져서겠는가, 타고난 재주를 늦게나마 꽃 피우는 것이지.
남은	사람들이 부사 영감을 뭐라 부르는지 아슈?
정도전	(멈칫 보는) 뭐라 부르던가?
남은	이인임한테 무릎을 꿇어도 안 되니 이성계 바짓가랑이를 붙잡고 늘어져서 벼슬길에 오른 팔불출이랍니다.
정도전	(피식 웃는) 팔불출이건, 밥버러지건 간에... 사대부가 벼슬은 하고 봐야지. 그건 그렇고, 내가 얘기한 것은 생각 좀 해봤는가?
남은	(어이없다는 듯) 생각하고 자시고 할 건덕지나 있는 얘기요?
정도전	무슨 말인가?

° 지금의 경기도 화성.

남은	나더러 영감의 당여가 되라니, 지나가는 개가 웃지 않겠냐 말요!
정도전	어느 구름에서 비가 내릴지는 아무도 모르는 것이네. 이제 그만 고집을 꺾고 이 사람과 형제의 연을 맺으세.
남은	영감, 내가 말똥이나 치우고 산다고 우습게 보이시우?
정도전	그럴 리가 있는가, 이 사람. 내 조만간 괴물 사냥에 나설 터인데 자네의 기백을 중히 쓰려고 이러는 것일세.
남은	또 그놈의 괴물 타령... 그 괴물은 여태 죽지도 않았답니까?
정도전	골병이 들어 숨넘어가기 일보 직전일세... 이제 곧 사냥에 나설 것이야.
남은	그렇게 사냥이 하고 싶거든 나 만나러 올 시간에 사냥개나 한 마리 사서 키우시오.
정도전	사냥개는 진작에 구해뒀네... 자넨 몰이꾼으로 쓸 생각이지.
남은	당최 무슨 소린지 원... 아무튼 영감하고 헛소리하고 싶은 마음 없으니 다시는 나타나지 마슈. 한 번만 더 얼씬거렸다간 그땐 성균관 선배고 뭐고 한 대 콱 쥐어박아 버릴 거요. (휙 가는)
정도전	또 보세, 남은~! (술 마시고 입 닦는, 진지해지는)

9 _____ (정록청 정도) 일실 안 (밤)

하륜 앞에 짐짓 공손히 궤짝이 든 보퉁이를 내미는 정도전.

하륜	이게 뭡니까, 사형?
정도전	(너스레 섞인) 종이품 동지밀직사사 대감께서 지방의 부사 나부랭이에게 사형이라니요? 그냥 남양부사, 이리 불러주십시오. (보퉁이 가리키며) 은병 조금 넣었습니다.
하륜	소생에게 청탁을 하시는 것입니까?

정도전	소인도 이제는 조정에 정착을 해야 되지 않겠습니까? 광평군 합하께 말씀을 좀 넣어주십시오.
하륜	사실은 그간 사형을 도성에 들이자고 합하께 누차 얘기를 했었습니다... 허나 아직은 그럴 마음이 없으신 것 같습니다.
정도전	아, 예...
하륜	이성계 장군에게 부탁을 해보시지 그러십니까? 제법 친분이 있는 사이라 들었습니다만.
정도전	동북면까지 갈 시간도 없구... 그런 부탁을 할 만큼 가까운 사이는 아니라놔서... 뭐든 가리지 않을 터이니 도성에 남는 자리가 있으면 천거 좀 해주십시오.
하륜	재정 상태가 좋지 않아 있는 자리마저 줄여야 할 형편입니다. 남는 자리가 없을 것입니다.
정도전	근자에 녹봉이 제때 나오지 않더니만... 형편이 그리 나빠진 것입니까?
하륜	예... 심각합니다.
정도전	(곰곰이 생각하는)

10 ___ 정도전의 집 마당 안 (밤)

득보, 장작을 패고 빨래를 너는 최 씨의 평온한 모습 위로.

정도전	(E) 이건 아예 빈털터리로구만.

11 ＿＿＿ 동 안방 안 (밤)

정몽주와 마주 앉은 정도전, 장부를 넘겨보고 있다. 장부, 여러 권
쌓여 있는...

정몽주 광흥창°, 요물고 할 것 없이 나라의 곳간이란 곳간이 모두 바닥을
드러냈으이.

정도전 (장부 넘겨보며) 나라에 조세를 바쳐야 할 자작농의 수가 줄어드니
당연한 결과가 아니겠는가? 남양만 하더라도 지주에게 땅을 뺏기
고 노비가 되거나 소작쟁이로 전락하는 자들이 부지기수네.

정몽주 임견미와 염흥방의 종놈들은 아예 수정목으로 만든 몽둥이를 들고
다니면서 강제로 땅을 빼앗는다는군. 해서 고려에서 가장 확실한
공문서는 수정목 공문이라는 우스개마저 나도는 지경일세.

정도전 (장부 덮어 내려놓으며) 잘 봤네, 포은... 이거 생각보다 훨씬 더 심
각하구만.

정몽주 (옅은 한숨) 어떻게든 저들의 전횡을 막아야 할 터인데... 저들이 나
라의 요직은 모두 독차지하고 있으니...

정도전 원통해할 것 없네. 얼마 못 가 제풀에 무너져버릴 것이니.

정몽주 제풀에 무너지다니?

정도전 놈들의 탐욕이 백성들의 땅만 갖고 채워지겠는가? 조만간 먹잇감
이 떨어지고 나면 지들끼리 물어뜯게 될 것일세.

정몽주 (보는)

° 관원의 녹봉을 관장하는 관서.

12 _____ 산길 (낮)

〈자막〉 백주(지금의 황해도 배천군)

꼬장꼬장한 느낌의 조반, 노비 한 명을 대동하고 붉으락푸르락 급히 걸어간다.

13 _____ 밭 일각 (낮)

이광, 사패를 말아쥔 채 뒷짐을 지고 서 있다. 그 앞에 수정목을 든 장정들이 장생표°를 세우고 있다. 삼사좌사 염흥방 대감에게 수조권이 있는 땅이라는 내용이 적혀 있다.

조반   (E) 멈추지 못할까!!

일동, 멈칫 보면 조반 일행, 나타나 다가선다. 이광, 피식.

조반   (이광에게 다가서서 노려보며) 이게 무슨 짓이냐?
이광   (피식) 보면 모르시겠습니까요? 우리 대감마님 땅이라는 장생표를 박고 있잖습니까?
조반   닥쳐라! 이곳은 조상 대대로 내려온 우리 문중의 땅이라고 몇 번을 말했더냐!
이광   아 글쎄 여긴 우리 대감마님께서 전하께 하사받은 공신전이라니까요. (말아 쥔 사패를 보이며, 약 올리듯) 이걸 보여드렸잖습니까?
조반   (이광의 손 홱 치며) 치워라! 위조한 모수 사패 따위로 감히 누굴

°   수조권을 행사하는 토지를 나타내는 경계 표지.

능멸하려는 것이냐?

이광 (흥! 장정들에게) 시간 없다. 빨리 박고 가자!

장정들 예! (박으면)

조반 이놈들이! (장정들을 밀치고 장생표를 뽑아 팽개쳐 버리고 식식대며) 이제는 네놈들이 귀족의 땅까지 빼앗으려 드는 것이냐! 썩 물러가지 못하겠느냐!

이광 (피식 웃더니) 정녕 매질을 당해봐야 정신을 차릴 모양이로구만.

조반 뭐라?

이광 수정목 이리 내라. (장정, 수정목을 건네면 낚아채더니) 꿇려라.

장정들, '놔라!' 저항하는 조반을 억지로 꿇어앉힌다. 이광, 다가선다.

조반 네 이놈~! 나는 도당의 재상으로 밀직사사를 역임하고 을축년엔 대명국 황제로부터 승하하신 선왕의 시호를 받아왔던 사람이니라! 나를 이리 대하고도 니놈이 무사할 성싶으냐!

이광, 피식 웃더니 수정목으로 냅다 갈긴다. 조반, 윽! 쓰러지고 이광, 사정없이 두들겨 팬다. 조반의 비명이 울려 퍼진다.

14 _____ 저잣거리 (낮)

염흥방, 무사와 시종들의 호위를 받으며 평교자를 타고 온다. 위세가 대단한 행차다. 일각에서 얼굴에 멍이 가시지 않은 조반, 뛰어와 '염 대감!' 하며 앞을 막아선다.

염흥방 (멈칫 보다가 이내 태연하게) 조반 대감께서 도성엔 어쩐 일이십니까?

조반	(애원하듯) 대감, 모르는 사람도 아니고 제게 어찌 이러실 수 있소이까?
염흥방	(보는)
조반	도당에서 동고동락했던 정을 생각해서라도 이제 그만 백주의 땅을 돌려주시오.
염흥방	(시치미 떼는) 당최 무슨 말씀이신지... (가마꾼에게) 가자!
조반	(다급히 다가서며) 염 대감, 그러지 마시고...
염흥방	길을 열지 않고 뭣들 하는 것이냐!
무사들	비키시오! (다가와 거칠게 끌어내는)

조반, '대감! 염 대감!' 불러보지만 염흥방을 태운 평교자 사라진다.

| 조반 | (노려보며 이를 가는) 염흥방이... 네 이놈... |

15 ____ 빈청 최영의 집무실 안 (낮)

최영, 조반과 마주 앉아 있다.

최영	이거 오랜만에 뵙소이다. 그래 그간 어떻게 지내셨소?
조반	고향에 내려가 작은 농장을 부쳐 먹고 살았습니다.
최영	그러셨었구만... 헌데 얼굴은 어쩌다 그리되신 것이오?
조반	(울컥) ...대감.
최영	?
조반	제가 분하고 원통해서 살 수가 없습니다~ (으흐흐 우는) 대감~!
최영	(병한) 조 대감...

16 _____ 도당 외경 (낮)

17 _____ 도당 안 (낮)

최영, 임견미, 염흥방, 변안열, 정몽주, 하륜, 배극렴 등 앉아 있고 상석이 비어 있다.

하륜	문하시중께선 오늘 참석이 어려우실 듯합니다.
변안열	광평군 합하께 무슨 일이 있으신 겝니까?
하륜	가벼운 감모에 걸리셨다 합니다.
임견미	허면 회의를 할 게 아니라 다들 병문안을 가야 하지 않겠소이까?
하륜	이리들 나오실까 싶어 합하께서 미리 문병은 사양하겠다고 전하셨습니다.
염흥방	그래도 경우가 그게 아니지요, 어서 가십시다. (일어나려는데)
최영	염 대감.
염흥방	(멈칫 보는)
최영	거기 잠시만 앉아보시오.
염흥방	...? (피식 앉으며) 어찌 또 이리 정색을 하십니까?
최영	이광이라는 노비를 시켜 백주에 있는 조반 대감의 농장을 강탈하였다는 것이 사실이오이까?
염흥방	!
배극렴	그게 무슨 말씀입니까, 강탈이라니요?
최영	어서 말씀해 보시오.
염흥방	(이내 여유롭게 둘러대는) 모략이고 음합니다. 조반 그자가 이 사람의 땅을 무단으로 점유해왔던 것을 차제에 바로 잡은 것뿐이에요.
최영	조 대감은 조상 대대로 물려받은 땅이라고 하였소이다. 염 대감의

땅이라 주장하는 근거는 뭐요?

염흥방 내 땅임을 증명하는 사패가 있으니 내 땅이라는 것이지요. 헌데... (싸한 미소 띠며) 지금 이 사람을 추궁하시는 것입니까?

최영 그 사패를 가져와서 보여주시오.

염흥방 !

임견미 (발끈) 이보시오, 영삼사사 대감! 이거 보자 보자 하니까 너무 무례하지 않소이까!

정몽주 진위 여부만 파악하면 되는 일이거늘 어찌 이리 발끈하시는 것입니까!

임견미 진위 여부?! 이자가 뚫린 입이라고 못 하는 말이 없구나! 지금 염 대감을 위조범으로 모는 것이야!

정몽주 (피식) 뚫린 입이니 한마디만 더하지요. 기왕에 말이 나온 김에 다음 도당회의에서는 저자에 떠도는 수정목 공문 얘길해보는 것이 어떻겠습니까?

임견미 뭐, 뭐라? 지금 무슨 의도로 그따위 망발을 지껄이는 것이야!!

정몽주 말씀을 삼가시오! 망발이라니!

하륜 고정들을 좀 하세요! 도당에서 어찌들 이러시는 겝니까!

최영, 탁자 쾅! 친다. 일동, 주목하면.

최영 여러 말 할 것 없소. 조반의 땅을 돌려주든지, 사패를 제시하든지, 다음 회의 전까지 양자택일하시오. (일어나는데)

염흥방 (피식) 그리는 못 하겠소이다만.

최영 그리해야 할 것이외다. (휙 나가는)

변안열과 배극렴, 정몽주, 염흥방을 흘겨보며 나간다.

임견미   아니, 사돈! 이게 대체 어찌 된 일이오이까?

염흥방   (이를 악무는) 빌어먹을...

하륜   (답답한 듯 한숨)

18 _____ 이인임의 집 외경 (밤)

임견미   (E) 최영을 더 이상 방치해선 아니 될 것 같사옵니다.

19 _____ 동 사랑채 안 (밤)

마치 편전을 축소한 것처럼 꾸며놓은 실내. 핼쑥한 안색의 이인임,
어딘가 탐탁잖은 표정으로 용상의 형상을 한 의자에 앉아 있다. 염
흥방, 임견미, 하륜이 앉아 있다.

염흥방   정몽주도 마찬가지이옵니다. 놈이 아주 기고만장해졌사옵니다.

이인임   정몽주는 적당한 구실을 만들어 명나라에 사신으로 보내시오.

임견미   최영은 어찌 도모하오리까?

이인임   최영은 그냥 놔두시오.

임견미   합하의 유일무이한 정적이옵니다! 이제는 도모하셔야 하옵니다!

이인임   (슥 노려보는)

임견미   (끙, 말문 닫고)

하륜   (염흥방에게) 조반의 토지는 어찌하실 것입니까?

염흥방   자넨 무슨 말을 그리하는가, 조반의 토지라니? 그건 엄연히 이 사
                람의 땅일세!

이인임   조반에게 돌려주시오.

염흥방	! ...합하...
이인임	그리하세요. 수정목 공문이다 뭐다 해서 민심이 흉흉한 터에 같은 귀족의 땅까지 건드리는 것은 자충숩니다.
임견미	허나 그리하면 최영의 강짜에 굴복하는 것이옵니다!
이인임	굽힐 땐 굽히세요. 정치하는 사람의 허리와 무릎은 유연할수록 좋은 것이오.
임견미	차라리 조반과 최영을 한 데 엮어 처단하는 것이 어떻겠사옵니까? 제가 계책을 마련해 보겠사옵니다, 합하.
이인임	(노기를 꾹 참고) 정적이 없는 권력은 고인 물과 같소이다. 고인 물은 반드시 썩게 되고 종국에는 권력을 잃고... 죽게 됩니다.

임견미·염흥방 (보는)

이인임	권세와 부귀영화를 오래도록 누리고 싶다면... 정적을 곁에 두세요.
임견미	(불만스러운)
염흥방	합하의 말씀이 천 번, 만 번 지당하신 말씀이오나... 이번 일은 제가 벌인 일이오니 저의 처분에 맡겨주시옵소서...
이인임	(미간이 꿈틀하는)
염흥방	반드시 아무 탈 없이 일을 마무리 지을 것이니, (하는데)
이인임	(버럭) 돌려주라 하는데 어찌 이리 고집을 부리시는 게요! (하다가 콜록 기침이 터져 나오는, 입 막는데 기침 몇 번 계속되는)
염흥방	합하!
하륜	괜찮으시옵니까?

기침이 잦아들고 인상을 잔뜩 찡그린 채 손을 떼는 이인임의 입가에 피가 묻어 있다. 임견미, 염흥방, 하륜, 피를 보고 기함한다.

이인임	당장... 돌려주시오, (하는데)
임견미	합하! 입가에 피가!

이인임	...! (손바닥을 들어보면 피가 흥건한) ...이런...
하륜	처백부 어른...
이인임	(심각해지는)

20 _____ 동 침소 안 (밤)

여종, 대야 정도 들고 나간다. 약 쟁반 정도 놓여 있다. 핼쑥한 안색
으로 이부자리 위에 앉은 이인임의 맥을 짚고 있는 하륜. 염흥방과
임견미, 뒤편에 앉아 전전긍긍이다. 하륜, 진맥하던 손을 내려놓으면.

임견미	합하의 병증이 무엇인가?
하륜	...노체°입니다.
염흥방	노체?!
이인임	...병세가 위중한 것인가?
하륜	낙관도, 비관도 하기 어려운 상태이옵니다. 몇 달은 안정을 취하시 며 경과를 지켜봐야 하옵니다.
이인임	(숙고하는)
임견미	이럴 것이 아니라 소인이 가서 어의를 끌고 오겠사옵니다! (일어나 는데)
이인임	잠깐...
임견미	(멈칫 다시 앉으면)
이인임	...오늘 일이... 외부에 알려져선 아니 됩니다.
일동	!
이인임	가뜩이나 시국이 뒤숭숭한 터에 내가 와병 중인 사실이 알려지면

---

o   폐결핵.

정국이 요동을 치게 될 것이오. 어떤 사태가 벌어질지 모르니 함구하시오.

임견미　허나 합하... 그렇다고 이 몸으로 정무를 보실 수는 없지 않사옵니까?

염흥방　노체는 절대 안정을 취하셔야 하는 병이옵니다!

이인임　두 분 대감은 돌아가 이 사람의 지시를 기다리시오.

임견미　...예. 합하... (일어나는)

염흥방　(인사하고 나가는)

이인임　(후~ 숨 내쉬는)

하륜　(안쓰럽게 보는)

21 ＿＿＿ 동 마당 안 (밤)

임견미와 염흥방, 걸어 나온다.

임견미　이거야, 원... 난데없이 각혈에 노체라니!

염흥방　함구도 하루 이틀이지, 최영이 알게 되는 것은 시간문제일 터... 그리되면 정국이 수상해질 것입니다.

임견미　이런 일이 벌어질까 싶어 내가 그토록 최영을 처단하자 했던 것이외다.

염흥방　합하께서 최영을 너무 싸고도셨습니다.

임견미　걱정 마시오, 사둔. 아무렴 우리가 그깟 늙은이한테 당하겠소이까!

염흥방　(가는)

임견미　(가는)

22 _____ 다시 침소 안 (밤)

이인임과 하륜, 독대 중이다.

이인임	내가 잠시나마 도당을 비우게 되면... 임견미와 염흥방이 최영을 감당할 수 있겠는가?
하륜	어려울 것이옵니다.
이인임	...허면 그 수밖에는 없겠구만. (끙! 일어나며) 가마를 대령하게.
하륜	(놀라 잡으며) 아니, 이 몸으로 어딜 가시려는 것입니까?
이인임	후환을 제거해야지.
하륜	!
이인임	(싸늘한)

23 _____ 최영의 집 마당 안 (밤)

최영, 종복의 안내를 받아 걸어 나와 멈춘다. 일각에 이인임이 서 있다.

최영	합하... (인사하는)
이인임	(환한 미소) 이거 늦은 시각에 결례를 하지나 않았는지 모르겠소이다.
최영	(의아한 듯 보는)

24 _____ 동 사랑채 안 (밤)

최영과 이인임, 앉아 있다.

최영	(다소 공손한 어투로) 감모에 걸리셨다 들었는데 건강은 좀 어떠십니까?
이인임	염려 덕분에 다 나았습니다. 오늘 도당에서 이 사람의 부족한 당여들과 언쟁이 있으셨다구요?
최영	조반 대감의 땅 문제로 다툼이 있기는 하였습니다.
이인임	해서 내 알아보았더니 염흥방 대감이 뭔가 착오를 하였더군요. 다시 돌려주기로 하였으니 더는 심려치 마십시오.
최영	도당에서 말씀하셔도 될 것을 몸소 오셔서 알려주시다니... 감사합니다, 합하.
이인임	대감을 찾아뵌 것은 다른 이유 때문입니다.
최영	(보는)
이인임	이 사람이 집정대신으로 국사를 관장한 세월이 벌써 십사 년입니다. 권불십년이라 하였는데, 대감께서 음으로 양으로 도와주신 덕분에 지금껏 목이 붙어 있습니다.
최영	도와드렸다기보다는 재상으로서의 소임에 충실하였을 뿐입니다. 나름은 애를 쓴다고 썼으나 나라의 형편이 갈수록 어려워지니 그것이 분하고 원통할 따름입니다.
이인임	그러게나 말입니다. 나라의 재정이 고갈되어 관리들의 녹봉조차 깎아야 하는 처지가 되었으니... 이 사람의 죄가 큽니다.
최영	어찌 합하만의 잘못이겠습니까? 무장들의 좌장으로 도당의 한 축을 담당하는 이 사람의 잘못도 합하 못지않습니다.
이인임	그렇습니다. 이 모든 게 이 사람과 대감의 책임이겠지요. 해서 이 사람은... 문하시중 자리에서 물러나려고 합니다.
최영	(보는)
이인임	대감께서도 함께 용퇴를 하십시다.
최영	...!! 아니... 이 사람도 말입니까?
이인임	지금 고려에는 변화가 필요한 것 같소이다. 허나 우리는 어느새 낡

은 고려를 상징하는 사람들이 되어버렸잖습니까? 우리가 물러나는 것만으로도 고려엔 새바람이 불게 될 것입니다.

최영   (미심쩍게 보는)

이인임   대감... 고려를 위해 결단을 내려주시오.

최영   (당혹스러운)

이인임   (보는)

25 _____ 빈청 외경 (낮)

26 _____ 동 최영의 집무실 안 (낮)

최영, 변안열, 배극렴이 앉아 있다.

배극렴   용퇴는 불가합니다!

변안열   맞습니다. 물러나려면 합하 혼자 물러나라 하십시오!

최영   ...

배극렴   거부하셔야 합니다. 뭔가 꿍꿍이가 있는 것이 틀림없습니다!

최영   꿍꿍이가 있든 없든 거부할 명분이 없지 않소이까... 구차하게 자리에 연연하는 사람으로 비쳐지는 것은 원치 않소이다.

변안열   대감!

최영   ...

27 ____ 도당 안 (낮)

최영, 임견미, 염흥방, 하륜, 정몽주, 변안열, 배극렴 등 앉아 있다.
이인임의 자리는 비어 있다.

변안열　영삼사사 대감의 용퇴는 불가하오이다.

염흥방　국정을 파탄 낸 책임을 회피하겠다는 것입니까?

배극렴　도당의 대표이신 문하시중 합하께서 용퇴하는 것으로 충분하지 않
　　　　소이까! 두 분이 한꺼번에 물러나면 오히려 혼란만 커질 것이외다!

임견미　(약 올리듯 최영에게) 대감께선 어찌 한 말씀도 아니 하시고 당여
　　　　들만 입이 부르트게 떠들어대는 것입니까?

최영　(끙, 하는)

임견미　사리사욕 없기로 소문난 최영 대감께서 갑자기 노욕이라도 생기신
　　　　것입니까?

최영　(발끈) 노욕이라니!!

임견미　!

정몽주　(말리듯) 임 대감은 말씀을 가려 하십시오... 최영 대감의 청렴함은
　　　　삼척동자도 아는 사실이 아닙니까?

하륜　꼭 그렇지만도 않은 것 같습니다만...

정몽주·최영　(보는)

하륜　예로부터 내려온 예법에 따르면 치사라 하여 나이 칠십이 된 신하
　　　　는 벼슬에서 물러나는 것이 상렙니다.

최영　!

하륜　헌데 대감의 연세, 올해로 일흔셋... 허나 여지껏 전하께 치사를 주
　　　　청한 적이 한 번도 없으시지 않습니까?

최영　그건 내가 자리에 연연해서가 아니라 외적이 들끓는 이 나라의 처
　　　　지를 외면할 수 없어 그리하였던 것이외다!

하륜	송구합니다만 조금 옹색하게 들리는군요.
최영	(보는)
염흥방	당나라 때 시인 백거이가 그런 사람들 때문에 이런 시를 남겼지요. (시를 읊듯) 일흔 살이면 벼슬을 사직하라고 예법에 쓰여 있거늘... 어찌하여 영화를 탐내는 자들은 이 말을 못 들은 체하는고...
임견미	그거 정말 기가 막힌 명문입니다그려~! 듣는 사람의 가슴이 아주 뻥 뚫리는 것 같지 않소이까! (껄껄 웃는)
최영	(분을 참는)
하륜	(못 박듯) 대감의 마음에 티끌만 한 사심이나 노욕이 없다면 차제에 용퇴를 하심이 마땅할 것입니다.

배극렴과 변안열, 난감하다. 임견미 등 화색이 돈다. 정몽주, 최영을 보면, 최영, 수치심이 밀려오고.

28 _____ 도당 앞 일각 (낮)

최영, 걸어와 선다. 먼 산을 바라보며 생각에 잠긴다. 비통하고 착잡하다. 일각에서 지켜보던 정몽주, 걸음을 옮긴다.

29 _____ 이색의 집 안방 안 (낮)

이색, 정몽주, 권근, 이숭인이 앉아 있다.

이색	명나라에 사신으로 가게 되었다구?
정몽주	예. 일전에 도당에서 수정목 공문 얘길 꺼낸 적이 있었는데... 아마

도 그 보복인 듯싶습니다.

이색 도당에서 무슨 사태가 벌어질지 모르니 잠시 떠나 있는 것도 나쁘지는 않을 것 같구나.

이숭인 사형께서 돌아왔을 때 조정이 어찌 되어있을지 솔직히 걱정부터 앞섭니다.

권근 헌데 이인임이 어찌 최영과 함께 용퇴를 하려는 것인지 소생, 잘 납득이 가질 않습니다.

이색 분명히 뭔가 우리가 모르는 일이 있는 것이다... 최영이 과연 어떤 결정을 내릴꼬... (하는데)

이첨, '스승님' 하며 들어온다.

이색 이첨이 아니냐? 어서 앉거라.

이첨 스승님... 최영 대감이 전하에게 사직 상소를 제출했다 합니다.

일동 !

30 _____ 대궐 편전 안 (낮)

심드렁한 표정의 우왕 앞에 부복해 있는 최영.

최영 (감정이 북받친) 전하~ 소신 영삼사사 최영, 전하와 사직의 안녕을 위해 각고의 노력을 기울였사오나 덕망과 재주가 부족하여 오늘날과 같은 국정의 난맥상을 초래하였사옵니다. 소신, 이제 한 사람의 평범한 백성으로 돌아가 여생을 속죄하는 죄인의 심정으로 살고자 하오니 부디 윤허하여 주시옵소서~

우왕 경의 뜻을 받아들이겠소. 그간 노고가 많으셨습니다.

최영	(눈물 그렁한) 전하~ 성은이 망극하옵니다~
우왕	나가보세요.
최영	(일어나는) 허면 소신... 이만 물러가겠사옵니다... 부디... 옥체 강령 하시옵소서... 소신, 죽는 날까지 전하와 사직의 안녕만을 염원하며 살겠나이다... 전하~ (큰절하는)
우왕	(조금 짠하게 보는)

31 _____ 이인임의 처소 안 (낮)

이인임, 탕약 그릇을 내려놓는다. 맞은편에 하륜, 앉아 있다.

이인임	(피식) 순진한 사람 같으니...
하륜	이제 도당은 임 대감과 염 대감에게 맡기시고 맘 편히 요양에만 전 념하십시오.
이인임	두 사람에게 전하게. 하루에 두 번, 등청 이전과 퇴청 이후에 내게 와서 모든 국사를 보고하고 재가를 받으라구.
하륜	...! 처백부 어른.
이인임	자리에서 물러난다 하였을 뿐... 권력을 내려놓을 수야 없지.
하륜	허나 지금은 권력 이전에 건강을 돌보셔야 합니다.
이인임	정치하는 사람에게... 권력보다 우선하는 것은 없네.
하륜	(보는)
이인임	하루 먼저 죽는 것보다 권력 없이 하루를 더 사는 것... 나는 그게 더 두렵네.
하륜	(멍한)
이인임	(싸한 미소)

32 _____ 함주 막사 외경 (낮)

33 _____ 막사 안 (낮)

이성계, 우물 정자가 큼직하게 쓰인 종이를 들여다보며 전전긍긍하고 있다. 이지란, 들어오다 보고...

이지란   (흘끔 보는) 성니메! 무시기를 기케 보시오?

이성계   전에 삼봉 선새이 서찰을 보내서리 심심하믄 풀어보라고 내준 수수께낀데 말이다...

이지란   (혹해서) 수수께끼?

이성계   지라이 니 한번 풀어볼래?

이지란   (큼) 문제를 내 보시우다.

이성계   위로는 부모를 잘 섬기게 만들고, 아래로는 처자를 잘 먹여 살리고, 풍년에는 배가 부르고, 흉년에는 굶어 죽디 않게 하는 거이 (종이 내밀며) 이거라는데... 이거이 뭐갔니?

이지란   (종이 가져가서 슥 보더니 낄낄 웃는) 아 정말 성니메, 너무너무 무식하우다.

이성계   무시기?

이지란   답이 여기메 써 있지 않슴두!! 이 글씨레 우물 정자니끼니 답은 우물이 아이겠슴! 성니메, 인자 보이 글 읽는 거이래 순 엉터리였구만기래.

이성계   (빈정 상한) 내도 첨에 우물인 줄 알고 답을 써서 보냈지 않니?

이지란   ...? 아이란 말이오?

이성계   기래.

이지란   (천진난만) 아이 그럼 무시기란 말이오?

이성계   내 모른다고 진작에 말하지 않았니! 내가 답을 알문 니한테 이걸 물어봤갔니!!

이지란   (큼) 미안하우다.

이성계   이리 주라. (삐져서 종이 홱 가져가는데)

정몽주   (E) 답은 정전젭니다.

일동, 보면 정몽주, 들어온다.

이성계   (반색해서 맞이하는) 포은 선생!

정몽주   그간 강령하셨습니까?

이지란   아이 포은 선생이 여긴 어쩐 일이심메?

정몽주   명나라에 사신으로 가게 되어 인사를 드리러 왔습니다.

이성계   아, 그러셨구만. 헌데 답이 무시기라 했슴두? 정...전제?

정몽주   그렇습니다. (미소)

34 ____ 진영 일각 공터 (낮)

바닥에 제법 큰 우물 정#자가 그려져 있고, 그 옆에 곡괭이를 든 병사 여덟 명이 일렬로 서 있다. 일각에서 이성계와 정몽주, 이지란, 보고 있다.

정몽주   일찍이 맹자께서 강조하신 제도인데... 나라에서 백성에게 토지를 나눠줄 때 우물 정자의 형상으로 분배한다 하여 정전제라 이름을 붙였습니다. (이지란에게) 이 장군.

이지란   날래 자기 자리 가서 서보라!

병사들   (가운데를 남겨두고 가장자리 여덟 공간에 가서 서는)

이성계	(보고)
정몽주	총 아홉 개의 필지 중 여덟 필지는 개인에게 하나씩 나눠주고 주인이 없는 나머지 한 필지는...
병사들	(각자가 든 곡괭이를 중간의 필지로 던져 놓는)
정몽주	여덟 명이 공동으로 경작하여 나라에 조세로 냅니다. 백성들은 모두 자기 땅을 갖게 되니 열심히 일을 하여 배불리 먹게 되고, 흉년이 들어도 공동 경작한 필지의 소출만 조세로 내면 되기 때문에 굶어 죽는 사람이 없는 것이지요.
이성계	거 참 훌륭한 제도구만기래. 고려도 이 정전제를 하문 굶어 죽는 백성이 없어지지 않겠습두?
정몽주	이론상으론 가능하지만 현실에서 적용된 적은 거의 없는 이상적인 제도입니다. 헌데 삼봉이 어찌 장군께 정전제를 가르치는 것입니까?
이성계	그냥 소일하라고 수수께끼를 내준 것이우다. (말 돌리듯) 도성은 어찌 돌아가고 있습메?
정몽주	(의아한) 아직... 모르고 계신 것입니까?
이성계	뭘 말이오?
정몽주	최영 대감께서... 사직을 하셨습니다.
이성계	!
이지란	무시기요, 사직?
정몽주	국정 실패에 대한 책임을 지고 광평군과 동반 사퇴를 하신 것인데 내막을 들여다보면 최영 대감만 실각을 한 것이나 다름없습니다.
이성계	(중얼대는) 이거이... 무슨 일이오... ...이거이 무슨 일이란 말이니!!
일동	(착잡한)
이성계	(이를 악무는)

35 _____ 사대 (낮)

과녁에 날아가 홍심에 꽂히는 화살. 이방원이다. 활을 조준하여 다시 과녁을 겨누는데 어딘가에서 날아간 화살이 홍심에 꽂힌다. 이방원, 보면 활을 든 정도전이 웃고 있다.

이방원 (반갑게 다가가 인사하는) 삼봉 숙부!

정도전 솜씨가 제법이긴 하나 역시 아버님에 비할 바는 아니다. 허니 아버님 속 그만 썩이고 문신으로 출사토록 하거라.

이방원 녹봉조차 주지 못하는 나라의 말단 관원 따위 관심 없습니다. 믿고 따를 만한 인물도 없고... 숙부님께서 재상이 되시면 한번 고려해보겠습니다.

정도전 아서라. 광평군의 눈 밖에 나서 지방을 전전하는 인간이 어느 천년에 재상이 되겠느냐?

이방원 광평군을 몰아낼 생각이지 않습니까?

정도전 (보는)

이방원 삼 년 전 아버님을 도와주신 것도, 광평군의 당여로 만드신 것도 그래서가 아닙니까?

정도전 가당찮은 소리... 사람들한테 팔불출 소리나 듣고 사는 위인이니라.

이방원 때를 기다리고 계신 것, 압니다. 그 옛날 한량들의 가랑이 사이를 기어갔던 한신처럼 말입니다.

정도전 (미소) 시킬 일이 있어 왔느니라, 하겠느냐?

이방원 (미소) 뭐든지요.

36 _____ 이인임의 집 앞 (낮)

박가, 여종 정도 데리고 나와 어디론가 사라진다. 이방원과 조영규, 나타나 뒤를 밟는다.

37 _____ 시전 약재상 앞 (낮)

박가, 주변을 살피며 서 있다. 여종, 안에서 약재를 사서 나온다. 박가와 여종이 사라지면 일각에서 모습을 드러내는 이방원과 조영규. 이방원, 약재상을 일별하더니 안으로 들어간다.

38 _____ 정도전의 집 안방 안 (밤)

이방원과 마주 앉은 정도전, 주머니에서 꺼내 펼쳐놓은 약재들을 유심히 살펴보고 있다. 인삼, 황기 등 탕약 약재들과 목단피가 놓여 있다.

정도전 (뒤적거리는) 인삼에... 황기...
이방원 근자에 광평군이 고뿔을 앓았다 합니다. 그래서인지 사간 약재의 대부분이 기혈을 보충하는 탕약에 쓰이는 것들이었습니다. (하는데)
정도전 아니 이건?
이방원 (보는)
정도전 (목단피를 집어 드는) 이건... 고뿔에 쓰이는 약재가 아닌데...
이방원 무슨 약재길래 그러십니까?

정도전	(이상한)
조영규	(E) 나리. 조 서방입니다.
이방원	무슨 일이냐?
조영규	(E) 대감마님께서 개경에 오셨습니다요.
이방원·정도전	...!

39 _____ 이성계의 집 안방 안 (밤)

이성계, 도포를 갈아입고 있다. 강 씨, 곁에서 지켜보고 있다.

강 씨	광평군 합하만 찾아뵙고 오시어요. 최영 대감께 가셨다간 자칫 미운털이 박힐 수도 있습니다.
이성계	이 사람이 알아서 하겠소.
강 씨	대감...
이성계	(다 입고) 다녀오겠소. (나가는)
강 씨	(따라 나가는)

40 _____ 동 마당 안 (밤)

이성계를 따라와 서는 강 씨.

강 씨	대감...
이성계	(조금 탐탁잖은 듯) 어찌 이러십니까?
강 씨	최영 대감을 군이 봬야겠다면 소첩 더는 말리지 않겠습니다. 허나... 합하를 먼저 만나 뵙고 양해를 구하셔야 합니다.

이성계	...
강 씨	합하께서 용퇴를 하였다 하나 권세는 예전 그대롭니다. 대감께선 합하의 당여이심을 하루도 잊으시면 아니 됩니다.
이성계	...알겠소. 합하부터 만나 뵙고 최영 대감에게 가겠소.
이방원	(E) 최영 대감께 가시면 아니 되십니다.

이성계와 강 씨, 보면 이방원, 조영규와 들어와 인사한다.

강 씨	방원아.
이방원	(사무적인) 그간 강령하셨습니까?
이성계	방금 무시기라 했니?
이방원	삼봉 숙부가 그리 전하라 하였습니다.
이성계	삼봉 선새이?
이방원	...

41 _____ 동 사랑채 안 (밤)

이성계, 이방원이 마주 앉아 있다.

이성계	삼봉 선생이 그리 말하는 이유가 뭐라든?
이방원	곧 최영 대감과 광평군 이인임 사이에 싸움이 벌어질 것이라 했습니다.
이성계	(보는)
이방원	최영 대감이 이기길 원한다면 최영 대감이 아니라 광평군에게 가서 더욱 신임을 얻으라 하였습니다.
이성계	어캐서 그 두 사람이 싸울 거라는 거이니?

이방원	(소매에서 목단피를 꺼내는) 이게 바로 광평군이 복용하는 목단피라는 약잽니다. 이걸 태워 가루로 만들면 십회산이라는 약이 되는데 먹으면 지혈이 된다 합니다.
이성계	지혈?
이방원	광평군은 지금 각혈을 동반한 노체를 앓고 있는 것이 틀림없다 하였습니다.
이성계	!
이방원	와병 중에 최영 대감에게 권력의 주도권을 뺏길 것을 우려한 광평군이 동반 사퇴라는 계책으로 최영을 축출해버린 것입니다. 최영이 이 사실을 알게 되면 가만있겠습니까?
이성계	...삼봉 선생부터 봐야가서. 어디메 계시니?
이방원	최영 대감 댁에 계십니다.
이성계	!
이방원	아버님께선 서둘러 광평군을 만나보라 하셨습니다.
이성계	...

42 _____ 최영의 집 사랑채 안 (밤)

정도전 앞에 앉은 최영, 목단피를 집어 든다.
최영, 노기가 치밀어오르는...

정도전	광평군 이인임은 고려의 국부라는 지위와 당여들을 이용하여 막후에서 권력을 유지해나갈 것입니다. 병이 나으면 다시 화려하게 복귀할 것이구요... 대감께서 완벽하게 속으신 것입니다.
최영	(분노를 억누르며) 이 사실을 내게 알려주는 저의가 뭔가?
정도전	어떻게든 지방 한직에서 벗어나 조정의 요직에 앉아보고 싶은... 팔

불출의 발버둥입니다.

최영   ...

43 _____ 이인임의 집 사랑채 안 (밤)

이성계, 앉아 있다. 이인임, 창백한 안색으로 천천히 걸어 나온다.

이인임   이 장군...

이성계   (일어나서 인사하는) 합하, 오랜만에 뵙사옵니다.

이인임   앉으시오. (천천히 앉는)

이성계   (앉는)

이인임   이 사람과 최영의 소식을 듣고 온 모양이지요?

이성계   그렇습메.

이인임   별 것 아닌 일에 괜히 마음 쓰실 듯하여 기별을 하지 말라 하였는데... 하긴 언제 알아도 아실 일이니... (미소) 멀리서 와주셔서 감사합니다.

이성계   남도 아이고 인척지간인데 당연히 딜여다봐야 되지 않겠습메?

이인임   맞아요... 우리는 남이 아니지요. (마음을 꿰뚫어 보려는 듯 물끄러미 보는)

이성계   (버티듯 바라보는데)

박가   (E) 멈추시오!

최영   (E) 비켜라!!

일동, 보면 격분한 최영, 박가를 밀치고 들어온다.

이성계   대감...

최영	(이성계 일별하고는 이인임을 노려보는) 노체에 걸렸다는 것이 사실이오이까?
이인임	!
최영	사실이냐고 묻지 않소이까!!
이인임	...대감을 바깥으로 모셔라.
박가	예, 대감! (최영에게 다가서는) 당장 나가시오! (하는데)

최영, 박가의 멱살을 잡아 던져버린다. 박가, 저만치 나가떨어지고, 이인임의 표정이 굳어진다.

이성계	대감, 고정하시우다.
최영	어서 말하시오... 내게 거짓말을 하였던 것이오이까!
이인임	(천천히 일어나서 최영에게 다가서는)
최영	(보는)
이인임	...그렇소.
최영	한 나라의 집정대신이라는 자가 부끄럽지도 않은가!
이성계	!

세 사람의 얼굴, 화면 분할되면서 엔딩.

20회

1 _____ 이인임의 사랑채 안 (밤)

최영, 박가의 멱살을 잡아 던져버린다. 박가, 저만치 나가떨어지고, 이인임의 표정이 굳어진다.

이성계	대감, 고정하시우다.
최영	어서 말하시오... 내게 거짓말을 하였던 것이오이까!
이인임	(천천히 일어나서 최영에게 다가서는)
최영	(보는)
이인임	...그렇소.
최영	!
이성계	!
이인임	헌데... 뭐가 잘못된 것이오?
최영	(기막힌) 뭐라?
이인임	내가 병에 걸린 것을 알면 대감이 사직에 쉽게 동의하였겠소이까? 분명히 말하지만 대감이 사퇴한 이유는 거짓말 때문이 아니라 국정에 실패하였기 때문이오.
최영	닥치시오! 그깟 요설로 당신의 죄가 덮어질 것 같으이까!
이인임	(피식) 목적을 달성하기 위해 기만책을 썼을 뿐이오. 모름지기 승부가 있는 곳이라면 거기가 전장이든, 조정이든, 그 어디든 간에... 상대를 속이는 것은 전술이지 죄악이 아닙니다. 헌데... 이 사람이 비난을 받아야 하는 것이오?
최영	(노기가 치미는) 한 나라의 집정대신이라는 자가... 부끄럽지도 않은 것인가?
이인임	어찌 이리 구차하게 구는 것이오... 패장이면 패장답게 조용히 물러 가시오.
최영	(자존심 확 상하는) 뭐라... 패장?

이인임	오늘의 무례는 내 눈감아드릴 터이니, (하는데)
최영	닥치지 못할까! (밀치는)
이인임	(비틀 한 걸음 물러서는)
최영	(울컥) 이노옴! (다가서려는데)
이성계	(탁자 쾅 치며) 대감!!
최영	!
이인임	!
이성계	어캐 이카십메까?
최영	자네가 나설 일이 아니네!
이성계	고려의 국부 아이오!
최영·이인임	(보면)
이성계	고정하시우다... 광평군 합하께 이라면 아이 되오.

이성계, 애써 독한 시선으로 바라본다. 최영, 표정이 굳어지고...

최영	(독기가 서린 눈으로 이인임을 보는) 내... 오늘의 이 치욕을... 결코 잊지 않을 것이야. (휙 나가는)
이성계	...
이인임	(이성계를 보는)
이성계	...합하... 괜찮수까?
이인임	...괜찮소. (미소) 잘하셨습니다... (웃는) 잘했어요...
이성계	...

2 _____ 이성계의 집 사랑채 안 (밤)

이성계, 이방원 앞에 정도전이 앉아 있다.

정도전	최영이 정말 절묘한 시점에 나타나 주었군요...
이성계	...
정도전	언짢으십니까?
이성계	(정몽주에 비해 조금 어색함이 느껴지는) 좋을 리가 있겠수까?
정도전	조금만 더 견디십시오. 곧 끝날 것입니다.
이방원	헌데... 최영 대감이 과연 광평군과 맞서 싸울 수가 있겠습니까? 이미 갓끈이 떨어진 사람입니다.
정도전	썩어도 준치라 하지 않았느냐, 하물며 최영이다.
이방원	...
정도전	(이성계에게) 이제 이인임의 병이 세상에 알려지면 조정이 소란스러워질 것입니다. 머잖아 최영에게 반격의 기회가 올 것입니다.
이성계	(후~ 기분 털듯) 오랜만에 봤으이 약주나 한잔하고 가시우다.
정도전	벼슬에 눈이 멀어 자존심을 내팽개친 팔불출 따위가 야밤에 장군의 환대를 받으면 의아해하는 사람들이 있을 것입니다. 인사철을 앞두고 눈도장을 찍으러 온 셈 치십시오.
이성계	기래도 대접이 기캐서는 아이 되지비. 방워이 가서 술상 좀 받아오라.
이방원	예, 아버님. (일어나 나가는)
정도전	일전에 내드린 수수께끼는 아직 풀지 못하신 것입니까?
이성계	풀었수다. 답이... 정전제 아이오?
정도전	쉽게 맞출 수 있는 문젠 아니었는데... 참으로 대단하십니다.
이성계	사실은 포은 선생이 가르쳐줘서 알은 것이우다.
정도전	(미소) 그렇습니까?
이성계	헌데 포은 선생 말로는 정전제 그거이 현실하고는 아이 맞는 거라던데 옳습메까?
정도전	고려에는 결코 맞지 않는 제돕니다. 허나... 소생이 만들어갈 새로운 나라에선 반드시 그리될 것입니다. 그 나라의 임금은 장군이셔

야 합니다.

이성계 (묵묵히 보다가 피식 웃는) 오늘은 어째 대업 얘기 좀 아이 하나 했더이... 우리 그런 얘기 그만합세. 그간 어째 지냈수까...

정도전 (옅은 미소로 보는)

3 _____ 동 안방 안 (밤)

강 씨, 조금 노기 어린 얼굴로 앉아 있다. 조금 불쾌한 이성계, 들어온다.

이성계 (다소곳이 앉은 강 씨 보고) 아직 자지 않았습두?

강 씨 남양부사와는 어찌 대작을 하시는 것입니까?

이성계 손님이 오셨으니 접대를 해야겠지비.

강 씨 벼슬을 구걸하러 온 소인배를 어찌 손님이라 하십니까? 세간의 평판이 좋지 않은 사람이니 가까이하지 않으셨으면 합니다.

이성계 (농담처럼) 혹시 아오? 개천에 이무기를 용으로 만들어 줄라고 온 것인지...

강 씨 무슨 말씀이십니까?

이성계 겉만 보고 괄시하지 말란 말이지비... 그만 잡시다.

강 씨 자리끼를 떠오라 하겠나이다. (나가는)

이성계 (묵묵히 생각에 잠기는)

정도전 (E) 소생이 만들어갈 새로운 나라에선 반드시 그리될 것입니다. 그 나라의 임금은 장군이셔야 합니다.

이성계 ...

4 _____ 도당 앞 (낮)

변안열과 배극렴, 노기 어린 얼굴로 서둘러 들어간다.

변안열　(E) 최영 대감을 당장 복귀시켜야 합니다!

5 _____ 동 도당 안 (낮)

상석에 임견미, 좌측에 염흥방, 앉아 있다. 하륜, 변안열, 배극렴 등
이 앉아 있다.

임견미　(여유) 아니… 제 발로 물러난 사람을 다시 복귀시키라니요?

배극렴　그건 무홉니다!

임견미　어째서요?

배극렴　광평군이 와병을 숨기고 거짓된 명분을 들어 최영 대감을 물러나
　　　　　게 한 것이잖소!

하륜　합하께서 투병 중인 사실이 알려지면 민심이 불안에 떨고 사직이
　　　　위험에 처할까 싶어 불가피하게 숨긴 것입니다. 곡해하지 마십시오.

배극렴　허나 정치 도의에 어긋나는 짓이지 않소이까! 다시 복직을 시켜야
　　　　　합니다!

염흥방　헌데 최영 대감께서 맡았던 영삼사사에는 여기 임견미 대감이 제
　　　　　수되었습니다. 도당의 자리가 장터에 좌판도 아니고 그리할 수는
　　　　　없지요.

변안열　도당에 공석인 자리에 앉히면 될 것 아닙니까!!

임견미　나라 살림이 어려워 있는 자리도 없애는 판에 공석을 메우자니 그
　　　　　게 말이 되는 소리라고 보시오!!

배극렴	이거야 원! 차라리 벽을 보고 얘기하는 것이 낫겠구만. (벌떡 일어나는) 변 대감, 나갑시다! (나가는)
변안열	(흥! 나가는)
임견미	(뒤에 대고) 지금 뭣들 하는 것이오이까! (탁자 쾅 치는) 이자들이 지금 영삼사사를 우습게 보는 것이 아닌가!
하륜	다툴 생각만 마시고 설득이란 걸 좀 배워두십시오. 이제 고려의 집정대신이지 않습니까? (획 나가는)
임견미	아니 저 사람이...
염흥방	그나저나 귀신이 곡할 노릇 아닙니까? 최영이 합하의 병을 어찌 알았을까요?
임견미	...

6 _____ 이인임의 집 침소 안 (낮)

이인임, 임견미, 염흥방이 앉아 있다.

이인임	최영 주변에 사람을 붙이세요... 우리가 모르는 누군가가 최영을 돕는 것일 수도 있습니다.
임견미	이성계를 시키는 것이 어떻겠습니까?
이인임	아직 동북면으로 돌아가지 않은 거요?
염흥방	부친 이자춘의 신도비문을 만드느라 조금 머물 것이라 합니다만... 한때나마 최영의 당여였던 이성계에게 감시를 맡겨도 되는 것이겠습니까?
이인임	...충심도 확인할 겸 어디 한번 맡겨보십시다.
이색	(E) 부탁하신 신도비문입니다.

7 _____ 이성계의 집 사랑채 안 (낮)

이색, 맞은편의 이성계에게 신도비문을 건넨다.

이색	부족한 필력으로 고인의 명성에 누를 끼치는 것이나 아닌지 모르겠습니다.
이성계	누를 끼치다니 당치도 않습니다. 보잘것없는 저희 가문의 큰 광영입니다.
이색	광평군의 당여가 되신 이후로 조금은 격조하다 싶었는데 이렇게라도 얼굴을 뵙게 되어 다행입니다, 장군.
이성계	정말 감사합니다, 대감.
이방원	(E) 아버님. 소자 방원입니다.
이성계	?

시간 경과》
이성계와 이방원, 앉아 있다.

이성계	임견미 대감이 나더러 최영 대감을 감시하라 했단 말이니?
이방원	그렇사옵니다.
이성계	(노기 어리는)
이방원	이는 분명 아버님의 마음을 떠보려는 의중도 섞여 있는 것이오니 내키지 않으셔도 하셔야 하옵니다.
이성계	사람 꼬라지 참 우습게 되누만기래.
이방원	삼봉 숙부가 한 말이 있지 않습니까? 조금만 더 견디면 곧 끝날 것입니다.
이성계	(씁쓸한 듯 피식)

8 _____ 최영의 집 사랑채 안 (밤)

최영, 변안열, 배극렴이 앉아 있다. 최영, 잔뜩 굳은 표정이다.

최영   내 반드시 당한 만큼 돌려줄 것이외다.

변안열   전하를 알현하여 복직을 주청드리는 것이 어떻겠습니까?

최영   그런다고 전하께서 허락을 하시겠소이까?

배극렴   저희에게 동조하는 무장들의 세를 규합하겠습니다. 다들 내색은 않지만 무장들 대부분 이번 사태에 대해 분노하고 있습니다.

변안열   이성계만 빼고 말이지요.

최영   ...

변안열   당장 우리들은 내일부터 도당의 등청을 거부할 것입니다.

최영   집단행동은 아직 이른 듯싶소이다. 반드시 때가 올 터이니... (하다가 언뜻 바깥의 인기척을 느끼는)

문풍지 가장자리에 얼핏 비치는 사람의 실루엣.

배극렴   (인기척을 느끼지 못하고) 차일피일 미루다가는 실기를 하실 것입니다. 저희가 분위기를 띄울 테니 대감께서 전하와 독대하여 결판을 내십시오. (하는데)

최영   웬 놈이냐! (벌떡 일어나 뛰쳐나가는)

배극렴·변안열   !!

9 _____ 동 마당 안 (밤)

조영규, 포박당한 채 꿇어앉아 있다. 변안열, 배극렴, 최영, 서 있다.

변안열	순순히 불어라. 누구의 명으로 염탐을 하러 온 것이냐? (하는데)
배극렴	...? 이놈이 어째 낯이 익은데... (조영규의 턱을 잡고 빤히 들여다보는)
조영규	(시선을 피하는)
배극렴	너! ...방원이와 같이 다니는 놈이 아니냐?
최영	!
변안열	방원이라면... 이성계의 아들?
최영	(노기 어리는)

10 _____ 이성계의 집 마당 안 (밤)

문 벌컥 열리고 최영, 포박당한 조영규를 끌고 들어와 팽개친다. 지나던 노비들, 흠칫 본다.

최영	이성계는 썩 나오시게!! ...썩 나오라지 않는가!!

안채에서 이성계, 급히 나온다.

이성계	대감, 여긴 어쩐 일이, (하다가 일각에 쓰러진 조영규 보고 표정 굳는)
최영	(조영규 가리키며) 이게 정녕... 자네의 진심인가?
이성계	...
이방원	(보는)
최영	어찌 대답을 못 하는 것이야! 이것이 정녕 자네를 아들처럼 여겼던 나에 대한 진심이냐 묻지 않는가!
이성계	...죄송하게 됐습메.

최영	(기막힌 듯 허! 하고는) 아무리 광평군의 사람이 됐다 해두... 이러는 것이 아닐세... 고려의 무장으로서 최소한의 신의는 지켜야 하는 것이 아닌가!
이성계	(울컥) 내사 죄송하다고 하지 않았수까!
최영	(노려보다가) 다신 얼굴 보는 일 없도록 하세! (획 나가는)
이성계	(이를 악무는)

11 _____ 이성계의 집 앞 (밤)

최영, 노기 어린 얼굴로 걸어간다. 일각에서 나타나 지켜보는 사내, 박가다.

12 _____ 이인임의 침소 안 (밤)

여종, 뜸을 준비하고 있다. 기대앉은 이인임 앞에 박가, 부복해 있다.

이인임	이젠... 그자를 온전히 믿어도 되는 것인가...? (옅은 미소)

13 _____ 정도전의 안방 안 (밤)

이방원, 정도전 앞에 앉아 있다.

이방원	최영이 일부러 잡혀준 것을 눈치채지 못했습니다.
정도전	허면... 이인임도 눈치채지 못했겠구만...

이방원	이제 일이 어찌 되어 가겠습니까?
정도전	늙은 호랑이는 독이 잔뜩 올랐을 것이고, 늙은 여우는 방심을 할 터이니... 이제 바람만 불면... 비가 내릴 것이다.
이방원	...

14 _____ 대궐 외경 (낮)

임견미	(E) 전하~ 그 어인 하명이시옵니까?

15 _____ 편전 안 (낮)

우왕 앞에 앉은 임견미와 염흥방이 놀란 표정으로 본다.

임견미	신들에게 왕실의 곳간을 채우라 하셨사옵니까?
우왕	그렇습니다. 어찌 그리 놀라시오?
임견미	지금 온 나라를 탈탈 털어봐야 그만한 재물이 나올 도리가 없기에 놀라는 것이옵니다.
우왕	누가 조세를 거두라 하였습니까? 경들의 곳간에 쌓여 있는 것을 조금 얻자는 얘깁니다.
임견미·염흥방	!
우왕	과인이 굳이 이런 말까지 해야 되는 것입니까? 아버지께선 말 안 해두 알아서 채워주곤 하셨거늘... 경들은 어찌 이리 인심이 야박하시오?
염흥방	하오나 전하... 소신들의 재물이 남들보다 넉넉하다 한들 그 넓은 요물고를 어찌 채울 수 있겠사옵니까?

우왕	(빈정 상한) 해서... 못 하시겠다는 것입니까?
염흥방	!
우왕	과인이 명색이 이 나라의 군왕인데 재물이 없어 연회와 유희를 즐기지 못한다는 게 말이 된다고 보시오?
염흥방	아뢰옵기 황공하오나 전하... 작금의 어려운 나라 사정을 살피시어 왕실의 행사를 축소, (하는데)
우왕	(발끈해서 일어나는) 그만하시오!
임견미·염흥방	!
우왕	경들의 헛간에 쌓여 있는 곡식과 재물이 다 누구 덕에 생긴 것인데 이리 치사한 모습을 보인단 말이오?
임견미	신들이 의논을 해보겠사오니 며칠만 말미를 주시옵소서.
우왕	의논? 어째 적선을 하겠다는 것처럼 들립니다.
임견미	전하~ 오해시옵니다!
우왕	듣기 싫으니 물러가시오!
임견미·염흥방	(망설이면)
우왕	썩 물러가라지 않습니까!!
임견미·염흥방	(당혹스러운)

16 _____ 이인임의 침소 안 (낮)

이인임, 우왕이 보는 가운데 탕약을 마시고 있다. 어의와 하륜, 배석해 있다. 이인임, 어의 앞에 그릇을 내려놓는다.

이인임	임견미와 염흥방은 이 사람이 알아듣도록 얘기를 하겠습니다. 충심이 부족해서가 아니라 집정대신의 경험이 일천하여 그런 것이니 너무 노여워 마세요.

우왕	...그나저나 병세는 좀 어떠십니까?
이인임	많이 좋아졌습니다. 이거 기분 같아서는 내일이라도 당장 일어나 등청할 수 있을 것 같습니다. (허허 웃다가 잔기침하는)
우왕	아버지...
하륜	(손수건 정도 급히 이인임에게 바치고)
이인임	(슥 닦고) 괜찮습니다. (미소)
우왕	(불안한 듯 보는)

17 _____ 빈청 이인임의 집무실 안 (낮)

염흥방과 마주 앉은 임견미, 탁자를 내려친다.

임견미	빌어먹을! 곳간의 절반이 날아가 버렸소이다!
염흥방	뛰는 놈 위에 나는 놈 있다더니... 전하께서 그 짝이십니다그려.
임견미	그게 어떻게 모은 재물이거늘...
염흥방	(피식) 어쩔 수 없지요. 절반이 날아갔으니 또 절반을 뜯어서 채우는 수밖에요.
임견미	(보는)
염흥방	(혼잣말처럼) 기왕지사 이리된 거... 그놈이나 제대로 손 봐주면 되겠구만.
임견미	누구 말이오?
염흥방	내게 땅을 뺏겼다고 최영에게 고자질했던 조반 말입니다.
임견미	!
염흥방	조반의 땅도 다시 취해야겠소이다. 토질이 비옥하여 백주에서 제일가는 금싸라기 땅이거든요.

18 _____ 백주 - 산길 (낮)

〈자막〉 백주(지금의 황해도 배천군)

남은, 관원 두어 명과 함께 말 여러 필을 끌고 와 선다.

남은   (산을 보고) 저기가 좋겠구만... (관원들에게) 말을 풀어 배불리 먹
이도록 하되 민가나 백성들의 전답에 들어가서는 아니 될 것이다,
알겠느냐!

관원들   예! (말을 끌고 가는데)

일각에서 이광, 수정목을 든 장정들을 대동하고 걸어온다. 의아한
듯 보는 남은을 '비켜라!' 하며 밀치고 지나가는 이광. 살기가 등등
하다. 남은, 뜨악한다.

19 _____ 백주 - 조반의 집 마당 안 (낮)

수정목을 든 장정들, 집안 곳곳을 난장판으로 만들고 있다. 일가족
이 눈물과 공포로 지켜보는 가운데 이광, 조반을 두들겨 패고 있다.
'아버지!', '대감~!' 외친다. 비명을 지르던 조반, 혹독한 매질을 견
디지 못하고 마침내 실신한다. 가솔들, 울부짖으며 조반에게 모여
든다. 이광, 피식 웃는다.

남은   (E) 멈춰라!

이광, 보면 남은, 노기 어린 얼굴로 다가선다.

남은	보아하니 대갓집의 종놈 같은 데 이 무슨 무도한 짓이란 말이냐!
이광	종놈? ...허면 어디 종놈한테 봉변 한번 당해보실라우?
남은	(발끈) 이런 방자한 놈을 봤나! ...네 놈의 상전이 누구냐!
이광	삼사좌사 겸 순군부 상만호° 염흥방 대감이시우.
남은	(멈칫)
이광	알았으면 썩 꺼지쇼.
남은	네 이놈~ 관졸들을 부르기 전에 썩 물러가지 못할까!!
이광	이자가 아주 놈 소리가 입에 붙었구만! (에잇 하며 수정목을 휘두르는)

남은, 피하고 이광을 가격해 쓰러뜨린다. 장정들, 달려들고 남은, 몇 놈 거꾸러뜨린다. 허나 중과부적인 상황. 한두 대 얻어맞는다 싶더니 이내 몰매를 두들겨 맞는다. 악 받친 얼굴로 버티는 남은.

20 _____ 순군옥 앞 (밤)

정도전, 일각에서 누군가를 기다리듯 서 있다. 대문이 열리고 피멍 투성이의 남은, 터벅터벅 걸어 나온다.

정도전	거참 고려 관리 체면이 말이 아니로구만.
남은	(보는)
정도전	(다가서는) 잠자코 말 여물이나 먹일 일이지 어쩌자고 나서서는 그 망신을 당하누그래.
남은	(시무룩) 영감이 꺼내준 거유?

°   순군부에서 두 번째 직급.

정도전	그렇다네... 내 반 년치 녹봉이 염흥방 사형의 뱃속으로 들어가 버렸네.
남은	...고맙수. (걸어가는데)
정도전	(조금 진지하게) 얘기 좀 하세, 남은.
남은	다음에 합시다... (가는)
정도전	(보는)

21 _____ 거리 (밤)

인적없는 길. 결연한 얼굴로 칼을 차고 걸어오는 남은. 모퉁이를 돌아서는데 정도전이 막아선다.

정도전	그 이광이라는 종놈에게 가는 것인가?
남은	비키시우. 오늘 내 그놈의 목을 잘라버릴 것이오.
정도전	허면 자네는 무사할 성싶은가?
남은	그놈부터 죽이구 나서 생각해볼 거요. 어차피 세상이 미쳐서 거꾸로 서버린 마당에... 목숨 따위 미련 없습니다.
정도전	못난 사람 같으니...
남은	...비키슈. (밀치고 가는데)
정도전	(잡는)
남은	영감과 다투고 싶지 않소. 이거 노시우.
정도전	자네 목숨이 고작 그런 밥버러지와 바꿀 정도 값어치밖에 아니 된다 보는가?
남은	예! 그 정도밖에 안 됩니다! 그런 놈이니까 당여니 뭐니 꿈 깨시고 내 앞에 나타나지 말란 말요! (휙 뿌리치고 가는)
정도전	죽이려면 더 센 놈을 죽이시게.

남은	(멈칫)
정도전	그놈 말고 그놈을 그리 만든 악의 근원을 죽이란 말일세.
남은	(돌아보는) 그놈을 죽인 뒤에 염흥방이도 죽일 거요.
정도전	아니, 염흥방이보다 더 센 놈.
남은	...이인임이 말이오?
정도전	천만에... 그놈보다 더 세고 더 크고 더 악랄한 놈이 있네.
남은	대체 언놈을 죽이란 거요?
정도전	미쳐서 거꾸로 서버린 이 세상... 이 빌어먹을 고려 말일세.
남은	!
정도전	(보는)
남은	...영감...
정도전	그 정도는 죽여야... 사내대장부로 세상에 나온 보람이 있지 않겠는가?
남은	(굳은 얼굴로 다가서는) 허면 여태 얘기했던 괴물이... 고려였소?
정도전	이제야 말귀를 알아먹다니... (부드러운 미소 지으며) 이래서 과거는 어찌 붙었을꼬?
남은	(벙한)
정도전	도탄에 빠진 백성들에게 제대로 된 나라를 선물할 것이네. 나와 함께 세상을 바꿔보고 싶다면... 찾아오시게.
남은	농담 마시오. 농담이라도 남들 귀에 들어가면 죽은 목숨이오.
정도전	(미소)
남은	(진짜다 싶은, 놀라) 진심이란 말요?
정도전	심사숙고해 보시게. 강요는 않겠네. (걸어가는)
남은	영감!
정도전	(멈칫 돌아보는)
남은	나를 어찌 믿고 그런 말을 하시는 거요?
정도전	자넨 예전의 누구를 많이 닮았네... 그래서 믿는 것이야.

남은	...? 누구를요?
정도전	자네가 성균관에 있던 시절... 되고 싶었던 사람. (휙 가는)
남은	(의아해하다 떠올리는)

F.B 》 15회 6씬의

남은	(분한 듯 보며) 비록 한때나마... 학관 어른처럼 되고 싶었소이다.

현재 》

남은, 휘적휘적 걸어가는 정도전을 바라본다.

22 _____ 이인임의 집 앞 (낮)

이성계, 들어간다.

23 _____ 동 침소 안 (낮)

이인임, 이성계와 앉아 있다.

이인임	도성에 계시는 동안 숙위를 거들어 주었으면 합니다.
이성계	(내심 놀라는) 대궐을 지키란 말씀이십니까?
이인임	이 사람이 아프다니까 전하는 물론 대궐에 계신 분들이 불안해하는 것 같아서요. 부하들은 충원하지 말고 지금 있는 낭장과 병사들을 쓰시오. 하시겠습니까?
이성계	...하겠수다.
이인임	(미소) 이래서 인척이 좋은 겁니다. 믿고 맡길 수가 있거든요.

이성계   ... (어색한 미소)

24 _____ 대궐 자혜전 안 (낮)

대비와 근비, 앉아 있다.

대비   광평군이 병석에 누운 이래 괜히 마음이 조마조마하였는데 이성계
         가 대궐을 지킨다 생각하니 조금 안도가 됩니다.
근비   헌데 마마.
대비   (보는)
근비   전하와 함께 광평군의 사저에 다녀온 어의의 말이... 광평군의 차도
         가 더딘 듯하다 합니다.
정비   노체라는 병이 그리 만만한 병이 아닙니다... 이러다 큰일을 치르게
         되는 것은 아닌지... (옅은 한숨)
근비   ...

25 _____ 대궐 침전 안 (낮)

우왕, 어주를 마시고 있다. 강 내관, 부복해 있다.

강 내관   전하... 어주가 조금 과하신 듯하옵니다.
우왕   (뭔가 골똘히 생각하다가) 강 내관.
강 내관   예, 전하.
우왕   만에 하나 아버지께 변고라도 생기는 날에는... 임견미와 염흥방 그
         작자들이 어찌 나오겠느냐?

강 내관	! ...그 무슨 하문이시온지...
우왕	탐욕스럽고 무도한 자들이 아니더냐? 지금이야 아버지의 눈치를 보고 있지만... 아버지가 아니 계시면 제 세상을 만난 듯 날뛰지 않 겠느냐?
강 내관	...
우왕	아니 되겠다. 나갈 채비를 하거라. (일어나는)

26 ____ 대궐 편전 앞 (밤)

이성계, 홀로 전각 앞에 선 숙위병들을 순시하고 있다. 창검을 봐주고, 자세를 바로잡아 주다가 어딘가 보면 평복 차림의 우왕과 강 내관이 나온다. 우왕, 이성계를 조금은 경계심 어린 눈으로 본다.

이성계	전하... 어디, 미행을 나가시는 것이옵니까?
우왕	과인의 행로는 어찌 묻는 것이오?
이성계	(보는)
강 내관	이 장군... 그런 것은 묻는 것이 아닙니다.
이성계	송구하옵니다, 전하... 소신이 아직 대궐의 법도를 몰라서리...

우왕, 무시하듯 휙 걸어간다. 강 내관, 뒤따르면...

우왕	하나같이 의심스러운 자들뿐이다. (가는) 아버지 다음으로 믿을 사 람은 역시 그자뿐이다.

이성계, 멀어지는 우왕 일행을 물끄러미 바라본다.

27 ＿＿＿ 최영의 사랑채 안 (밤)

우왕, 최영과 다과상 정도 마주하고 앉아 있다.

최영 전하, 이리 누추한 곳에 어찌 거둥을 하셨나이까...

우왕 그냥 들러봤습니다. 마음고생이 많으실 터인데... 이번에 아버지께
　　　　서 조금 짓궂으셨지요?

최영 ...소신이 무능하여 그런 것이온데 누구를 탓하겠사옵니까? 다만,
　　　　이처럼 나라가 어려운 때에 전하를 보필하지 못하는 불충이 한스
　　　　러울 따름이옵니다.

우왕 (떠보듯) 과인도 요새 경의 잔소리를 듣지 못하니 영 적적합니다
　　　　그려.

최영 (보는)

우왕 게다가 아버지께서도 편찮으시고... 임견미, 염흥방은 도통 마음이
　　　　맞질 않으니... 사는 재미가 없습니다.

최영 전하...

우왕 혹 나중에 과인이 사냥을 하게 될 일이 있으면 경이 함께 해주시겠
　　　　소?

최영 사냥이라니요?

우왕 (픽 웃고) 사냥 말입니다. 때려죽이고, 잡고 하는 사냥요.

최영 (보는)

우왕 언제 부를지 모르니... 쉬시는 동안 칼이나 잘 갈아두세요. (차 마시
　　　　는)

최영 (뭔가 심상찮은)

28 _____ 이인임의 집 침소 안 (밤)

이인임 앞에 강 내관이 앉아 있다.

이인임　　전하께서... 최영을 만나셨다...
강 내관　　그, 그렇사옵니다..
이인임　　...

29 _____ 동 마당 안 (밤)

최영, 뒷짐을 진 채 밤하늘을 우러르고 있다.

정도전　　(E) 때를 기다리시는 것입니까?

최영, 보면 정도전, 다가서서 인사한다.

최영　　여긴 또 어찌 왔는가?
정도전　　천기에 버금가는 비밀을 알려드렸는데 잠자코만 계시니 궁금해서 왔습니다.
최영　　더 할 얘기 없으면 그만 돌아가시게.
정도전　　하나 더 알려드릴 일이 있습니다.
최영　　(보는)
정도전　　조반 대감이 염흥방에게 땅을 다시 뺏기고 가노 이광에게 능욕을 당했습니다.
최영　　...
정도전　　혹시라도 반격의 명분을 찾고 계시는 것이라면 실마리가 될까 하

여 말씀드리는 것입니다. 허면 이만, (인사하는데)

최영   자네...

정도전   (보면)

최영   나의 당여가 되려고 이러는 것인가?

정도전   소생이 이루고 싶은 꿈이 하나 있사온데... 광평군보다는 대감이 계시는 고려가 훨씬 꿈을 이루기 좋을 듯싶어 이러는 것입니다.

최영   ....그만 가보게.

정도전   (인사하고 가는)

최영   (생각에 잠기는)

30 _____ 백주 - 헛간 앞 공터 (낮)

수정목과 피 묻은 칼이 널브러져 있다. 칼에 베인 장정들의 시체가 즐비하다. 일각에 피를 토하며 쓰러지는 사내, 이광이다. 그 앞에 핏물이 흘러내리는 칼을 들고 서 있는 독기 서린 조반.

조반   말을 가져오너라! 주상전하께 가서 죄를 청할 것이다!

무사들   (어디론가 가고)

조반   (결연해지는)

31 _____ 이인임의 집 침소 안 (낮)

여종들, 뜸을 준비하고 있다. 하륜, 이인임 앞에 급히 앉는다.

하륜   (긴하게) 처백부 어른.

이인임	(보는)
하륜	조반 대감이 염흥방 대감의 가노 이광을 척살하였다 합니다.
이인임	...! 이유가 뭔가?
하륜	일전에 돌려받은 땅을 염흥방 대감이 다시 빼앗아갔던 모양입니다.
이인임	(발끈하여 손으로 바닥을 내려치는, 쿨럭! 나오는 기침을 참는)
하륜	처백부 어른...
이인임	염흥방과 임견미를 부르게. 지금 당장.

32 _____ 이인임의 사랑채 안 (낮)

염흥방과 임견미, 초조하게 앉아 있다.

임견미	이거야 원... 날벼락이 떨어지게 생겼구만...
염흥방	단순 살인 사건일 뿐입니다. 합하께서 역정 내실 일이 아니세요.
이인임	(E) 정녕 그리 생각하시오?

일동, 흠칫 보면 이인임, 하륜의 가벼운 부축을 받으며 들어온다.

임견미·염흥방	(일어나는) 합하...
이인임	(앉는) 앉으시오.
일동	(앉는)
이인임	(덤덤하게) 조반이 염 대감의 가노 이광을 죽였다구요?
임견미	그렇사옵니다. 순군부의 병졸들이 도성 앞에서 추포하여 순군옥°으로 압송 중에 있사옵니다.

° 고려시대 도적이나 난을 일으킨 사람을 잡아 가두기 위해 만든 감옥.

염흥방	범행 사실을 자복 받는 대로 처형하면 끝나는 일이오니 너무 심려 마시옵소서.
이인임	그리 처리해선 아니 됩니다.
임견미·염흥방	?
이인임	전직 재상이 살인을 한 사건입니다. 최영의 당여들이 보고만 있지는 않을 것이고, 염 대감은 물론 임견미 대감의 비리까지 도마 위에 오르게 될 것입니다. 십중팔구 탄핵될 것이고 설사 탄핵을 면한다 해두... 두 분의 권위는 바닥으로 떨어지게 될 것이오. 그리되면... 이 사람이 무척 갑갑해지지 않겠소?
임견미	허면 어찌하란 말씀이시옵니까?
이인임	그 누구도 이 사건에 끼어들 생각을 못 하게 만들어야 합니다. 역모로 모세요.
임견미·염흥방	!
하륜	처백부 어른...
염흥방	허나 합하... 역모로 모는 것은 너무 어거지가 아니온지, (하는데)
이인임	(염흥방의 멱살을 홱 잡아당기는)
염흥방	!
이인임	어거지니까... 그런데도 밀어붙이니까... 사람들이 더 겁을 집어먹지 않겠소이까... 모름지기 집정대신이라면... 한없이 부드럽다가도 힘을 보여줄 때는 미친놈이 되어야 하는 것이오. (멱살 홱 놓고) ...아시겠소?
염흥방	(당혹) ...예, 합하! 당장 시작하겠습니다. (일어서는데)
이인임	마저 듣고 가시오.
염흥방	(멈칫 보면)
이인임	조반의 역모를 사주한 배후는... 최영이어야 합니다.
일동	!
이인임	실각에 앙심을 품고... 전하와 측근들의 시해를 사주한 것이에요.

(차 마시는)

일동   (당혹스러운)

우왕   (E) 역모라니!

33 _____ 대궐 편전 안 (낮)

깜짝 놀란 우왕, 임견미와 독대하고 있다.

임견미   전 밀직사사 조반이 참담하옵게도 역모를 획책하였기에 순군부 상만호 염흥방이 추포하여 순군옥으로 압송하고 있나이다!

우왕   명나라에 사신으로 다녀왔던 그 조반 말이오?

임견미   그렇사옵니다. 역도 조반은 신년 하례를 빙자하여 전하를 알현한 후 시해하려 하였사온데 제보를 받은 순군부 상만호 염흥방이 가노 이광에게 정탐을 시키던 도중 조반에 의해 참살당하는 사건이 벌어졌나이다.

우왕   조반이 어찌 그런 짓을 하려 했단 말씀이오?

임견미   ...지금 염흥방이 조반을 문초하고 있사오니 머잖아 역모의 전말과 더불어... (의미심장하게) 역모를 사주한 배후까지 밝혀낼 수 있을 것이옵니다!

우왕   (불안한)

34 _____ 정도전의 집 마당 안 (낮)

최 씨, 부엌에서 소반 정도 들고나오는데 문 벌컥 열리고 득보가 뛰어 들어온다.

득보	(안채를 향해) 영감마님...! 영감마님!
최 씨	할아범, 어찌 이리 호들갑을 떠시는 겝니까?
득보	역모가 터졌답니다요!
최 씨	...! 역모요?
득보	예!

안채에서 나오는 정도전, 표정이 심각해진다.

35 _____ 순군옥 앞 (낮)

염흥방이 지켜보는 가운데 조반을 비롯한 조반의 가솔들이 줄줄이 엮이어 끌려 들어간다. 살벌한 분위기. 일각에서 하륜이 착잡하게 지켜보는데 권근, 이숭인, 이첨이 달려온다.

권근	대감... 이게 어찌 된 일입니까?
하륜	(옅은 한숨)
이숭인	이보시게, 호정. 조반 대감이 역모를 모의했다는 것이 사실인가?
이첨	도당에 있으니 알 게 아닌가, 말을 좀 해보시게.
하륜	(보는) 유구무언이네... 다음에 보세. (획 가는)
일동	(뜨악한)

일각에서 지켜보는 사내, 정도전이다. 이방원, 다가선다.

이방원	십중팔구 조작입니다. 염흥방의 비리를 덮고 공포 분위기를 조성하기 위한 술책인 것이지요.
정도전	...최영 대감이 위험하다.

이방원	예?
정도전	아버님을 봬야겠다, 가자. (가는)
이방원	(보는)

36 _____ 이성계의 집 사랑채 안 (밤)

이성계, 정도전, 이방원이 앉아 있다.

정도전	최영 대감이 실각한 이후로 조정이 뒤숭숭한 상황에서 벌어진 역모 사건입니다. 표적은 최영이 분명합니다.
이성계	(심각한)
이방원	허나… 최영 대감과 조반을 엮기에는 너무 무리가 있지 않겠습니까?
정도전	장군… 조반이 이광을 죽이기 직전에 소생이 최영 대감을 만나 조반을 만나보라 권한 바가 있습니다.
일동	!
정도전	만약에 최영이 조반을 만났고, 그 결과 조반이 사람을 죽인 것이라면… 최영 장군은 꼼짝없이 역모의 배후로 몰리게 될 것입니다.
이성계	(지체 없이 일어나 나가는)
정도전·이방원	!

37 _____ 이성계의 집 앞 (밤)

이성계, 걸어가는데 정도전과 이방원, 달려 나온다.

정도전	(따라붙으며) 장군, 어찌 이러십니까?

이성계	최영 대감한테 가야갔어.
정도전	신중하셔야 합니다. 잘못되면 그동안의 공든 탑이 일거에 무너질 수 있습니다.
이성계	공든 탑 같은 거이 내는 필요없슴메!
정도전	!
이성계	내사... 최영 대감을 살리는 게 지금은 가장 중요하우다.
정도전	살리려면 차분해지셔야 합니다. 아직 시간이 있습니다.
이성계	(고심하는) ...방워이.
이방원	예, 아버님.
이성계	함주로 사람 보내라. (휙 가는)
정도전·이방원	!

38 _____ 평원 일각 (낮)

이지란, 정몽주와 나란히 말을 타고 온다. 그 뒤로 사신단과 병사들이 따른다.

정몽주	(말을 멈추고) 장군, 이제는 저희들끼리 갈 터이니 그만 함주로 돌아가십시오.
이지란	에이... 그랬다가 성님한테 큰 꾸중 듣소. 여긴 간간이 마적 떼들이 기어 나오는 데니끼니... 쬐금만 더 바래다 드리갔소.
정몽주	(고마우면서도 난감한 듯 보는데)
이지란	야~ 이거이 내도 맘 같아서는 포은 선생 따라서리 명나라 구경 한 분 하문 딱 좋겠슴메.
정몽주	다음에 기회가 되면 한번 같이 가시지요. 단... 언제 무슨 일을 당할지 모르는 게 명나라 사행길이니 각오는 단단히 하셔야 될 것입니다.

이지란	까짓거 뒈지기밖에 더하겠소?
조영규	(E) 장군!!

일동, 보면... 멀리서 조영규가 말을 달려온다.

이지란	으이? 저 노메 저거... 조영규 아이니?
조영규	(다가서 말을 세우며) 장군...
이지란	니가 여기메는 어쩐 일이네?
조영규	(정몽주를 흘끔 보더니 서찰을 이지란에게 건네는) 도원수 장군께서 보내신 것입니다!
이지란	서찰...? (픽 웃으며 받아서 꺼내는) 아, 우리 성니메... 고 얼매 아이 봤다구서리 그새 이 아우가 보고 싶은 모양이구만... (보다가 안색 획 굳어지는)
정몽주	어찌 그러십니까?
이지란	아, 아무것도 아이오... (큼) 내한테 무시기 심부럼을 시켜서리...
정몽주	...
이지란	그라문 내사 먼저 가야겠소. 선생, 잘 다녀오시우다.
정몽주	아, 예...

정몽주의 인사가 끝나기도 전에 말을 달려가는 이지란.
정몽주, 의아한 듯 본다.

39 _____ 이인임의 침소 안 (밤)

이인임 앞에 임견미와 염흥방, 승리감에 젖은 얼굴로 앉아 있다.

임견미	합하의 말씀대로 역모라 하였더니 전하는 물론이옵구 도당에서조차 아무도 토를 다는 자가 없었사옵니다. 더불어 최영을 복직시켜야 한다는 주장마저 쥐 죽은 듯 잠잠해졌사옵니다.
염흥방	조반도 고신을 좀 받더니 심경의 변화가 보이는 듯합니다. 최영을 토설하는 것은 시간문젭니다.
임견미	합하... 모든 것이 순조롭게 풀려가니 그야말로 만사형통이옵니다.

이인임, 승리의 미소가 떠오르는데 박가, '대감!' 하며 급히 들어온다.

임견미	(불쾌한 듯) 무슨 일이냐?
박가	대궐에서 전언이 왔사온데 최영이 입궐을 하였다 하옵니다.
임견미	뭐라? (이인임을 보면)
이인임	...

40 _____ 대궐 침전 앞 (밤)

이성계, 숙위병들과 서 있는데 상소를 든 최영, 걸어온다. 서로의 눈이 마주친다.

이성계	...대감.
최영	(복잡한 심경으로 보더니 휙 들어가는)

41 _____ 침전 안 (밤)

우왕, 심각한 표정으로 서찰을 읽고 있다. 맞은편에 최영이 앉아 있다.

우왕	(읽는) 임견미와 염흥방의 족당을 제거하지 않고서는 나라의 미래가 없으니 내가 이광을 죽여 거사의 단초를 마련할 것입니다... 허니 이 사실을 주상전하에게 고해주기 바라오... (최영에게) 이것이 정녕 조반이 쓴 것이란 말이오?
최영	그렇사옵니다. 조반은 이광을 죽인 연후에 전하께 석고대죄를 청하면서 염흥방의 죄상을 낱낱이 고해 올릴 생각이었사옵니다. 조반은 결코 역모를 꾸민 적이 없사옵니다.
우왕	(심각해지는) 어쩐지 이상하다 싶더니만... 이놈들이 감히 과인을 능멸해?
최영	소신이 저 간악한 무리들을 처단하겠나이다. 저들을 추포하라 영을 내려주시옵소서!
우왕	(생각하다가) 헌데...
최영	(보는)
우왕	(조금 두려운 듯) 과인이 경의 용맹을 모르는 바 아니나... 저들은 이 나라의 군권과 요직을 주무르고 있는 집정대신들입니다. 이길 수 있겠소?
최영	저들이 눈치채기 전에 기습을 할 것이옵니다. 승산은 충분하옵니다.
우왕	충분한 정도론 아니 됩니다. 일이 잘못되면 과인에게까지 화가 미칠 것이에요.
최영	소신의 사가에 들러 칼을 갈아놓으라 하셨던 전하가 아니시옵니까? 이제 때가 왔사온데 어찌 주저하시는 것이옵니까?
우왕	(아무래도 안 되겠다 싶은) ...그땐 정신이 잠시 어찌 되었던 것 같습니다. 아무래도 아니 되겠소이다.
최영	전하, 소신을 믿어주시옵소서! 저들을 처단할 수 있사옵니다!
우왕	이것은 과인이 태워버릴 것입니다. 그만 물러가세요.
최영	전하!

문이 열린다. 일동, 보면 이성계, 들어온다.
우왕과 최영의 안색이 대번에 굳어진다.

우왕	지금 이게 뭐 하는 짓이오?
이성계	...
최영	전하의 침전을 제멋대로 들어오다니! 썩 물러가지 못할까!
이성계	(무릎을 털썩 꿇는) 전하.
일동	!
이성계	신 문하찬성사 겸 동북면도원수 이성계, 지금 이 시간 이후부터 최영 대감과 함께 이 나라의 사직과 전하의 안전을 도모하겠사옵니다!
우왕	...뭐라?
최영	이 장군...
이성계	이후 동북면의 가별초를 동원해서리 이인임, 임견미, 염흥방 족당들을 모조리 쓸어버릴 것이옵니다! 전하, 윤허하여 주시옵소서!!
우왕	(헉!)

최영과 이성계의 얼굴에서 엔딩.

KBS 대하드라마

정도전 2

초판 1쇄 발행 2024년 1월 1일

지은이 정현민
펴낸이 김선준

편집본부장 서선행
책임편집 이주영 **편집1팀** 임나리, 배윤주 **디자인** 엄재선, 김예은 **본문 디자인** 김혜림
본문 일러스트 최광렬
마케팅팀 권두리, 이진규, 신동빈
홍보팀 한보라, 이은정, 유채원, 권희, 유준상, 박지훈
경영지원 송현주, 권송이

펴낸곳 ㈜콘텐츠그룹 포레스트 **출판등록** 2021년 4월 16일 제2021-000079호
주소 서울시 영등포구 여의대로 108 파크원타워1 28층
전화 02) 332-5855 **팩스** 070) 4170-4865
홈페이지 www.forestbooks.co.kr
종이 ㈜월드페이퍼 **출력·인쇄·후가공·제본** 한영문화사

ⓒ 정현민, 2024
ISBN 979-11-92625-97-3 (04810)
　　　 979-11-92625-94-2 (세트)

㈜콘텐츠그룹 포레스트는 독자 여러분의 책에 관한 아이디어와 원고 투고를 기다리고 있습니다. 책 출간을 원하시는 분은 이메일 writer@forestbooks.co.kr로 간단한 개요와 취지, 연락처 등을 보내주세요. '독자의 꿈이 이뤄지는 숲, 포레스트'에서 작가의 꿈을 이루세요.